語言文字叢書

通志七音略研究

葉鍵得　著

代序

一

　　《通志七音略研究》，葉君鍵得之少作也。少作者，初入學術殿堂之第一本專書，通常是碩士論文。此書完成於一九七九年六月，做為鍵得君自中國文化大學中文研究所畢業的碩士論文，兩年後他考取該所博士班繼續深造，五年後（1981年8月至1987年12月）他又獲得博士學位，博士論文為《十韻彙編研究》，一九八八年由臺灣學生書局出版，曾獲國家科學委員會的研究補助。這兩本書的幕後功臣為指導教授陳新雄教授，也是我的恩師，作為陳門弟子，論資排輩，我比鍵得君虛長八歲，他目前為臺北市立大學（前身為臺北市立教育大學）中國語文學系教授，曾任系主任、人文藝術學院院長，該校國語文教學及研究中心主任、教育部國語文輔導諮詢團隊北區委員、副召集人。中華民國聲韻學學會秘書長，理事，理事長，中華文化教育學會副理事長，世界華文教育學會監事等要職。在同門之中，他是成就傑出的一位。

　　《通志・七音略》為南宋大儒鄭樵所撰《通志・二十略》中之一略，《通志》是一本通史，「略」猶今日之「概論」，「七音略」顧名思義，即語音概論，七音的指涉有不同說法，皆不離古人對聲母的分類，不過鄭樵《七音略》四十三轉圖，每圖於字母大類下標以羽、徵、角、商、宮、半徵、半商七音，對照字母大類，分屬《韻鏡》每圖所列之五個發音部位唇音、舌音、牙音、齒音、喉音加上「舌音

齒」（或順讀為舌齒音），原來並無七音之名。鄭樵〈七音序〉謂「四聲為經，七音為緯，江左之儒知縱有平、上、去、入為四聲，而不知衡有宮、商、角、徵、羽、半徵、半商為七音，縱成經，衡成緯，經緯不交，所以失立韻之源。」又云：「七音之韻，起自西域，流入諸夏。梵僧欲以其教傳之天下，故為此書。……華僧從而定之，以三十六為之母，重輕清濁，不失其倫，天地萬物之音備於此矣。」鄭樵這裡所謂經緯、縱橫，均指韻圖制作，直列四聲，橫列七音（三十六字母）的格式。再以四聲統四等，以七音統三十六字母，就是他序中所謂「今述內外轉圖，所以明胡僧立韻，得經緯之全。」

根據《四庫全書總目提要》的說法：「韻書為小學之一類，而一類之中，又自分為三類：曰今韻，曰古韻，曰等韻也。本各自一家之學，至金而等韻合於今韻（韓道昭《五音集韻》始以等韻顛倒今韻之字紐）至南宋而古韻合於今韻（吳棫《韻補》始以古韻分隸今韻）至國朝而等韻又合於古韻（如劉凝、熊士伯諸書）。」

《四庫總目》是按韻書的性質所進行的分類，後世據以為音韻學分門。魯國堯更指出：

> 音韻學作為一門學科，就其內容而言，有三元組合說與四元組合說。前者指音韻學由「今音學」、「古音學」和「等韻學」三部分組成，或者說，可以分為上述三個分支學科；後者則再加個「北音學」。這兩說都少不了「等韻學」，「等韻學」可以稱為中國傳統的漢語音系學。（見楊軍《七音略校注》〈魯國堯序〉。）

依個人看法，等韻學就是以切韻系韻書為中心的「審音學」。等韻的精髓就是「等韻圖」，也就是鄭樵所說「縱有四聲以為經，橫有七音

以成緯」的經緯圖，審圖以知音，等韻實與切韻（今韻）相表裡，清儒更以等韻學審古音（如江永、戴震），是知「等韻實與今韻、古韻相表裡」（見拙作《切韻指掌圖研究》第一章第一節）。陳伯元師深知此中玄奧，以為等韻研究實為聲韻研究之階梯，故自一九七〇年代，在文化大學、臺灣師大國文所任教期間，連續指導五篇等韻學研究的碩士論文，依序為：

1. 林慶勳《經史正音切韻指南與等韻切音指南比較研究》（文化學院中文所，一九七一年碩論）
2. 竺家寧《四聲等子音系蠡測》（臺灣師大國文所，一九七二年碩論）刊於《國文研究所集刊十八號，1973》
3. 姚榮松《切韻指掌圖研究》（臺灣師大國文所，一九七三年碩論）刊於《國文研究所集刊十九號，1974》
4. 葉鍵得《通志七音略研究》（文化大學中文所，一九七九年碩論）現由萬卷樓圖書公司出版（2018）
5. 孔仲溫《韻鏡研究》（政治大學中文所，一九八一年碩論）。列入臺灣學生書局「中國語言學叢刊」，民國七十六年（1987）初版，有陳伯元師序。

五篇論文除竺文以《音系蠡測》名篇外，均為該書之「全盤研究」，第一篇則為韻圖「比較研究」。

五君子者，伯元師早期之「入門」弟子也，而大師兄林炯陽不與焉。炯陽學長民國五十七年臺灣師大國文所碩論為《魏晉詩韻考》，則接續伯元師之博論《古音學發微》，屬古韻研究範圍。

二

葉君論文為系列等韻研究之第四篇，與第五篇《韻鏡研究》，同

屬早期韻圖研究。根據羅常培「《通志・七音略》研究——景印元至治本《通志・七音略》序」(1935)一文,將宋元等韻圖大別為三系:《通志・七音略》(以下簡稱《七音略》)與《韻鏡》各分四十三轉,每轉縱以三十六字母為二十三行,橫以四聲統四等,入聲皆承陽聲韻,此為第一系。《四聲等子》與《切韻指南》各分十六攝,而圖數則有二十與二十四之殊,其聲母排列與《七音略》同,惟橫以四等統四聲,又以入聲兼承陰陽,均與前系有別,此為第二系。《切韻指掌圖》之圖數及入聲分配與《四聲等子》同,但削去攝名,以四聲統四等;分字母為三十六行,又於第十八圖改列支之韻之齒頭音為一等,皆自具特徵,不同前系,此第三系也。羅氏做出極為扼要的結論:

> 綜此三系,體制各殊,時序所關,未容軒輊。然求其盡括《廣韻》音紐,絕少漏遺,且推迹原型,足為構擬隋唐舊音之參證者,則前一系固較後二系差勝也。

董同龢(1954)據此「時序所關」,直接把第一系稱為「早期韻圖」,董氏指出:

> 《七音略》與《韻鏡》都分四十三「轉」,也就列為四十三個圖,內容大同小異。他們的價值,比時期早更重要的,是完全保存《切韻》系韻書的系統。韻書中不同音切的字,在這兩種韻圖內都分居不同的地位,絕少遺漏,更沒有混淆的。所以他們確是正韻書之失以及補韻書之不足的絕好資料。(《漢語音韻學》,頁113)

董氏接著說:

就考訂中古音的立場而言，《四聲等子》以後的韻圖給我們的幫助在併轉為攝。併轉為攝的意義是：（1）統開合對待的兩轉為一攝，開口與合口仍然分圖；（2）在同為開口或同為合口的範圍內，併相近的幾個轉為一圖。於是在原則上，凡分開合的攝，都有兩個圖，不分開合的（他們稱為「獨韻」），只有一個圖。《七音略》與《韻鏡》還在韻圖發展的初期。「開」「合」（或「輕」「重」）的觀念不夠清楚，應用起來既有些不可理解的地方，兩書不能一致，所以轉與轉之間的關係，許多都成問題。《四聲等子》以後併轉為攝，這個問題就自然的解決了。（同上引，頁127-128）

他並指出：「《切韻指掌圖》和《經史正音切韻指南》體制源於《等子》，而各有小幅變改。首先，《指掌圖》分二十圖，與《等子》同；沒有用攝或轉的名稱，改變韻書系統有甚於《等子》，就考訂中古音而言，他們的價值只在幫助我們瞭解韻圖的組織。」這些說法和羅氏前引文，若合符節。

更重要的是羅常培前揭文（1935）提出：「《七音略》《韻鏡》與其原型之異同，正猶《等韻切音指南》與《切韻指南》之異同。」這個標題下，我們看到韻圖之間具有共生異構的衍生關係，所謂異構皆起於音系的轉變，但又要舊瓶裝新酒，從以從宋元到明清，反映切韻音系的韻圖同中有異，益顯《七音略》和《韻鏡》猶學生兄弟，《四聲等子》與《切韻指掌圖》又是一對貌合神離的手足；元代劉鑑的《切韻指南》與《康熙字典》前的《等韻切音指南》更像是同父異母的姊妹，因為它們的時代、體制（主要是開合與四呼）與「依據」，皆有重大改變，由於作為審音主體的「歸字」，兩本《指南》則各從其時，所以這兩書的差異很大，林慶勳（1971）的碩論進行兩書的分

論與比較，讓《康熙字典》的韻圖（《等韻切音指南》）所代表的音系成為指標性的清代北音系統。其中透露了韻圖舊瓶裝新酒的特性。那麼同出於一源的《七音略》與《韻鏡》有沒有這麼大的差異？葉君論文第四章「七音略與韻鏡之比較」，綜合前賢之說，提出更全面的比較，分別列其標目如下：

一、七音略與韻鏡之相同點：

　　1. 原型皆出於宋代之前

　　2. 均前有所本

　　3. 作者未詳何人

　　4. 均經南人之手而顯於世

　　5. 轉數聲母排列相同

　　6. 去聲祭泰夬所寄相同

二、七音略與韻鏡之相異點：

　　1. 成書先後有別

　　2. 序例不同

　　3. 轉次不同（按當云：部分轉次）

　　4. 重輕與開合名異實同

　　5. 內外有異

　　6. 等列不同

　　7. 聲類標目不同

　　8. 廢韻所寄之轉不同

　　9. 鐸韻所寄之轉不同

　　10. 韻目標示不同

同異俱陳，論述完整，有利初學。可見葉君之論述，是描述性的全方位寫作。及讀伯元師《等韻述要》一書，擇諸家之菁華，言簡而意賅，其附編「內外轉之討論」，為全書之豹眼，綜括前說，評諸得

失，不作結論，而提出五點問題就教於方家。此又是另一種討論方式。然通觀《述要》一書共有六章，首章緒論，總論等韻與等韻圖、四等之界說、等韻之作用，韻圖之沿革。以下五章，分述韻鏡、七音略、四聲等子、切韻指掌圖及經史正音切韻指南五種韻圖（藝文印書館有《等韻五種》合體版），每章一圖。章分四至五節不等，唯獨第三章七音略，並未分節，亦未詳述本書作者、韻圖內容、聲韻編排、相關名詞詮釋、歸字狀況及其反映之語音系統，僅據羅莘田〈通志七音略研究〉一文，說明《七音略》與《韻鏡》雖同出一源，而其內容則非契合無間。舉其大端，凡有七事。全章僅八頁，似未綜括前賢研究成果，何其簡略！今對照葉君之論文，乃悟伯元師撰《述要》，乃應教學需要，「擇諸家之菁華，筆一得之愚見」，故於《七音略》僅視為《韻鏡》之姊妹作，其精義已見於《韻鏡》一章，聲韻課堂上，即不需檢視《七音略》，故而從略如此。況先師《述要》之初版於民國六十三年七月，五種韻圖之後三種，已有慶勳等三位完成碩論，故該書諸章所列參考書目，均有三生之論文名稱。而葉鍵得與孔仲溫的研究，卻分別完成於一九七九及一九八一年。伯元師未及憑藉二生之成果而擇錄焉，略有所憾。

三

　　細讀葉君之論文，共分五章，首章前言，探鄭樵生平及七音略之造意，兼論此書年代及版本之考索。第二章七音略之編排，凡圖式範例，四十三轉次與韻目、四聲之搭配、重輕之標示，均列表展示，一目了然。本章之主軸，在於第二節名詞詮釋，分內外轉、重輕、四等、七音等四項，亦博採通人，斷以己意，並依師說作成結論，中規合矩，詳其所當詳。例如：第三節論編排，實則就聲母、韻類、歸字進行討論。有關「聲母之討論」，又分九目：

子、三十六字母之作者及時代

丑、三十六字母之依據

寅、字母分二十三行之說

卯、七音略字母之次序

辰、七音略字母之用字

巳、喉音影系四母之排列問題

午、七音略三十六字母之等列

未、七音類之聲類

申、七音略聲母與韻圖聲紐系統之參差

其論述之細緻，亦無出其右者也。本文所採師說，主要為《高明小學論叢》有關等韻各篇，潘重規《瀛涯敦煌韻輯新編》，《中國聲韻學》等，林尹《中國聲韻學通論》，陳新雄《等韻述要》、《音略證補》、《六十年來之聲韻學》、《古音學發微》等。

　　君子於所不知，蓋從師說以明，此乃登堂入室之寶筏。此種尊師重道之態度，體現於葉君之論文尤顯。以討論重紐為例，見於論文三章二節七音略韻母音值之擬測。該文將《七音略》重紐所在的支、脂、真、諄、仙、宵、侵、鹽等韻的唇、牙、喉音有重紐之三四等字悉予抄出後，接著討論歷來學者分為主分派與主合派：

　　A. **主分派**　又可分為三派：a. 陳澧、周祖謨（以重紐字表示不同音切，然未指出其分別）。b. 董同龢、周法高（分別在主要元音）；c. 陸志韋、王靜如、李榮、浦立本、龍宇純五家（以為重紐之別在於介音）並針對主分派之優、缺點加以鋪陳。

　　B. **主合派**　又可分為二家：a. 高本漢、白滌洲、王了一、馬丁四氏，此家視重紐字為同音，惟未言明重紐之由來。b. 黃季剛氏、錢玄同氏，林師景伊，本師陳伯元先生。此家除以為重紐於中古音同音外，並探討重紐於三、四等各類之來源，即二類分別由上古兩不相同

之韻部演化而來。也指出本派之優點為:「能維持廣韻同音之字,其主要元音必相同之說。故本文擬測重紐字,亦認定其古音來源有殊,而中古時期為同音。」(論文稿本頁126)又引用景伊先師民國四十六年在《師大學報》第二期有關其研究支韻重紐之結果云:

> 觭闚二音,廣韻、切韻殘卷及刊謬本皆相比次。是當時陸氏搜集諸家音切之時,蓋以音同而切語各異者,因並錄之,并相次以明其實為同類。猶紀氏唐韻考中甼苄鬵相次之列。嫣䗥、衼奇、摩䕆、陴皮疑亦同此。今各本不相次,乃後之增加者,竄改而混亂也,隨旬為反,觭去為反,闚去隨反,可以證明。

雖然在評介主分派的優缺點時,亦指出三家均以重紐有兩個韻母不同之小韻,頗能解釋切語不同即表示不同音之現象,而主分派又有主要元音不同或介音不同之分歧,而董、周以為分別在主要元音之不同,實與章、黃學派之主張相衝突,故鍵得君評之曰:

> 如依(董、周)二氏之說,無異承認同一韻中同為開(或合),皆有兩種不要主要元音之韻類存在。如東細、鍾、支、脂、之、微、魚、虞、齊、祭、廢、……嚴、凡、蒸等細音諸韻當如此,然則廣韻同韻之字,其主要元音必相同。

並引伯元師對董說之批評:

> 按董說亦有缺點,承認董說,不但否定切韻一書之基本性質,且尚得承認廣韻同一韻中主要元音不同韻母存在,此恐非事實。(見《等韻述要》,頁20-21)

四

　　與《七音略》相同架構之《韻鏡》，其重紐性質與《七音略》並無
二致。孔仲溫兩年後（1981）完成《韻鏡研究》一文，亦於二章二節
之（三）「歸字」下立「重紐問題試論」一目（1987：114-139），將諸
家異說重新歸納為四類：

　甲、以元音分辨說（除董、周二家，新增張琨夫婦及 Paul Nagel 納
　　　格爾氏）

　乙、以介音分辨說（新增日本學者有坂秀世、河野六郎、藤堂明
　　　保。）

　丙、以聲母分辨說（據林英津一九七九年碩論《廣韻重紐問題之檢
　　　討》一文。）此說為葉文所未見。據伯元師一九九七年《聲韻
　　　學》第三編等韻第二節韻鏡中述及此派又有李新魁一九八六及
　　　周法高一九八九。

　丁、以古韻來源分辨說（首推章太炎、黃季剛、錢玄同一脈相承及
　　　林景伊、陳伯元均主之。）

　　按丙類為主分派之新說，葉君所不及聞，孔君則於論文（1987：
133-135）引述林英津以聲母分辨重紐之五個理由，並逐項提出質
疑。伯元師（1992）〈今本《廣韻》切語下字系聯〉一文，則增加主
此說者有周法高（1989）、李新魁（1986），其後於一九九七年《聲韻
學》中又據丁邦新（1997）〈重紐之介音差異〉一文指出在周法高之
前主此說者有日人三根谷徹（1953）及橋本萬太郎（1979）。丁文刊
於一九九七年《聲韻論叢》第六輯，此輯為一九九五年五月由臺灣師
大國文系，中研院史語所與中華民國聲韻學會共同主辦「第四屆國際
暨第十三屆全國聲韻學學術研討會」的論文集，這是首度以重紐問題
為會議主題的研討會，共有十五篇主題論文。讀者可以參考。

　　特別值得一提的是伯元師雖然未在會議上發表他對「重紐」一貫的看法，也就是《等韻述要》及葉、孔二君論文所述的「以古韻來源分辨說」，因為他已在一九八九年九月《孔孟學報》五十八期發表「蘄春黃季剛先生古音學說是否循環論證」一文，以支韻唇音字重紐為例，說明兩類古音來源及其與諧聲的關係。在一九九二上引文中討論各家區分重紐的辦法，也堅持其兩類來源說。並且在晚年定稿的《聲韻學》（2005）中詳引諸說派別（頁286-299），仍以古本韻來源不同區別重紐。

五

　　研究韻圖，最重要的目的是分析各本韻圖所反映的語音系統（簡稱「音系」），因此等韻五種這五篇伯元師指導的碩論，可以作為臺灣等韻學史第一批拓荒者，撰寫者除受陳伯元教授的啟發外，主要參考董同龢、羅常培、趙蔭棠、高仲華、周法高、龍宇純、謝雲飛，應裕康等人早期論述，形成新時期的等韻學與近代音的開展，其中林炯陽之於磨光韻鏡，林慶勳之於音韻闡微，竺家寧之於九經直音及宋代音研究，乃至葉君〈七音略與韻鏡之比較〉（1990）均為後續之研究，伯元師曾在《六十年之聲韻學》等韻學一節，針對林慶勳《經史正音切韻指南與等韻切音指南比較研究》一文，逐章做了題綱式介紹。如介紹其第三章等韻切音指南研究曰：

　　　　於切音指南之年代板本、編排、依據等各方面亦有詳盡之說
　　　　明。於切音指南之音讀亦加以構擬，以為切音指南所表現者乃
　　　　當時之語音現象也。並兼論荷蘭商克（S. H. Shaank）古漢語
　　　　發音學（Ancient Chinese Phonetics）對切音指南擬音之得失。

又指出其第五章結論為：

> 乃前四章之總結。從切音指南卷前歌訣來源、廿四圖圖序、清
> 濁之符號、標目之詳略，增加字等各證，考得切音指南之祖本
> 實出自嘉靖本切韻指南。蓋亦前賢所未道也。末又詮釋廣通侷
> 狹諸門法乃韻圖解釋三、四等歸字及辨識有無四等韻而設。皆
> 頗中肯，世之言等韻者當有助於此也。

伯元師肯定林氏此論文，對《康熙字典》前所附不具作者姓名之
《等韻切音指南》，實有正本清源之功。林慶勳也指出：

> 切音指南既依據於切韻指南之字數，除全同於成化本之切韻指
> 南之三九○二字外，復據各本切韻指南增十一字，合計三九一
> 三字，佔切音指南總字數百分之九六點六強，以此絕大多數之
> 相同歸字，加以圖型庶幾同出一轍，無怪乎二書後人難辨真偽
> 也。

從這項比較研究啟發我們對《七音略》與《韻鏡》這對孿生兄弟
的關係比較研究之重視，似乎對等韻學史有更關鍵的意義，因此，我
們也發現葉君與孔君的論文聲氣相通，從章節的對應，文理的鋪陳，
解題釋名，原原本文。注釋不嫌其多。但求言之有據，使用語料，不
憚其煩者，葉君稍勝於孔君，蓋兩書之音系擬測，均係對切韻音系的
展現，葉君擬測七音略音系時將重紐問題置於聲母音值之擬測的綜論
介音問題中，陳列諸說；孔君則別置於韻鏡編排之歸字一節之下處
理，並以二十五頁篇幅詳述各家論述，此其同中見異者也。

孔文相對於章節的簡約，如分三章，一曰韻鏡源流，二曰韻鏡內

容，三曰韻鏡音系，極見綱舉目張，其中源流部分，由溯源、撰述至流傳，相當等韻學溯源及與韻書流傳之關係，尤於「撰述」一節，綜緝諸說，推估成書時代或原型，凡有六說：

（一）主張唐元和時神珙所作（張麟之說）

（二）主張原型出於隋唐（日人大矢透說）

（三）主張不創自宋人（羅帝培）

（四）主張起於隋唐尚在疑似之間（趙蔭棠）

（五）主張成書於張麟之初次刊行或陳彭年重修廣韻之前（王力）

（六）主張成書於宋，底本則據宋以前（董同龢）。

此又韻鏡題材之優勢，而孔書所以引人入勝者。按諸說分別細微，或模稜兩可，孔氏抽絲剝繭，畢竟近似之間，又有主從，如云「董同龢之說頗同於羅氏，而略異之。董氏於《漢語音韻學・等韻圖》一章中，取韻鏡與七音略並論，而稍加補充羅氏之說。」其言曰：

> 七音略之底本，鄭樵自己說是「七音韻鑑」，韻鏡的底本，張麟之說是「指微韻鏡」；提到他們，張麟之又說：「……其來也遠，不可得而指名其人，故鄭先生但言梵僧傳之，華僧續之。」

而此說羅氏於〈通志七音略研究〉一文已呼之欲出，羅氏並舉三證而論，其第三點即謂：

> 據敦煌唐寫本守溫韻學殘卷所載「四等輕重例」之分等，與韻鏡悉合，所以四等之分劃，在守溫以前蓋已流行，而當起源於唐代。

最後他以四點證據提出「韻鏡底本應是晚唐五代間之作，而今所見韻鏡，恐是張麟之增益而成。」（見《韻鏡研究》，頁22）。孔氏精於推論，有破有立，勇於質疑前修之未密，如云：「以吾拙見，羅氏之說於理念上似不及董說合宜。」（同上，頁32）又如評趙蔭棠於等韻源流序中推論：「他（守溫）的時代，我以為生於唐末，死於宋初。」認為「其說純屬猜測。」（同上，頁36）。再如釋內外轉諸說，引述董同龢門生杜其容教授的新說云：

> 總結說來，內外轉之名，係為區分二、四等之屬三等韻或屬二、四等韻而設立。三等居二、四等之內，故二、四等字之屬三等韻者謂之內轉，而屬二、四等韻者相對謂之外轉。（轉引孔文，頁60）

孔君謂：「杜女士以四等與二等一併論及之說，雖亦發前人所未發，而且極富批評精神，然考其內容，似乎仍有若干疑惑之處。」（頁60）孔文接著用四頁之篇幅（同上，頁60-64）與杜女士商榷。並據陳伯元師於《等韻述要》首提質疑「惟以臻攝改入內轉，則變更內外轉之內容，縱言之成理，恐非等韻門法上之所謂內外轉也。」（見《述要》，頁112）孔文論辨之第三點，頗多措辭尖銳之處，如云「杜女士為貫徹其說，於是論臻攝必為內轉，以符己意。」「此外杜女士又提及十九、二十兩轉與九、十兩轉為陰陽入關係，則吾人正可循此出發，檢討杜女士之說是否自相矛盾，有無成立之可能。」接著質疑其於九、十及十九、二十四轉改為內轉有違自訂原則，並指出董同龢於其「等韻門法通釋」已指出「內轉與外轉之內容不能改換」之原則。似欲以其師之說否定弟子之翻案，令人感受其相信舊說，仍出於對伯元師說之自信。孔君初撰碩論，即有此膽識，挑戰新說，似非

一般初學者所能及，伯元師當日審閱其論文，當甚肯定其思辨能力，孔著《韻鏡研究》有伯元師序，即稱其「發憤探研，每忘寢食，逾時兩年而斐然成章。今觀其書，條理秩如，先賢成說、既已網羅無闕，並世學人，亦能度長絜短。」可謂高度肯定本篇之成果。於各章之稱述亦有「要言不繁」、「深入淺出」之美言。「余嘉其學務本，實事求是，既足明等韻之精微，亦可釋眾人之所疑」云云。可以說孔書為等韻五種系列論文，做出後出轉精的豹眼。

六

有關四聲等子與切韻指掌圖兩篇論文，當年前後刊布於臺灣師大國文研究所集刊十八、十九兩期，集刊卷帙浩繁，一九七二至一九七三年期間，兩岸學術罕有交流，因此大陸學者知音者稀，未見引述。本擬趁此代序機會略述兩書之梗概及重點，篇幅不容。竺兄之音系蠡測，又已重新發展為〈四聲等子之音位系統〉，收於其《近代音論集》（1994：1-25，臺灣學生書局），更為精簡易入。有關兩書之比較，前有謝雲飛先生《四聲等子與切韻指掌圖比較研究》（國科會獎助論文，1964），後有黃耀堃〈宋本《切韻指掌圖》的檢例與《四聲等子》比較研究〉一文（刊於《燕京學報》新十三期，2002年11月，北京）。前者涉及兩書逐字對校，後者涉及檢例因仍之前後關係。因晚期韻圖反映之音系，已屬宋代音系，兩書之論述重點，與本論文關聯較少，限於篇幅，在此存而不論。

七

相對於《韻鏡》被視為早期韻圖的代表，主要因中土失傳（清季

楊守敬《日本訪書志》載韻鏡一卷）後由黎庶昌及楊守敬二人於光緒間購得永祿七年刊本，取以影刊於古逸叢書內，由此國內復睹此久佚古籍，此書已在彼邦流傳六百餘年。由於研究者眾，又版本眾多，終取代流傳不斷之《七音略》，成為顯學。以國人為例，進行校勘者有龍宇純（1957）、李新魁（1982）、楊軍（2007）三家，故研究《韻鏡》者絡繹不絕，而《七音略》反遭冷落，黃笑山先生跋楊軍（2002）七音略校注一文就指出：

> 自羅常培（1935）校訂《七音略》錯訛一五○○事以來，李新魁先生、龍宇純先生、孔仲溫先生、潘文國先生（按著有《韻圖考》）都對早期韻圖下過功夫。但是專為《七音略》作校注者，至今唯見羅常培先生幾十年前之成果。以今論之，其研究注重諸本比較研究，然所據版本只有三種，不足以斷其是非，糾其錯繆，考其源流，故精審如羅常培先生亦不視所校為定本。（楊軍《七音略校注》，頁341-342）

按黃笑山先生當未見謝雲飛（1965）《七音略與四聲等子之比較研究》（國科會獎助論文）、高明（1970）〈等韻研究之一──《通志·七音略》研究〉（國科會獎助論文）及〈《通志·七音略》校記（上）〉（刊《華岡文科學報》15：105-176，1983），當亦未見葉君一九七九及一九九○年兩文，致以為一片空白。可惜高仲華師的校記只發表上篇，未為全璧，不無遺憾。今葉君既已重新校勘出版本書，這是迄今為上唯一有關《七音略研究》之專著，由於僅為碩論，本書並未進行校勘，已將羅氏校正至治本七音略之成果，轉錄於書中（見本書「歸字」一節），並指出高師校得一二七九條，所校綦為廣泛，不煩其詳，亦未引用。葉君博論《十韻彙編研究》（1988）第二章為十

韻校勘記，極見細緻。此書已由李無未所編《音韻學論著指要與總目》（北京：作家出版社，2007年）上卷音韻學研究著作指要之一八九（同上，頁169）加以著錄。李氏新著（2017）《臺灣漢語音韻學史》第五章「臺灣漢語音韻學史文獻盤點四：中古音」第四節「等韻圖與漢語中古音」，在「七音略」目下，也曾以十三行介紹「《通志‧七音略》研究」全文摘要。足見本論文仍是七音略研究史的重要論文。今既有楊著《七音略校注》為利器，可省重校之勞，正待鍵得君於校對本書之暇，利用楊氏校注之成果，對七音略作進一步的探研，或補正本書校勘之不足，一窺七音略之原型，則深盼焉。

最後舉出一個例子，與葉君商榷。余初讀論文第三章第二節七音略韻母音值之擬測，分等逐韻按同攝同等諸韻建立三十五組方言對照表，取材於《漢語方音字匯》十六種方言代表點的逐字音讀，以進行韻母音值之構擬，其中第一表收一等東韻，代表字有東、通、烘、翁、公、籠六字，一等冬韻僅收宗精母，聰清母兩字，甚覺奇怪，何以冬韻僅以齒頭音為代表，及核對《七音略》內轉第二，平聲一等冬韻，精系四字（宗、聰、賨、鬆），匣母（霠）、來母（蠶）各一字，合計六字，不如東一等之七音俱足。及讀楊氏校注內轉第二輕重輕，其前七條校記均作：

1 平——端　空格。《韻鏡》列冬，此是韻目，切二、刊、王二、王三、《廣韻》、《集韻》都宗反。本書誤脫，當據補。

2 平——透　空格。《韻鏡》列烔。……本書誤脫，當補。

3 平——定　空格。《韻鏡》列彤。……本書亦是誤脫，當據補。

4 平——泥　空格。《韻鏡》列農。……本書誤脫，當補。

5 平——見　空格。《韻鏡》列攻。……本書此又誤脫，當補。

6 平——清　聰。《韻鏡》作聰。切二、王二、王三。《廣韻》、《集韻》冬韻無清紐，龍宇純謂二書所列未詳所本、李新魁亦謂《韻

鏡》所據，不知何據。按刊（P2014、P2015）冬韻有舢字，並此
涼反。此字乃鏓字之俗（各書該小韻並有舢字，注云「亦忩」，
忩即忽之或體），本書之聰與《韻鏡》之聰，皆當鏓字之誤。

7 平──匣　空格。《韻鏡》列碒。……本書此轉多有脫誤，或是
　所據本此頁殘損而致矣？當補。

　　按今通行本《七音略》，匣母作廲，見於《廣韻》與碒同音，《韻
鏡》採「碒」字，為小韻之首，《七音略》採其末字，王樹民校本
同，楊軍視為「空格」，並據韻鏡補「碒」字，恐無必要改字。然前
六字楊軍所校甚當，於《韻鏡校箋》亦持相同看法（並謂《七音略》
當補）。楊軍在第七條已推測本韻脫誤原因，然則冬韻之代表字，當
據補正後選用冬、彤、農、攻等字，葉君論文未注意校勘，僅選用未
補之宗、聰兩字，其中聰字亦為訛字（依楊校當作鏓）。且《韻鏡》
二轉一等齒音次清下則作鏓，龍宇純校注亦曰：「廣韻冬韻無清聲
母，鏓屬東韻清母，集韻冬韻亦無清母」。葉君所選用之「聰」字廣
韻屬一東韻，倉紅切，與忽同音，韻鏡正作「忽」字。葉君並未取七
音略訛誤之「鏓」字，卻誤把一東的「聰」字誤作二冬字，並取為字
表，則該表僅有一個正確的「宗」字，如何作為擬音依據，此可見
《七音略》校勘當為擬測音系之前提，若能參酌楊氏校箋，當可避免
類似的瑕疵，使論文臻於完善。

八

　　本文之所以分段寫作，最初我希望鍵得君給我較長篇幅，以便寫
成「等韻五種」研究的回顧，並順便介紹當年五位同門寫作之背景、
互動及研究成果之評估，由於久不彈此調，重讀五篇論文，並百感交
集，故數易其稿，前後亦拖延近年，對於鍵得兄及出版的萬卷樓，均

須致歉，並感謝他們的包容，希望這篇長文，可以作為臺灣漢語音韻學史的外一章。本文分段寫作，唯恐讀者無法聚焦，僅整齊各段大意如下：

一、介紹作者簡歷及《通志‧七音略》在音韻學史上的地位，及等韻與審音學的關係。並依時序列出陳門五位弟子，完成等韻五種的研究論文時程。

二、介紹《七音略》研究的背景，主要以羅常培與董同龢兩家對韻圖的分系及其「時序所關」的音系定位。並先揭葉君論文第四章七音略與韻鏡之比較之成果。

三、介紹葉君論文之架構，並以第二章七音略之編排為代表，以重紐之討論為重點，並據師說，提出初步結論。

四、介紹孔仲溫《韻鏡研究》在重紐問題上，所進行的重新歸納，及伯元師後續有關重紐研究的兩篇經典（1989、1992）。

五、有關韻圖之比較，以林慶勳一九七一年論文之成果，說明韻圖之間的舊瓶新酒關係，並針對葉君與孔君七音略與韻鏡研究架構的對應與互通聲氣，截長補短，學者當合併閱讀。

六、簡述第二系韻圖《切韻指掌圖》與《四聲等子》之關係，並介紹竺家寧、姚榮松、謝雲飛、黃耀堃相關研究的篇目，提供本論文讀者的另類參考書。

七、針對學界對七音略與韻鏡研究的冷熱懸殊之背景，加以說明，以突顯本論文的價值，並認為《七音略》的校勘學，尚有進展的空間，鼓勵葉君進行後續的研究。

八、整理本文脈絡及分段題綱，作為全文之總結。

姚榮松

西元二〇一八年歲次戊戌年十月完稿於師大路書齋

自序

　　韻書與韻圖為研究中古音兩大支柱，既相輔相成，又為體用關係。蓋韻書以反切記音，屬歷史的、文獻的、平面的資料，而等韻乃進一步說明反切之方法，其主要表現為韻圖，則是屬立體的資料，二者可以相輔相成；林師慶勳曾說：「當韻書分析音韻結構有不足的地方，只有靠等韻圖來解決、幫助；但是等韻圖也無法單獨存在，必須依靠韻書才能發揮它的功能。因此兩者有『體』〔韻書〕、『用』〔等韻圖〕的依存結構關係。」[1]可知韻書與韻圖的密切關係。

　　《七音略》乃鄭樵於南宋高宗紹興三十二年左右所表彰，為《通志·二十略》之一。先師高仲華先生曾於課堂說：「等韻之所以難學，因為有許多專有術語。」就《七音略》而言，如：「四等」、「內轉」、「外轉」、「重中重」、「重中輕」、「內重」、「內輕」、「門法」、「歸字」等術語，除了需深入瞭解其含義外，韻圖也涉及三十六字母、重紐、韻攝、借位、古本音、今變音、編排等問題，均需知曉。例如「字母」與「聲紐」二詞性質不同，「字母」最早為舍利所創三十字母，後守溫增加六母，而為三十六字母；「聲母」則是以陳澧系聯反切上下字條例去系聯《廣韻》三八七四切語上字所得，來源屬性不同。

　　本書《通志七音略研究》，內容包括鄭樵之生平、《七音略》之編排、名詞銓釋、語音系統、與《韻鏡》之比較等。《七音略》與《韻鏡》同屬早期等韻圖，雖同出一源，屬同系韻圖，惟互有異同，同者

---

[1]　見〈等韻圖的教學方法〉中之「摘要」，《聲韻論叢》第八輯，頁1。

如原型皆出於宋代之前、均前有所本、作者未詳何人、均經南方人之手而顯於世、轉數相同、去聲祭泰夬所寄相同等；異者如《韻鏡》成書稍早於《七音略》、序例不同、轉次不同、韻次不同、重輕與開合名異實同、內外轉有異、等列不同、聲類標目不同、廢鐸藥三韻所寄之轉不同、韻目標識不同等。[2]

　　《七音略》之聲母系統有四十二聲紐，包括：羽音（脣音）——幫滂並明非敷奉微；徵音（舌音）——端透定泥知澈澄娘；角音（牙音）——見溪群疑；商音（齒音）——精清從心邪照穿神審禪莊初床疏俟；宮音（喉音）——影曉匣喻為；半徵音（半舌音）：來——半商音（半齒音）——日。韻類則有二九六韻類。聲紐及韻類，本書均作音值擬測。

　　《七音略》與《韻鏡》既同為早期韻圖，與韻書《廣韻》配合，故《七音略》與《韻鏡》入聲當亦承陽聲，惟《七音略》將入聲鐸、藥二韻列於第三十四、三十五轉，承陽、唐之陽聲韻，又列於第二十五轉承豪、肴、宵、蕭之陰聲韻，王力主張承陰聲韻者應刪去，羅常培則主張《七音略》已露入聲兼承陰陽之兆，本書從之，並以為特色之一。

　　《韻鏡》每轉於右側轉次下標開合，《七音略》則於左側異以重輕之名，其中「重中重」者十七、「輕中輕」者十四、「重中輕」者五、「輕中重」者二、「重中重（內重）」、「重中重（內輕）」、「重中輕（內重）」、「重中輕（內輕）」者各一，目前學者龐大堃、羅常培已考知首字重輕與《韻鏡》開合相當，而列寧格勒東方院所藏黑水城資料，編號二八二號「解釋詞義壹卷」中有「開口成重，合口成輕」之語，更足以證明。惟「中重」、「中輕」、「內重」、「內輕」之含義尚未得解，仍有待後人繼續探研。

2　見筆者：〈《七音略》與《韻鏡》之比較〉，《復興崗學報第四十三期》（1990年）。

　　姚師榮松在百忙之中費時賜序，評論本書，兼及孔仲溫教授《韻鏡研究》、林師慶勳《經史正音切韻指南與等韻切音指南比較研究》、竺家寧教授《四聲等子音系蠡測》、姚師榮松《切韻指掌圖研究》相關問題；更舉一例指出本書於校勘尚有瑕疵，以為《七音略》一書可再進行校勘，是勉勵之餘，尚有督促，至為感謝！

　　萬卷樓圖書股份有限公司，是由一群中文學者所組成的公司，致力於學術好書的出版，在學術界、出版界占有舉足輕重的地位，目前積極推廣海外市場，為學術的開發與推展做出了極大的貢獻。本書為早年之作，從未出版，今蒙萬卷樓圖書股份有限公司願意出版，謹致十二萬分之謝忱！尚請前輩方家多予指正！

民國一〇七年十月 葉鍵得 謹識

目次

第一章
前言

第一節　鄭樵之生平

一　鄭樵之年里及時代

　　鄭樵字漁仲，福建省興化軍莆田人。[1]生於宋徽宗崇寧三年
（1104），卒於宋高宗紹興三十二年（1162），年五十九。樵生當北宋
之末，其時新舊黨爭方熾，徽宗優柔寡斷，朝綱反覆失常，東南民變
迭起，西北兵事頻仍，逮乎金兵南下，汴京淪陷，徽、欽二帝見虜，
大勢已去，腥羶之氣，瀰漫神州，雖是江左偷安，依舊朝不謀夕，於
是有志之士，莫不冀挽狂瀾於既倒，救國救民。宗澤、李綱、張浚、
岳飛，忠心耿耿，丹心赫赫，猶不免於割地賠款，向金稱臣。當此之
時，識者莫不痛心疾首，思謀中興。樵以一介書生，誓欲為國死義，
嘗上書宇文虛中、江給事，陳述自獻之意，終不得所願，爰轉向學
問，專意著書，蓋欲以其事業，招民族之魂，植復國之根也。

1　宋置太平軍，尋改曰興化軍，治興化縣，尋移軍治於莆田，元升興化路，明初改為
　　興化府，清因之，屬福建省，民國廢，治所即今莆田縣（《中國古今地名大辭典》，
　　頁1234）。

二　鄭樵之學歷及仕履

　　樵父國器，係太學學生，因嘗鬻田脩蘇洋坡堤，[2]當地之人皆稱
其德。宋徽宗宣和元年（1119），國器自太學歸，途疾死於蘇州，樵
時年十六，[3]冒暑徒步護柩歸葬。其後，謝絕人事，結廬越王山下，[4]
博讀群書。

（一）夾漈苦讀，吟詠林間

　　鄭樵家世，綦其單微，而與之相砥勵者唯從兄鄭厚[5]耳。昆仲二
人自幼即有脫略流俗之志，又志趣相投，同脩學於夾漈山[6]中。樵家
貧，無文籍，故夾漈山脩讀之際，每聞人有藏書，即造門求讀，讀盡
乃去。昆仲二人發憤苦讀，樵自謂「寒月一窗，殘燈一席，諷誦達
旦，而喉舌不罷勞，纔不讀，便覺舌本堀強。或掩卷推燈就席，杜目
而坐，耳不屬，口不誦而心通，人或呼之，再三莫覺。」[7]用功至勤
矣。厚居溪東，號曰溪東先生；樵居溪西瑞雲潭，號曰溪西先生，自
稱溪西遺民。[8]樵有〈題所居夾漈草堂詩〉，〈序〉云：「斯堂本幽泉、

2　蘇洋坡在福建福安縣東南四十五里（《中國地名大辭典》，頁842）。

3　《莆田縣志》作十六，《福建通紀》作十七，未知孰是。

4　越王山，在福建省閩侯縣北，半踞城內，半蟠城外，古為閩越王無諸所都，故名。
　　形若屏扆，又稱屏山，俗作平山（《中文大辭典》，頁1477）。

5　鄭厚，字景韋，長鄭樵四歲，讀書一覽成誦，時行三舍法，士子惟通一經即可，厚
　　卻兼通，自太學歸，從樵講學薌林，從遊者眾。紹興五年，再舉禮郎，奏賦第一，
　　廷對六千言，指陳無隱。高宗有詔特循兩資與陞擢差遣，授左從事郎，泉州觀推
　　官，以事解去。踰年除昭信節度推官，改佐承事郎，知湘鄉縣，卒（《莆田縣志》
　　〈鄭厚傳〉）。

6　夾漈山在福建省莆田縣西北，旁有西巖，宋鄭樵讀書處，故世稱樵曰夾漈先生
　　（《中文大辭典》，頁1643）。

7　見《夾漈遺稿》卷二〈與景韋兄投宇文樞密書〉。

8　諸書誤作「溪西逸民」，今據《夾漈遺稿》卷一〈題夾漈草堂二首〉改正。

怪石、長松、脩竹、榛、橡所叢會，與時風、夜月、輕煙、浮雲、飛禽、走獸、樵薪所往來之地。溪西遺民於其間為堂三間，覆茅以居焉。斯人也，其斯之流也。」[9]又有〈題溪東草堂詩〉云：「春融天氣落微微，藥草葱茅脈脈肥，植竹舊竿從茂謝，載桃新樹忽芳菲，天寒堂北燃柴火，日暖溪東解風衣，興動便携樽到嶺，人生真性莫教違。」[10]樵得此美境，何其愜意！是以每遇奇泉、怪石、茂林、脩竹，凡可以娛其心意者，莫不吟詠其間，累月忘歸。鄭君才氣，不羈於書卷，矧其有「西窗盡是農岐域，北牖無非花葛鄉」[11]之佳境，得以擴充治學範圍，凡天文、言語、動物、植物、醫藥莫不涉及，而一切出於自我探索，無師自通。

（二）治學尚實，摒棄空言

樵潛心於經旨禮樂文字天文地理蟲魚草木方書之學，皆有論辨。而所著述，最重覈實。既求尚實，爰不得不接近於大自然。樵嘗述尚實之重要云：「凡書所言者，人情事理，可即己意而求之，董遇所謂『讀百遍，理自見』也，乃若天文、地理、車輿、器物、草木、蟲魚、鳥獸之名，不學問，雖讀千迴萬復，亦無由識也。」[12]其自述學天文之經過云：「天文藉圖不藉書，……臣向盡求其書，不得其象，又盡求其圖，不得其信。一日，得《步天歌》而誦之，時素秋無月，清天如水，長誦一句，凝目一星，不三數夜，一天星斗盡其胸中矣。」[13]又述其學動植物之經過云：「臣少好讀書，無涉世意，又好泉

9　見《夾漈遺稿》卷一。
10　見《夾漈遺稿》卷一。
11　見《夾漈遺稿》卷一〈夾漈草堂詩〉。
12　見《夾漈遺稿》卷二〈寄方禮部書〉。
13　見《通志・天文略》〈序〉。案《直齋書錄解題》云：「《步天歌》，一卷，未詳撰人，二十八舍歌也。」〈天文略〉云：「隋有丹元子，隱者之流也；不知名氏，作《步天歌》；唐王希明纂《漢晉志》以釋之。」

石，有慕弘景心。結茅夾澓山中，與田夫野老往來，與夜鶴曉猿雜處。不問飛潛動植，皆欲究其情性。」[14]蓋其治學，重於實驗，再歸諸文字。樵既以覆實之法，而得書之情，故於書中多有附圖者，如〈器物圖〉、〈鄉飲酒圖〉、〈百川源委圖〉、〈書志圖〉、韻圖、天文圖、《爾雅》圖（後三者非書名）等是，足見其疾惡空言著書之態度。案鄭樵嘗云：「三百篇之《詩》，盡在聲歌，自置《詩》博士以來，學者不聞一篇之詩。六十四卦之《易》，該於象數；自置《易》博士以來，學者不見一卦之易。皇頡制字，盡由六書；漢立小學，凡文字之家不明一字之宗。……何時返本！」[15]即評古人之學，蔽在空言。是其盡讀圖籍之外，復欲出遊名山大川，以搜奇訪古也。

（三）明究類例，偏重經濟

漁仲治學方法稽詳覈實外，並欲明究類例。嘗云：「善為學者如持軍、治獄；若無部伍之法，何以得書之紀；若無覆實之法，何以得書之情？」[16]更云：「學之不專者，為書之不明也；書之不明者，為類例之不分也。……書籍之亡者，由類例之法不分也，類例分，則百家九流，各有條理，雖亡而不能亡也。」[17]樵之重類例若是。樵嘗評《爾雅》以十數言而總一義，未達言理，又隨文敷義，未達情狀，然其酷愛《爾雅》者何？蓋以《爾雅》訓釋六經，綦有條理，愛其得法度也。因明類例，故《象類書》將二萬四千餘字皆配諸六書，又以三百三十母為形主，八百七十字為聲主。《分音之類》以四聲為經，七音為緯。《氏族志》將族書分為三十二類，《群書會記》將目錄分為四

---

14 見《通志·昆蟲草木略》〈序〉。
15 見《通志》總序。
16 見《通志·圖譜略》〈明用篇〉。
17 見《通志·校讎略》。

百二十二類，其宗旨即在「明類例」，類例明，則一切事物皆可釐然就範，是樵縶具科學觀念矣。夫樵居夾漈苦讀，即立三願[18]：（1）多讀古人之書。（2）盡通百家之學。（3）精研六經為其羽翼，自視不下劉向、揚雄。惟樵生值「天子蒙塵，蒼生鼎沸」之時，為「攄生靈之憤，刷祖宗之辱」[19]，其學偏重經濟，而鄙義理辭章。樵云：「義理之學尚攻擊；辭章之學務雕搜。耽義理者則以辭章之士為不達淵源；玩辭章者則以義理之士為無文彩。要之，辭章雖富，如朝霞晚照，徒焜耀人耳目；義理雖深；如空谷尋聲，靡所底止。二者殊塗而同歸，是皆從事於語言之末，而非為實學也。」[20]

宋欽宗靖康元年（1126），樵昆仲講學薌林，適宇文虛中由樞密謫職，奉祠福州，聞其昆仲之名，頗為賞識，嘗致書云：「士弊於科舉久矣，安知亦有淵源深渺，不為俗學所漬如公者乎？」[21]並兩過其居，促膝暢談。時金兵下汴京，徽、欽二帝，被擄北去，昆仲異常感慨，蓋以宇文虛中如此賞識，有感知遇，爰上書宇文虛中，自喻為程嬰、杵臼、藺相如、荊軻、蘇武、張巡、許遠之徒，冀於時勢上有所作為，末云：「然則厚也，樵也，何人也，沉寂人也，仁勇人也，古所謂能死義之士也，謂人生世間，一死耳，得功而死，死無悔，得名而死，死無悔，得知己死，死無悔，死固無難，恨未得死所耳，今天子蒙塵，蒼生鼎沸，典午興亡，卜在深源一人耳，厚兄弟用甘一死，以售功售名售義售知己，故比見閣下以求其所也。」[22]高宗建炎元年（1127）宇文虛中以議和之罪，流竄韶州，翌載，奉命使舍而遭羈

18　《福建通紀》載鄭樵上書云：「臣本山林之人，欲讀古人之書，通百家之學，討六藝之文，如此一生，則無遺恨。」

19　見《夾漈遺稿》卷三〈與景韋兄投江給事書〉。

20　見《通志‧圖譜略》〈原學篇〉。

21　見《夾漈遺稿》卷三〈投宇文樞密書〉。

22　同前註。

留，樵昆仲投書，遂無訊息。

其後，又有〈投江給事書〉，陳自獻之意，云：「且為閣下言之，峩冠博帶，曳裾投刺者，或挾親而見，或挾故而見，或階緣親故先容而後見也。迹相仍，袂相屬也。然有畫一奇，吐一策，為閣下計者乎？有人於此，親非崔盧，故非王、貢，又無左右介紹，為之先容，敢仗天下大計堂堂求見，閣下謂此人胸中當何如哉？……厚與樵見今之士大夫齷齪不圖遠略，無足與計者，用自獻於閣下。」[23]亦無復音，昆仲雖欲用世，惟投靠無門，經二次打擊，遂轉向學問，託意著述。

樵因著述，流傳益廣，名望漸大。樵〈上宰相書〉云：「以一介之士，見盡天下之圖書，識盡先儒之閫奧，山林三十年，著書千卷。」[24]朝中大臣如李綱、趙鼎、張浚，皆益重之。紹興十八年（1148），樵徒步至杭州闕下，獻其所著書，並附書言著述之由有三：(1) 兵火之後，文物蕩然，因興「諸家之書，散落人間，靡所底定」之歎！欲收簡舊籍，討理圖書。(2) 每誦白樂天「恐君百歲後，滅泯人不聞，賴中藏秘書，百代無湮淪」之句，未嘗不嗚咽流涕！(3) 已至暮齡餘齒，形單形隻，書雖著成，惜乎無子弟可傳，又無名山石塞可藏，儻使一死，豈不白費工夫。」[25]又云：「萬一臣之書有可採，望賜睿旨，許臣料理餘書，續當上進。」[26]詔藏秘府，樵甚喜，以為「蓬山高迥，自隔塵埃，芸草芬香，永離蠹朽，百代之下，復何憂焉」[27]既歸，益厲所學，從者二百餘人，學者宗仰，稱夾漈先生。尋母喪，哀毀盧墓，部使舉孝廉者三，舉遺逸者二，皆不就。

---

23 見《夾漈遺稿》卷三〈投江給事書〉。

24 見《夾漈遺稿》卷三〈上宰相書〉。

25 同前註。

26 見《夾漈遺稿》卷二〈獻皇帝書〉。

27 見《夾漈遺稿》卷三〈上宰相書〉。

　　紹興二十七年（1157），侍講王綸、賀允中薦上云：「鄭樵終老韋布，可謂遺才。」帝詔召，明年二月，得召對，奏對曰：「臣處山林三十餘年，修書五十種，皆已成，其未成者，臣取歷代之籍，始自三皇，終於五季，通為一書，名曰《通志》，參用馬遷之體，而異馬遷之法，謹摭其要覽十二篇，曰修史大例，先上之。」帝曰：「聞卿名久矣，敷陳古學，自成一家，何相見之晚耶？」帝雖有用意，惟樵未經科舉，乃一介白衣，即有學問，難以召用，爰授右迪功郎，還禮兵部架閣。尋為御史所劾，改監潭州南嶽廟，給札歸抄所著《通志》。[28]

　　《通志》一書，仿通史之例，分紀傳二十卷，年譜四卷，典章事物二十略。二十略為全帙之菁華，採摭浩然，議論警闢。自云：「臣今總天下之大學術，而條其綱目，名之曰略，凡二十略，百代憲章，學者之能事，盡於此矣，其五略，漢唐諸儒所得而聞，其十五略，漢唐諸儒所不得而聞也。」[29]名乎《通志》者——「百川異趣必會於海，然後九州無浸淫之患，萬國殊涂，必通諸夏，然後八荒無壅滯之憂」，此樵之有取於會通也；「古者記事之史謂之志」，此樵之有取於志也。

　　紹興三十年（1160），《通志》撰就，樵詣闕下請上。會帝車駕建康，戒嚴，未得見，有詔樞密院編修官，尋兼攝檢詳諸房文字。樵因請修金正隆官制比附中國秩序，得入秘書省，繙閱典籍。未幾，又為御史彈劾，遂寢其事。

　　紹興三十二年（1162）春，高宗幸建康，命以《通志》繳進，會病卒，年五十九。[30]時樵兒翁歸八歲。安貧不競。後人輯樵詩文，為

---

28 見《宋史》及《福建通紀》本傳。

29 見《通志》總序。

30 道光舊志載樵卒年七十，異乎《宋史》，今從顧頡剛〈鄭樵傳〉及高師仲華〈鄭樵與通志七音略〉之說。

《夾漈遺稿》三卷。[31]

三　鄭樵之情性

（一）脫略流俗，熱情仁厚

　　樵昆仲自幼皆有脫略流俗之志，又志趣相投，偕修學於夾漈山中，益以學尚實驗，爰遊歷山川，搜奇訪古，二三月間，攜飯囊酒甕，逕入山林，遇有奇泉、怪石、茂林、脩竹，凡心之所適，即坐臥其間，飲酒賦詩，至於忘返。其平日之行，亦放浪形骸，不拘俗套。夏不衣葛，冬不衣袍，髮如飛蓬，經月不理，面目衣裳，垢膩堆積，猶云「貞粹之地油然禮義充足」，以致牧童樵夫見之，畏而不敢近之，其兄弟親友，以至鄉黨，皆以癡妄視之，甚而不屑與之為伍。樵又處世耿介，不肯廣事交遊，故雖天地之大，猶然無立足之地矣。[32]初樵居鄉里，歷數載，不一詣守令。及改監潭州南獄廟，給札歸抄所著《通志》，原詔官給筆札，樵乃就南獄廟俸給支之，其耿介者若是。樵雖脫略流俗，又富熱情仁厚之心，嘗有〈投江給事書〉云：「胸中無膏肓之疾，肯真心為人排難解紛，遇有不平之事，即熱情湧盪，急於助人，且自奉甚薄，樂於濟眾，雖至三餐不繼，亦在所不惜。」[33]夫樵之情性可謂率真矣！其每誦白樂天「恐君百歲後，滅泯人不聞，賴中藏秘書，百代無湮淪」之句，未嘗不嗚咽流涕！此即刻意著述之由也。迨詔藏秘府，從遊者臻二百餘人，凡有質疑，必獲解答，日夜講說，毫無倦容，遇人為善，則譽之惟恐不及，其熱情仁厚，可見一斑矣。

---

31 案鄭樵之著作，可見顧頡剛〈鄭樵箸述考〉一文。

32 見《夾漈遺稿》卷三〈投宇文樞密書〉。

33 見《夾漈遺稿》卷三。

（二）豪氣俠義，沉寂仁勇

　　樵生居北宋之末，新舊黨爭方熾，徽宗復優柔寡斷，朝綱反覆失常，民變兵爭紛起，及靖康元年，金兵陷汴京，徽、欽二帝被擄北去，樵以一介書生，義憤填膺，毅然有為國死義之志，乃上書宇文虛中，自喻為程嬰、杵臼、藺相如、荊軻、蘇武、張巡、許遠之徒，冀有番作為，末云：「然則厚也，樵也，何人也，沉寂人也，仁勇人也，古所謂能死義之士也。」[34]又〈投江給事書〉，陳自獻之意，惟並無結果，雖然，不失書生愛國之本色矣。

　　綜觀樵一生，鬱鬱不得志，惟「貪生託立言」耳。周必大評為切切於仕進[35]，《宋史》本傳亦據之而謂「獨切切於仕進，識者以是少之。」蓋皆未知漁仲者也。其〈上宰相書〉云其至京三願：（1）傳其著作。（2）整理圖書金石。（3）編理《通志》；足見其為學問也。故本師高仲華先生云：「《宋史》本傳既稱其『平生甘枯淡』，又言其『獨切切於仕進，識者以是少之』，立言矛盾，似不可從。樵嘗被舉孝廉者三，舉遺逸者二，皆不就，則樵非『切切於仕進』者甚明。其〈獻皇帝書〉、〈上宰相書〉、〈上方禮部書〉力自表襮，蓋樵篤愛其所著書，沉恐其湮沒而無聞，故不覺其言之過當也。而世論竟以是少之，此豈樵意料之所及哉？」[36]洵哉斯言。

第二節　鄭樵《七音略》之造意

　　自古以來，言語多歧，既受地域之限，復以年歲遞代，言語異

34　見《夾漈遺稿》卷三〈投宇文樞密書〉。

35　見周必大《親征錄》。

36　見高師〈鄭樵與通志七音略〉按語。

矣，乃至於淆亂無章，樵明諧聲之無窮，欲以類化，爰以四聲為經，
七音為緯，著《七音略》。四聲為經者，以《切韻》系韻書為主，但
分收音之韻為二百六韻，而勒之以四聲也。七音為緯者，宮、商、
角、徵、羽、半徵、半商七音也。而宮有影、喻、曉、匣四紐，則喉
音也。商有精、清、從、心、邪、照、穿、床、審、禪十紐，則齒音
也。角有見、溪、群、疑四紐，則牙音也。徵有端、透、定、泥、
知、徹、澄、孃八紐，則舌音也。羽有幫、滂、並、明、非、敷、
奉、微八紐，則脣音也。半徵有來紐，則舌齒音也。半商有日紐，則
齒舌音也。樵以四聲為經，七音為緯，經緯相交，即反切上字之聲與
反切下字之韻，上下相會成字音也。樵著述《七音略》之動機，《通
志》總序云：

> 天籟之本，自成經緯，縱有四聲以成經，橫有七音以成緯。皇
> 頡制字，深達此機。江左四聲，反沒其旨。凡為韻書者，皆有
> 經無緯。字書眼學，韻書耳學；眼學以母為主，耳學以子為
> 主；母主形，子主聲，二家俱失所主。今欲明七音之本，擴六
> 合之情，然後能宣仲尼之教，以及人間之俗，使裔夷之浮皆知
> 禮義，故作《七音略》。

其《七音略》〈序〉言之尤詳，茲復歸納成三端：

一、漢人課籀隸，始為字書，以通文字之學。江左競風騷，始為
韻書，以通聲音之學。然漢儒識文字而不識子母，則失制字之旨，江
左之儒識四聲而不識七音，則失立韻之源。獨體為文，合體為字，漢
儒知以說文解字，而不知文有字母；生字為母，從母為子，子母不
分，所以失制字之旨。四聲為經，七音為緯，江左之儒知縱有平、
上、去、入四聲，而不知衡有宮、商、角、徵、羽、半徵、半商七

音；縱成經，衡成緯，經韻不交，所以失立韻之源。

　　二、今宣尼之書，自中國而東則朝鮮，西則涼夏，南則交趾，北則朔易，皆吾故封也。故封之外，其書不通。何瞿曇之書能入諸夏，而宣尼之書不能至跋提河？聲音之道有障閡耳，此後學之罪也。舟車可通，則文義可及，今舟車所通，而文義所不及者，何哉？臣今取七音，編而為志，庶使學者盡傳其學，然後能周宣尼之書，以及人面之域。

　　三、臣初得《七音韻鑑》，一唱而三嘆，胡僧有此妙義，而儒者未之聞。……今作〈諧聲圖〉，所以明古人制字，通七音之妙，又述內外轉圖，所以明胡僧立韻得經緯之全。[37]

　　綜觀上引，樵《七音略》之造意可歸納為二大端：其一，為明古人制字，通七音之妙，以明胡僧立韻得經緯之全，七音既明，則可通百譯之義矣。其二，聲音每受制於區域，爰有障礙，瞿曇之書能入諸夏，宣尼之書卻未能至跋提河，為明七音之本，擴六合之情，為宣仲尼之教，用夏變夷，因作《七音略》也。

第三節　年代考索

　　等韻圖之形成，乃音韻學史上一件大事。唐末悉曇學之輸入梵文拼音表入華，益以佛經漢字語音轉唱圖表應運而生，等韻圖遂而產生。《七音略》與《韻鏡》為今傳最早之韻書。《七音略》乃《通志‧二十略》之一，於紹興三十一年進呈，故其成書蓋於宋高宗紹興三十

---

37 樵以為七音之說，起自西域。高師仲華評云：「則為漁仲率爾之言，未足憑信。」案三十六字母據中華之音，非據梵音也。惟多受梵文字母之影響，迨無可疑。故高師云：「漁仲安知其所得之《七音韻鑑》必出於胡僧之手，而不出於中國僧俗耶？竊謂胡僧之入中國，但以梵文傳譯為華文而已。」（見〈鄭樵與通志七音略〉）

一年（1161）之前。《七音略》與《韻鏡》皆前有所承，吾人可證其
為宋代以前之作品，茲列述如次：

　　一、鄭樵《七音略》〈序〉云：「臣初得《七音韻鑑》，一唱而三
嘆，胡僧有此妙義，而儒者未之聞。」《七音韻鑑》即《七音略》之
底本。張麟之則謂《指微韻鏡》為《韻鏡》之底本，更云：「其來也
遠，不可得指名其人，故鄭先生但言梵僧傳之，華僧續之而已。」是
二者皆前有所承，此可證者一。

　　二、張麟之〈韻鏡序作〉題下注云：「舊以翼祖諱敬，故為《韻
鑑》，今遷祧廟，復從本名。」案「翼祖」為宋太祖追封其祖父之尊
號，若《韻鏡》作於宋人，其始即應避諱而稱「韻鑑」矣，何須復從
本名，今既有本名為「韻鏡」，則當屬宋代之前無疑，此可證者二。

　　三、《七音略》將覃、咸、鹽、添、談、銜、嚴、凡列於陽唐之
前，與陸法言《切韻》、孫愐《唐韻》一系同，而李舟《切韻》、宋陳
彭年《廣韻》，降覃談於侵後，可知《七音略》所據韻書較諸《廣
韻》為早，且更較李舟《切韻》為早，此可證者三。

　　四、《敦煌唐寫本守溫韻學殘卷》所載〈四等輕重例〉：

平聲	觀古桓反	關刪	勸宣	涓先
上聲	滿莫伴反	矕潸	免選	緬獮
去聲	半布判反	扮襇	變線	遍線
入聲	特徒德反	宅陌	直職	狄錫[38]

其分等與《七音略》、《韻鏡》悉合，是四等之分，於守溫之前蓋已流
行，則二書之起源似可推至唐代也。又案巴黎藏伯二〇一二號此卷，

―――――――――――――――――――

38 見潘師石禪《瀛涯敦煌韻輯新編》，頁606。

劉半農氏手抄回歸後，羅常培氏有〈敦煌寫本守溫韻學殘卷跋〉[39]亦以為韻圖源於唐代，羅氏云：

> 半農先生亦嘗據其紙色及字蹟，斷為唐季寫本，故舊傳為唐末沙門，殆可徵信。……以等分韻，不知始自何時。然日本藤原佐世之《日本現在書目》著錄《切韻圖》一卷，大矢透謂即《韻鏡》之原型；是宋代之等韻圖，唐初已存其蹟。今此《殘卷》第一截所載〈四等重輕例〉……其各等分界與《韻鏡》悉合，可證等韻起源，必尚在守溫以前，與大矢透說可相參驗。

此可證者四。

五、日僧釋空海《文鏡秘府論》論調聲云：

> 律調其言，言無相妨，以字輕重清濁間之須穩。至如有「輕」「重」者，有「輕中重」「重中輕」，當韻之即見。且庄（側羊反）字全輕，霜字輕中重，瘡字重中輕，牀（土应反）字全重。

試觀《七音略》於每轉圖末分標「重中重」「重中輕」「輕中重」……諸詞，其定名實本諸唐人。案空海精研悉曇，善解聲律，其含義雖不與《七音略》悉符，然重輕之名，必為唐代等韻學等所習用也，此可證者五。

據上五端，可知《七音略》起源甚早，絕非宋代始有，當出於唐代無疑。更據本師潘石禪先生《中國聲韻學》巴黎藏伯二〇一二號

---

39 見《中央研究院歷史語言研究所集刊》第3本第2分。

《守溫韻學殘卷》案語,復歸納成三點,以為補充:

其一、此卷首署「南梁漢比丘守溫述」,述之云者,前有所因之詞,疑守溫此作,蓋亦本於前修。更即此卷內容觀之,凡文字切音,皆稱為反,此唐人寫本韻書莫不皆然,唐以後則否。即此一端,已足證此卷為唐人之作。

其二、觀此卷〈辯宮商徵羽角例〉,與《玉篇》、《廣韻》附錄頗同;脣舌牙齒喉音字母分類與斯五一二卷〈唐寫本歸三十字母例〉相合。

其三、列寧格勒藏黑水城資料第二八二號《解釋歌義》一本,觀其所述,知智公《指玄論》之圖,所本《切韻》,平聲韻為五十九,並上去入聲共有二百七韻,智公為五代宋初人,其時代亦與守溫頗近。

潘師總結云:「故皆用唐修《切韻》為作圖之本,是則韻圖之興,淵源甚遠,必出於宋代以前也。」[40]潘師論證確鑿,信可為有力之證也。且《七音略》、《韻鏡》因時代至早,完全保存《切韻》系韻書之系統,故《切韻》、《唐韻》雖佚,而二書乃探討《切韻》系統之絕好材料,是其重要性亦大矣哉。

至《七音韻鑑》與《指微韻鑑》二書,是否為同書?後世學者多以為不可盡知,本師高仲華先生亦懷疑云:

> 今按:張麟之〈韻鏡序〉稱楊倓《韻譜》所依據者為《切韻心鑑》,此與漁仲所得《七音韻鑑》不知是一是二,而均未言作者姓名。明‧王圻《續文獻通考》載有宋‧崔敦詩《韻鑑》及宋吳恭《七音韻鏡》,書名亦均與漁仲所得《七音韻鑑》類似。……吳恭之《七音韻鏡》,與漁仲所得之《七音韻鑑》,實

---

40 見《中國聲韻學》,頁185、186。

為同名，不知漁仲所得即吳恭之書，而佚其撰者之名，乃泛稱胡僧歟？抑吳恭所撰，乃鈔襲舊書，並襲用其名歟？又崔敦詩之《韻鑑》是否即《七音韻鑑》之省稱？此與張麟之二十歲時所得之《韻鑑》（張氏刊印時改稱《韻鏡》）是否為一書？張麟之〈韻鏡序〉稱漁仲為「莆陽夫子」，又稱「鄭先生」，是嘗從漁仲問學者，其所得《韻鑑》是否即漁仲所得之《七音韻鑑》？[41]

高先生推論至詳，然亦多或疑之辭，謹錄於此，以備參考。

第四節　版本考索

　　《七音略》，為《通志・二十略》中之一也，樵自云為出諸胸臆，為漢唐諸儒所不得而聞也。是諸《通志》本中，若不殘闕，皆有《七音略》。至以《二十略》成本者，亦皆其版本也，今吾人欲考其版本，則就《通志》、《通志・二十略》考之可矣。今之學者皆以為《七音略》傳世之最早者為元・至治本，羅常培氏云：「茲所傳北京圖書館藏之蝶裝猶為元印本，實傳世《通志》之最古者也。」[42]此即傳世者言，惟據《滂喜齋藏書記》所載「宋刻通志略殘本十七卷」一條，《七音略》猶存卷一之二，則此本當為最早者也，然國內未可見及。

　　諸本首有〈七音序〉，次〈諸聲制字六圖〉，次四十三內外轉圖，茲列次如後：

41　見〈鄭樵與通志七音略〉。
42　見〈通志七音略研究〉，《羅常培語言學論文選集》，頁111。

一　《通志》二百卷中者

（一）元至治二年福州路三山郡庠刻本，藏中央、故宮、史語
　　　所，亦藏京師圖書館及江寧圖書館（據顧頡剛〈鄭樵著述
　　　考〉），《適園藏書志》、《五十萬卷樓藏書目錄》、《群碧樓
　　　善本書目》皆載有之。北平圖書館藏有殘存一百八十六
　　　卷，一百五十一冊之本。

（二）明萬曆修補本。

（三）三《通》本。

（四）清文淵閣《四庫全書》本（《四庫薈要》本）。

（五）乾隆十二年武英殿刊本，故宮藏。光緒二十六年（庚子）
　　　《上海圖書集成》依此本排印為六十冊。

（六）《摛藻堂四庫全書薈要》本，故宮藏。

（七）浙江書局刻本。（據顧頡剛〈鄭樵著述考〉）

（八）謝刻本。

（九）廣州重刻本。（8、9二本，據《書目答問》）

二　《通志》二百卷附《考證》三卷中者

（一）九《通》本。

（二）十《通》本：

1 新興書局民國四十八、五十二、五十四年據清武英殿本影印。

2 鼎文書局所印「十通分類總纂」。

三 《通志・二十略》五十二卷中者

（一）宋刻《通志略》殘本十七卷，二函，二十冊，《七音略》
　　　存卷一之二，舊為明上海潘氏婁東張氏藏。（據《滂喜齋
　　　藏書記》）

（二）《金匱山房本》。

（三）《袖珍古書讀本》。

（四）商務印書館影印本，在《國學基本叢書》中。

（五）《四部備要》本，中華書局民國五十四年據金壇刻本校刊。

（六）世界書局民國四十五年影印陳宗夔校本。

四 《通志・二十略》五十一卷中者

（一）明嘉靖庚戌（二十九年）福建監察御史陳宗夔刊本，二十
　　　四冊，藏中央、臺大、故宮。

（二）清初刊本，普通線裝。

（三）于敏中重刊陳本。

（四）雍正己巳汪啟淑刊本。（3、4二本，據顧頡剛〈鄭樵著述
　　　考〉）。

五 〔影元至治本〕《通志・七音略》

　　藝文印書館影印，一在《等韻五種》中，一為線裝棉紙精印本，
均據國立北京大學影元刊本影印。

第二章
《七音略》之編排

第一節　《七音略》之內容

　　《七音略》一書係於《通志》卷三十六、三十七中。其四十三轉圖之前有〈七音序〉、〈諸聲制字六圖〉。每圖皆標外轉或內轉，每轉縱以幫、滂、並、明、非、敷、奉、微、端、透、定、泥、知、徹、澄、孃、見、溪、群、疑、精、清、從、心、邪、照、穿、床、審、禪、影、曉、匣、喻、來、日三十六字字母為二十三行，舌上、正齒分附舌頭、齒頭之下，輕脣則惟見第二、二十、二十一、三十三、三十四等五轉重脣之下。又於每組字母下別立羽、徵、角、商、宮、半徵、半商七音，橫以四聲統四等，除第二十五轉外，皆承陽聲韻，每圖之末，分標「重中重」、「輕中輕」、「重中輕」、「輕中重」……等。茲為明晰計，附內轉第一如下：

　　《七音略》以《廣韻》二百六韻，按四聲輕重，配入四十三轉圖，茲列表如下（據藝文印書館影元‧至治本）：

轉次	平韻	上韻	去韻	入韻	重輕	
內轉第一	東	董	送	屋	重中重	
內轉第二	冬鍾	腫	宋用	沃燭	輕中輕	
外轉第三	江	講	絳	覺	重中重	
內轉第四	支	紙	寘		重中輕內重	
內轉第五	支	紙	寘		輕中輕	
內轉第六	脂	旨	至		重中重	
內轉第七	脂	旨	至		輕中重內輕	
內轉第八	之	止	志		重中重內重	
內轉第九	微	尾	未	廢	重中重內輕	
內轉第十	微	尾	未		輕中輕內輕	
內轉第十一	魚	語	御		重中重	
內轉第十二	模虞	姥麌	暮遇		輕中輕	
外轉第十三[1]	咍皆齊	海駭薺	代怪祭霽	夬	重中重	
外轉第十四	灰皆齊	賄駭	隊怪祭霽	夬	輕中輕	
外轉第十五	佳	蟹	泰卦祭		重中輕	
外轉第十六	佳	蟹	泰卦祭	廢	輕中輕	
外轉第十七	痕臻真	很隱軫	恨焮震	沒櫛質	重中重	
外轉第十八	魂諄	混準	慁稕	沒術	輕中輕	
外轉第十九	欣	隱	焮	迄	重中輕	

1　《七音略》作「內轉第十三」，「內」字誤，當從本書第十四及《韻鏡》作「外」。
　　（註1、3並見李榮氏《切韻音系》，頁178、179。）

轉次	平韻	上韻	去韻	入韻	重輕	
外轉第二十	文	吻	問	物	輕中輕	
外轉二十一	山元仙	產阮獮	襉願線	鎋月薛	重中輕	
外轉二十二	山元仙	阮獮	襉願線	鎋月薛	輕中輕	
外轉二十三	寒刪仙先	旱潸獮銑	翰諫線霰	曷黠薛屑	重中重	
外轉二十四	桓刪仙先	緩潸獮銑	換諫線霰	末黠薛屑	輕中重	
外轉二十五	豪肴宵蕭	皓巧小篠	號效笑嘯	鐸藥[2]	重中重	
外轉二十六	宵	小	笑		重中重	
內轉二十七	歌	哿	箇		重中重	
內轉二十八	戈	果	過		輕中輕	
外轉二十九	麻	馬	禡		重中重	
外轉三十	麻	馬	禡		輕中輕一作重	
外轉三十一	覃咸鹽添	感豏琰忝	勘陷豔㮇	合洽葉帖	重中重	
外轉三十二	談銜嚴鹽	敢檻儼琰	闞鑑釅豔	盍狎業葉	重中輕	
外轉三十三	凡	范	梵	乏	輕中輕	
內轉三十四	唐陽	蕩養	宕漾	鐸藥	重中重	
內轉三十五	唐陽	蕩養	宕漾	鐸藥	輕中輕	
外轉三十六	庚清	梗靜	敬勁	陌昔	重中輕	
外轉三十七[3]	庚清	梗靜	敬勁	陌昔	輕中輕	

2　趙憩之氏《等韻源流》云：「『鐸』『藥』兩入韻既列於三十四、三十五兩轉以承『陽』『唐』之陽聲韻，復列於二十五轉以承『豪』『肴』之陰聲韻，這可以說是軼出他的整個系統的一點。」（見頁72）羅常培氏〈通志七音略研究〉則以為「蓋已露入聲兼承陰陽之兆矣」（見《羅常培語言學論文選集》，頁111），今從羅氏之說。
3　《七音略》作「內轉三十七」，「內」字誤，當從本書第三十六及《韻鏡》作「外」。

轉次	平韻	上韻	去韻	入韻	重輕	
外轉三十八	耕清青	耿靜迥	諍勁徑	麥昔錫	重中重	
外轉三十九	耕青	迥	諍徑	麥錫	輕中輕	
內轉四十	侯尤幽	厚有黝	候宥幼		重中重	
內轉四十一	侵	寢	沁	緝	重中重	
內轉四十二	登蒸	等拯	嶝證	德職	重中重	
內轉四十三	登蒸	等拯	嶝證	德職	輕中輕	

第二節　名詞詮釋

　　等韻之學，最易使人困擾，學者每視為畏途，本師高仲華先生〈等韻研究導言〉嘗云治等韻之困擾有三，其二曰意義之含混。蓋等韻中諸名詞之意義，每有似易懂而實不易懂者，學者若不能辨別其意義之是非，則不明其所指。《七音略》之易滋困擾者，如內外轉、重輕、四等之含義，為歷來學者所爭論者，此治《七音略》所宜先解決者也。茲為明晰計，採摭諸家之說，摒非擇是，以明真義。

一　《七音略》之內外轉

　　《七音略》計四十三轉，內轉二十，外轉二十三。所謂「轉」者，蓋輪轉之轉。據日僧空海在《悉曇字母並釋義》於迦、迦、祈、鷄、句、句、計、蓋、句、唃、欠、迦之後注云：

　　　　此十二字者，一個迦字之轉也，從此一迦字門生十二字，如是一一字母各生十二字，一轉有四百八字，如是有二合三合之

轉，都有三千八百七十二字。此《悉曇章》，本有自然真實不
變常住之字也。

知「轉」乃以十二元音與各輔音相配之意，由每一輔音與十二元音相
配合，則有生生不息之意，故曰轉。吾國等韻學上之所謂轉，即神襲
此意而來。然《七音略》並無解釋「內轉」「外轉」之含義。樵
〈序〉但云：「又述內外轉圖，所以明胡僧五韻得經緯之全。」且張
麟之在《韻鏡》〈韻調指微〉稱樵「作內外十六轉圖，以明胡僧立韻
得經緯之全」[4]。吾人僅知《七音略》乃受梵文十六轉之影響，無法
知內外轉之意。案後於《七音略》之《四聲等子》及《切韻指掌圖》
二書皆嘗釋內外轉名義。《四聲等子》〈辨內外轉例〉云：

> 內轉者，脣、舌、牙、喉四音更無第二等字，唯齒音方具足；
> 外轉者，五音四等都具足。今以深、曾、止、宕、果、遇、
> 流、通括內轉六十七韻；江、山、梗、假、效、蟹、咸、臻括
> 外轉一百三十九韻。

《切韻指掌圖》〈辨內外轉例〉云：

4　李榮《切韻音系》云：「何以《韻鏡》〈序〉引鄭樵的〈七音序〉卻說『作內外十六
　　轉圖』，憑空添出『十六』兩字。張麟之的意思顯然是說四十三圖只有十六個轉的
　　單位，就是十六攝。祝泌所謂『內外八轉』，《四聲等子》〈序〉所謂『分八轉之
　　異』，意思是說內外轉各八攝。」（見頁182）又本師陳伯元先生《等韻述要》云：
　　「《韻鏡》與《七音略》皆四十三轉，而序云十六轉圖者，日本沙門安然《悉曇十
　　二例》〈十六轉韻〉引義淨《三藏傳》云：『阿等十六韻字用呼迦等三十三字母，都
　　有三十三箇十六之轉，是名初章。（按舊日傳悉曇字母者，母音有十六、十二之
　　分，所以有十六轉韻、十二轉聲不同之說）』。由此可見《七音略》〈序〉所云『十
　　六轉圖』，正由梵文十六轉而來，故攝之有十六蓋亦神襲此而來。」（頁41）

內轉者，取脣、舌、牙、喉四音更無第二等字；唯齒音方具
足；外轉者，五音四等都具足。舊圖以通、止、遇、果、宕、
流、深、曾八字括內轉六十七韻；江、蟹、臻、山、效、假、
咸、梗八字括外轉一百三十九韻。[5]

二書所釋，皆以二等字五音具足與否為區分內外轉之標準。然齒音獨
具二等何以謂之「內」？五音皆具二等何以謂之「外」？則闕明言
也。自此以降，皆據二書解釋，則異說紛紜矣。茲先列引諸說，後再
評論：

（一）袁子讓《字學元元》〈凡例〉云：「《等子》有內八轉，外
八轉，共十六轉，其內外之取義，從二等之盈縮分也。」卷一十六轉
內外亦云：「其謂之內外者，皆以第二等分：二等牙舌脣喉下無字，
惟照一有字者，謂之內轉；二等牙舌脣喉下皆有字，不獨照一有字
者，謂之外轉。以二等字限於照一內，故謂之內；字浮於照一外，故
謂之外；此其義也。或謂：二等發聲，發者為外，故照一切二謂之
外；三等收聲，收者為內，故照一切三謂之內。其說亦通。」

（二）呂維祺《音韻日月燈》云：「案內外之分，以第二等字論
也。二等別母無字，惟照二有字，謂之內，以字少拘於照之內也；二
等各母俱有字謂之外，以字多出於照之外也。」又云：「二等屬發，
故謂之外。三等屬收，故謂之內。」

（三）《續通志》《七音略》〈門法解〉云：「內三者，謂見溪郡
疑，端透定泥，知徹澄孃，幫滂並明，非敷奉微，曉匣影喻，來日，
此二十六母一二三四為切，韻逢內八轉照穿牀審禪第一者，並切第

5　李榮《切韻音系》以為此段所言，有兩點不合，一是果攝無二等，二是臻攝二等字
　　並非五音具足，因主張有獨立二等韻各攝為外轉，無獨立二等韻各攝為內轉。

三：薑居霜切　金居林切　玉牛數切　傲甫爽切　外二者，謂見溪郡疑，端透定泥；知徹澄孃，幫滂並明，非敷奉微，曉匣影喻，來日，此二十六母一二三四切，韻逢外八轉照穿牀審禪第一者，並切第二：江古雙切　麻末沙切　班布山切　皆官齋切」

（四）周春《小學餘論》云：「案內八轉通、止、遇、果、宕、曾、流、深八攝是也。外八轉江、蟹、臻、山、效、假、梗、咸八攝是也。何以謂之內外轉？謂見、溪、群、疑，端、透、定、泥，知、徹、澄、孃，非、敷、奉、微，曉、匣、影、喻，來、日，此二十二母為切，韻逢照、穿、牀、審、禪第一，內轉切三，外轉切二。如：居霜切姜字，矣殊切熊字，是內三門；古雙切江字，德山切䠆字，是外二門之類是也。」

（五）梁僧寶《切韻求蒙》云：「通、止、遇、果、宕、流、深、曾八攝為內轉。凡內轉者，牙舌脣喉無二等字，獨齒音具足四等也。江、蟹、臻、山、效、假、咸、梗八攝為外轉。凡外轉者，牙舌脣齒喉具足四等也。《切韻指掌》〈檢例〉說本如此，而按之諸家韻譜不盡符，且必數韻合為一葉，其說始明，蓋所謂具足四等者，非專在一韻也；若每韻各分葉，則此說可姑置弗論。又內轉惟正齒有二等，則用三等引韻，如側吟切簪，仕兢切礏，簪礏皆二等，吟兢皆三等，所謂內轉切三也。然臻攝亦惟正齒二等，如測人切枑，所中切舳，枑舳皆二等，人巾皆三等，原同內轉切三之例，何以又屬外轉？矛盾若此，不如但云二等止有正齒則切三等；說較合矣，無庸立內外名目。」

（六）江永《古韻標準》平聲第十二部總論云：「二十一侵至二十九凡九韻，詞家謂之閉口音，顧氏合為一部，愚謂此九韻與真至仙十四韻相似，當以音之侈弇分為兩部。神珙等韻分深攝為內轉，咸攝為外轉是也。」

（七）戴震《聲韻考》卷三云：「鄭樵本《七音韻鑑》為內外轉圖及元劉鑑《切韻指南》，皆以音聲洪細別之為一二三四等列，故名等韻。各等又分開口呼合口呼，即外聲內聲。」

（八）鄒漢勛《五均論》云：「鄭樵《七音略》有內轉外轉之目，劉鑑《切韻指南》於每攝有內外之辨，江慎修謂之侈斂，即開口合口之說也。大氐開口為內言，為外轉，為侈；合口為外言，為內轉，為斂：其名殊，其實一也。」

（九）釋宗常《切韻正音經緯圖》云：「闢音開括：脣齒齊張而動，內轉成音；闢音發括：脣齒略張而微動，內轉成音；翕音收括：脣吻略聚而動，外轉成音；翕音閉括：脣吻相聚而微動，外轉成音。」

（十）陳澧《切韻考》云：「《七音略》凡四十三圖，各標以內轉外轉，而不明言何謂內轉，何謂外轉。《四聲等子》〈辨內外轉例〉，乃明言：內轉者，脣舌牙喉四音無第二等字，惟齒音具足；外轉者，五音四等都具足〈玉鑰匙〉亦設為一門。如此，則內轉外轉，但分別四等字之全與不全，與審音無涉也。」

又據羅常培氏〈釋內外轉〉所引，又有數說，茲迻錄如次：

（十一）西人商克（S. H. Schaank）疑內轉或即開口，外轉或即合口。（T`oung Pao, Ser. I. Vo 1, IX, p.36 note）

（十二）日人毛利貞齋《韻鏡秘訣袖中鈔》云：「一說內轉之字唱之必吸氣，外轉之字調和如呼息。」（卷七，頁十五上）

（十三）日釋盛典《韻鏡易解》云：「或云內轉所屬字吟稱之有吸氣，外轉所屬字調和似呼息。」（卷一，頁廿二上）

（十四）湯淺重慶《韻鏡問答鈔》云：「內轉者，呼其字舌縮如沒內。……外轉者，呼其字舌舒如出外。」（《韻鏡考》，頁八十五引）

　　諸家立說，或以二等字五音具足與否為區分外轉內轉之準則；或以收音為內，發音為外；或以合口為內，開口為外；或以開口為內，合口為外；或以闢音為內，翕音為外；或以吸音為內，呼音為外；或以舌縮為內，舌舒為外，惟異說紛紜，莫衷一是，試論如次：

　　（一）袁子讓《字學元元》與呂維祺《音韻日月燈》，均以收音為內，發音為外，然審之宋元等韻圖，內轉不皆收聲（三等），外轉不皆發聲（二等），袁、呂之說不可通矣。[6]

　　（二）《續通志》《七音略》〈門法解〉之說，以內三外二解釋，沿襲門法之論，而不撢其究竟，無關內外之別。至周春《小學餘論》所言，同諸《續通志》《七音略》，率皆望文生訓耳。

　　（三）梁僧寶《切韻求蒙》之說，已知〈辨例〉牴牾，因謂無庸立內外名目。然梁氏撇內外於不談，祇言其矛盾耳。案臻攝二等祇有正齒，而列之外轉，果攝全無二等，而列之內轉，與〈辨例〉者異。

　　（四）江永《古韻標準》之說，以侈弇為內外之解，趙憩之以為「實為不刊之論」，蓋以音各有侈弇也。

　　（五）戴震《聲韻考》與鄒漢勛《五均論》，均以合口為內，開口為外，頗異於《聲類表》開口合口各有內外之說，其矛盾造誤者如是！

　　（六）釋宗常《切韻正音經緯圖》之說，以闢音為內，翕音為外；商克以開口為內，合口為外；均與內外轉各有闢翕開合悖矣。

　　（七）陳澧《切韻考》雖引《四聲等子》〈辨內外轉例〉，惟〈玉鑰匙〉乃指反切下字之屬於正齒二等者如何取字而言，與「辨內外轉例」所云二等字五音具足與否者異矣，故陳氏以四等之全與不全論之，亦失之審也。

6　案袁子讓於〈門法玉鑰匙〉之內外門下附註云：「夫內轉韻逢照一切三，而果止轄一等，照一三等皆非所轄，何以謂之內？外轉逢照一切二，而臻攝脣牙喉下並無二等字，何以謂之外？此則袁生所未識也。內外不定，其此之謂乎？」

（八）毛利貞齋《韻鏡秘訣袖中鈔》與釋盛典《韻鏡易解》，同
以吸音為內，呼音為外；湯淺重慶《韻鏡問答鈔》則以舌縮為內，舌
舒為外。羅常培氏評云：「尤嫌玄而不實，難以質言。要皆未能豁然
貫通，怡然理順也。」[7]

迨羅常培氏以前人皆以二等字五音俱足與否區分內外，然又未明
釋其理，加以諸家立論失審，未切實題，乃予以探究，結論云：「內
轉外轉當以主要元音之弇侈而分」遂據高本漢《切韻》音值歸納其通
則，而得：

> ……所謂內轉者，皆含有後元音〔u〕〔o〕，中元音〔ə〕及前
> 高元音〔i〕〔e〕之韻；外轉者，皆含有前元音〔e〕〔ɛ〕〔æ〕
> 〔a〕，中元音〔ɐ〕及後元音〔ɑ〕〔ɒ〕〔ɔ〕之韻。如自元音圖中第
> 二標準元音〔e〕引一斜線至中元音〔ə〕以下一點，更由此平
> 行達於第六標準元音〔ɔ〕以上一點，則凡在此線上者皆內轉
> 元音，在此線下者皆外轉元音，惟〔e〕之短音應屬內，長音
> 應屬外耳。

羅氏內外轉元音分配圖如下：

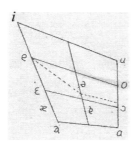

虛線以上為內轉元音
虛線以下為外轉元音

---

7 見羅氏〈釋內外轉〉。以上所引諸條，參見羅氏此文外，並援自趙蔭棠氏《等韻源
流》一書。

依羅氏之解，線以上之元音非後即高，後則舌縮，高則口弇，故謂
之內；線以下元音非前即低，前則舌舒，低則口侈，故謂之外。羅氏
既辯二等字具足與否非決定內外轉之說，更舉內外轉之特徵，茲錄
如下：

內轉之特徵：
1 二等祇能有正齒者，不得再有其他諸音；
2 除第二十二轉（元）、第四十一轉（凡）及第十六轉之寄韻
　（廢）外，輕脣音祇存於內轉而不屬於外轉；
3 匣母不現於三等，又除第十七轉（真）外，亦不現於四等；
4 除第三十七轉（幽）外，來母不見於四等；
5 照穿牀審喻及精清從心邪，幫滂並明，見溪群疑諸母因聲而
　異等。

外轉之特徵：
1 脣舌牙喉半舌五音與齒音並得列於二等；
2 脣音在二等全部為重，在三等除第二十二（元）、第四十一
　（凡）兩轉及第十六轉之寄韻（廢）外，皆為重母；
3 匣母不現於三等，與內轉同，其所異者，即在能現於四等；
4 來母得現於四等；
5 同一圖內無因聲異等者，有則另列一圖，如《七音略》21、
　22仙四，23、24仙三；25宵三，26宵四；31鹽三，32鹽四；
　36、37清四，38清三。但麻、陽兩韻是例外。[8]

8　羅氏所列內、外轉之特徵，係據大島正健《韻鏡新解》所舉，惟二者第五項均為羅
　氏所益附。

羅氏以元音釋內外，純以後人語音學觀點釋前人之說，又以臻攝改列
內轉，果、宕改列外轉，以遷就己說，與《等子》、《指掌圖》之說內
外各八者異趣，趙憩之嘗評云：「不過內七外九之說，與宋元等韻家
內八外八之說不符。」又云：「羅氏之原則，尚須待後人修正。」[9]
羅氏之說服力不強，學者固未易信也。[10]董同龢〈等韻門法通釋〉
評云：

1 內轉與外轉的內容不能改換。因為羅先生據以改訂材料本身
　實有問題；並且深曾宕果通流恰為六十七韻，江山梗假效蟹
　咸臻恰為一百三十九韻，足證韻圖與門法不誤。

2 內轉的莊系字獨居三等應居之外，而所切之字，又在三等之
　內，故名內。外轉莊系字相反，故名外。[11]

許詩英氏有〈評羅董兩先生釋內外轉之得失〉一文，亦從董說而否定
羅氏之說。許氏云：

內轉者，乃無二等性韻母，亦即無二等韻也。其二等地位本應
無字，唯齒音二等地位，如該轉三等韻如有正齒音莊系字，則
被安置於齒音二等地位，於是二等齒音有字矣。然此二等性韻
母，乃三等性韻母之字也。若該轉三等韻無正齒音莊系字，則
二等地位全部無字矣，如果攝是也。至於通、止、遇、宕、
流、曾、深七攝，因所屬三等韻均有正齒音莊系字，於是二等

___

9　見趙氏《等韻源流》，頁331。案張世祿氏《中國音韻學史》、周法高氏〈論上古音
　　和切韻音〉亦皆主張以主要元音區別內外，參見該文。

10　見本師陳先生《等韻述要》末附〈內外轉之討論〉一文。

11　見《中央研究院歷史語言研究所集刊》第14本。

齒音有字矣。外轉者，乃有二等性韻母也，亦即有二等韻也。
其中江、蟹、山、效、假、咸、梗七攝中之二等韻中有脣、
舌、牙、齒、喉、舌齒之字，故二等地位全部有真正屬於二等
性韻母之字。而與三等韻中屬三等性韻母之字，絕不相混也。
至於臻攝二等韻臻、櫛二韻，僅有正齒音莊系字，於是二等地
位亦唯有齒音有字矣。表面上雖與內轉通、止、遇、宕、流、
深、曾七攝唯二等齒音有字之情形相似，然此七攝中二等齒音
字，乃三等性韻母之莊系字來借地位者也。而臻攝雖亦僅齒音
二等有字，然此乃真二等性韻母之字，非借地位之三等性韻母
之正齒音莊系字也。[12]

許氏仍以有無真二等韻為區分內外轉之條件，然並無說明其理安在？
其後，杜其容女士〈釋內外轉名義〉一文云：

> 內外轉之名，係為區分二、四等字之屬三等或屬二、四等韻而
> 設立。三等居二、四等之內，故二、四等字之屬三等韻者謂之
> 內轉，而屬二、四等韻者相對謂之外轉。[13]

說本董氏推闡而來，惟將四等字一併論及，則為前人所未及者，至臻
攝改入內轉，則變更內外之內容矣。是本師高仲華先生評云：

> 依常理言，二四等字居於二四等內，應為內，三等字外居於二
> 四等中，應為外，今反以前者為外，而後者為內，與常理似不

---

12 見《淡江學報》第5期。
13 見《中央研究院歷史語言研究所集刊》第40本。

合。又杜女士論臻攝必為內轉，是改《等子》之書以就〈辨
例〉，於是內轉有九攝，而外攝僅七攝，與《等子》內外各
八，似有未合。[14]

高師以為內外轉之別仍繫元音之性質，其口腔共鳴器窄小者，音轉於
內，故稱內轉，口腔共鳴器寬大者，音轉於外，故稱外轉。惟所擬音
值異於羅氏，以為內轉之主要元音為前元音 i e，中元音 ə，後元音 o
ɔ ɒ 等；外轉之主要元音為後元音 ɑ，中元音 ʌ ɐ ɜ，前元音 a æ ɛ
e 等。本師陳伯元先生云：「但同一前元音 e、中元音 ə 卻分屬內外兩
轉，雖曰所接韻尾有拿侈之殊，而於音理終不無遺憾也。」[15]潘師
《中國聲韻學》並有此論。周法高氏〈論切韻音〉以為二等之有無說
暨元音拿侈說，兩說皆不可非之，猶如研究古音之有考古與審音兩
派，如以考古派說等韻，則內外之區別，在於有無獨立二等韻；若以
審音派說等韻，則與元音之說關係至大，故提出內轉有短元音，外轉
有長元音之新說。伯元師評云：「然以果宕隸外、臻攝屬內，仍改變
內外轉之內容，縱言之成理，恐亦非等韻門法上之內外轉也。」[16]因
提出五端疑處，茲迻錄如下：

1 張麟之《韻鏡》〈序〉作引鄭樵《七音略》〈序〉云：「作內
外十六轉圖，以明胡僧立韻得經緯之全。」假若十六轉圖，
確與梵書十六轉韻有關係，而梵文十六韻有長短音之別，則
等韻之內外轉，難道與長短音不發生關係？

---

14 見高師〈四聲等子之研究〉，《高明小學論叢》，頁392。

15 見《六十年來之聲韻學》第三章「等韻學」。

16 見《等韻述要》末附〈內外轉之討論〉一文。

2 談內外轉絕不可更改內外八攝之內容，內轉六十七韻外轉一
  百三十九韻，韻數亦不得擅改。

3 內外轉必與獨立二等性之韻母有關係。

4 《韻鏡》《七音略》每轉必標內外，似各轉之內外，概括全
  轉各韻而言，又非僅指某一等之字而言也。

5 今諸家所擬切韻音值是否確信已得玄珠於赤水，否則若以尚
  無定論之構擬進探內外轉之真象，其有不合，則改古人以就
  己，豈非削足以適屨！[17]

伯元師以為在此五端未獲解決之前，寧墨守舊說，以有無獨立二等韻
區別內外轉也。

附　轉與攝之關係

上文已討論轉之來源，及內外轉之名義，今再討論轉與攝之關係。

轉既以十二元音與各輔音輪流相配，有流轉不息之意，故張麟之
〈韻鏡序〉云：「不出四十三轉，而天下無遺者。」迄宋元之間，通
韻、併韻之風大盛，於是歸納相同數轉合為一攝。攝者，《悉曇字母
并釋義》云：

> 所謂陀羅尼者，梵語也，唐翻云總持，持者任持，言於一字中
> 總持無量數文，於一法中任持一切法，於一義中攝持一切義，
> 於一聲中攝藏無量功德，故名無盡藏。

時代較早之《七音略》與《韻鏡》每圖標內外轉，並無標攝之名，下

---

17 同前註。

至《四聲等子》始有攝名。茲列《七音略》、《韻鏡》、《四聲等子》、《切韻指南》轉次攝名對照表，以明轉與攝拼合情形。

轉次		攝名		韻目
《七音略》	《韻鏡》	《四聲等子》	《切韻指南》	所包括廣韻韻部 祭泰夬廢除外舉 平以賅上去入
一、二	全上	通	通	東冬鍾
三	全上	宕	江	江
四～十	全上	止	止	支脂之微
十一、十二	全上	遇	遇	魚虞模
十三～十六	全上	蟹	蟹	齊祭泰佳皆夬灰咍廢
十七～二十	全上	臻	臻	真諄臻文欣魂痕
廿一～廿四	全上	山	山	元寒桓刪山元仙
廿五、廿六	全上	效	效	蕭宵肴豪
廿七、廿八	全上	果	果	歌戈
廿九、卅	全上	假	假	麻
卅四、卅五	卅一、卅二	宕	宕	陽唐
四二、四三	全上	曾梗	曾	蒸登
卅六～卅九	卅三～卅六	曾梗	梗	庚耕清青
四十	卅七	流	流	尤侯幽
四一	卅八	深	深	侵
卅一～卅三	卅九～四一	咸	咸	覃談咸銜鹽添嚴凡

茲再補充數點於下：

（一）《七音略》與《韻鏡》雖無攝名，惟其列圖次序乃以攝為單位，吾人可謂其祇有攝之觀念，逮《四聲等子》、《切韻指南》始有攝之名稱。

　　（二）由上表知《四聲等子》第三圖宕攝，《切韻指南》名曰江攝。

　　（三）《七音略》、《韻鏡》諸轉以攝為單位，或數轉一攝，或一轉一攝。其數轉一攝者必同為內轉或外轉。如圖一、二皆內，圖四至十皆外是也。

　　（四）攝之含義如上，然不易定之。李榮《切韻音系》云：「攝的內含的定義不易下，我們只能說分攝的標準是韻尾輔音相同（如果有的話），主要元音相近或相同。有效的定義還是外包的，列舉每攝有若干韻。」（頁一八二）

　　《七音略》、《韻鏡》合韻母相同或相近的數韻為一類，為韻攝之始，然無韻攝之名。韻攝之名，始於《四聲等子》，有十六攝。

二　《七音略》之重輕

　　《韻鏡》在各轉下注明「開」、「合」或「開合」之名，《七音略》則不注以開合，而注以輕重，如內轉第一注「重中重」，內轉第二注「輕中輕」，其意義為何？為等韻學家所引為困擾者，本師高仲華先生嘗云：

　　　　等韻中所用名詞之意義，含混不清者甚多，即如《七音略》中有所謂「重中重」、「輕中輕」、「重中輕」、「輕中重」、「重中輕（內重）」、「輕中重（內輕）」、「重中重（內重）」、「重中重（內輕）」諸名，究何所指？其意義究為如何？鄭漁仲未嘗明言，後之學者亦不能確言。諸如此類，其意義之含混不明若是，治等韻者安得不以為難乎？[18]

18 見《文海》第十六期〈等韻研究導言〉一文。

因其意義含混不清，致陳澧氏以為可置之不論，其云：

> 《七音略》分重中重、輕中輕、重中輕、輕中重，又有小註內
> 重、內輕。戴東原《聲類表》亦分內轉重聲，內轉輕聲，外轉
> 重聲，外轉輕聲。然而何謂重，何謂輕，絕無解說，茫無憑
> 據。皆可置之不論。[19]

案輕重二詞，每多為習音韻者所用，惟異義紛歧，使人眩惑。《顏氏
家訓》、《切韻》〈序〉與《七音略》〈序〉皆以重輕清濁並舉。《顏氏
家訓》〈音辭篇〉云：

> 古語與今殊別，其間輕重清濁，猶未可曉。

《切韻》〈序〉云：

> 吳楚則時傷輕淺，燕趙則多涉重濁。

《七音略》〈序〉云：

> 七音之韻，起自西域，流入諸夏。……華僧從而定之，以三十
> 六字為之母，重輕清濁，不失其倫。

《切韻》〈序〉所謂輕淺重濁，並無解說，《七音略》〈序〉所言係指

---

19 見趙憩之：《等韻源流》，頁311。案此段末陳氏註云：「《七音略》以東韻為重中
　　重，冬鍾韻為輕中輕，真不可解。又有重中輕注云內重者；輕中重注云內輕者；重
　　中重注云內重者；輕中輕注云內輕者，誰能解之？豈非欺人之說乎？」

聲紐而言，與各轉之標目殊旨。勞乃宣《等韻一得》嘗解釋重輕云：
「戞稍重，透最重，欒稍輕，捺最輕。」其如何判重輕之別，固未知
曉也。〈字母簡譜〉又以喉、牙、舌頭、正齒、重脣為重音，以舌
上、齒頭、輕脣為輕音，則以聲母發音之部位為別，與「戞稍重，透
最重，欒稍輕，捺最輕」說異也，一家之說，歧異若是，況諸家異代
者乎！《廣韻》末附〈辯四聲輕清重濁法〉以「璁、珍、陳、椿、
弘、龜、員、禔、孚、鄰、從、峯、江、降、妃、伊、微、家、施、
民、同」為輕清；以「之、真、辰、春、洪、諄、朱、殷、倫、風、
松、飛、夫、分、其、杭、衣、眉、無、文、傍」為重濁（舉平聲上
以賅其餘）。羅常培氏嘗評云：

> 求諸前述（指《顏氏家訓》、《切韻》〈序〉及《七音略》〈序〉
> 所言）之義，均不可通。蓋以開合言，則珍、真皆開，而孚、
> 夫皆合也；以等列言，則同、傍皆一，而陳、辰皆三也；以音
> 勢言，則璁、真皆戞，而椿、春皆透也。至於輕清重濁，四聲
> 分列，已足徵其異乎賈昌朝說。[20]

案賈昌朝《群經音辨》〈序〉云：「夫輕清為陽，陽主生物，形用未
著，字音常輕。重濁為陰，陰主成物，形用既著，字音常重。」賈氏
舉例，如衣冠，形而著用；如藏處，因用著形。蓋以為平上為輕清，
去聲為重濁也。然平聲皆輕清乎？是又不然，試觀《玉篇》所載〈辨
四聲輕清重濁總例〉，以「璁、珍、真、椿、之、龜、春、禔、孚、
鄰、朱、峯、飛、風、妃、伊、微、家、施」為輕清，以「弘、陳、
辰、員、洪、諄、從、殷、倫、降、松、江、夫、分、其、杭、衣、

眉、無」為重濁（舉平聲上以賅其餘），例字與《廣韻》全同，分類則與《廣韻》大別。羅氏謂：「其間除誤以『鄰』、『微』二濁聲為輕清，以『江』、『諄』、『夫』、『分』、『衣』、『殷』六清聲為重濁外，清濁之界，秩然不紊，則《廣韻》所載，必經無識者所竄亂，蓋可斷言。」[21]清‧鄒漢勛云：

> 《廣韻》所謂輕，殆內二外二內四外四之四等，重則內一外一內三外三之四等也。而清濁又非輕重，殆內為清而外為濁耳。[22]

以為內外即輕重，失之大矣！至戴震《聲韻考》，則指出輕重之分為「隋唐撰韻之法也」，並以為輕重之說頗有牽強之處，其〈答段若膺論韻〉云：

> 蓋定韻時有意求其密，用意太過，強生輕重，其讀一「東」內一等字必稍重，讀二「冬」內字必稍輕，觀「東」德紅切，「冬」都宗切，洪細自見。然人之語言音聲，或此方讀其字洪大，彼方讀其字微細；或共一方，而此人讀之洪大，易一人讀之又微細；或一人語言，此時言之洪大，移時而言之微細，強生輕重，定為音切，不足憑也。

審其言，蓋不贊成用意太過，強生輕重者，戴氏因以為自然之輕重，仍可分別也。《聲類表》所載：

---

21 同前註。
22 見《五均論》〈八呼廿論〉之十六〈廣韻辨四聲輕清重濁法表〉。

開口內轉重聲　　合口內轉重聲

開口外轉重聲　　合口外轉重聲

開口內轉輕聲　　合口內轉輕聲

開口外轉輕聲　　合口外轉輕聲

近人曾廣源氏於〈戴東原轉語釋補〉云：

觀內外而知洪細 內轉皆一二等聲，外轉皆三四等聲，觀輕重而定等次 重者在內轉為一等，在外轉為三等，輕者在內轉為二等，在外轉為四等。

依曾氏所言，吾人可作圖示之：

	內	外
重	一等	三等
輕	二等	四等

曾氏補戴氏之說，惟以等列區別輕重內外，與宋人等韻大異其趣。據上所論，則輕重真諦不可知乎？曰不然也，羅常培氏云：「韻譜之傳於今者，以《七音略》及《韻鏡》為最古。二書同出一源，審音堪資互證。且張麟之稱鄭樵為『莆陽夫子』，則於漁仲定名本意，必不至茫無所知。」因以為「重」「輕」者，與「開」「合」異名而同實也。亦即《七音略》之「重」「輕」與《韻鏡》之「開」「合」相同，羅氏將二者所標相驗，列舉二證：

（一）《韻鏡》於《七音略》所謂「重中重」，「重中重（內重）」，「重中重（內輕）」，「重中輕（內重）」及「重中

輕」者,均標為「開」。於所謂「輕中輕」,「輕中輕
(內輕)」,「輕中重」及「輕中重(內輕)」者,均標為
合。故《七音略》之「重」「輕」適與《韻鏡》之「開」
「合」相當,殆無疑義;此一事也。

(二)《四聲等子》併四十三轉為十六攝二十圖,於「輕」
「重」「開」「合」之稱,兼存不廢。故歸併數轉,合成
一攝,「輕」「重」多寡,厥量弗均。於是以通、止、遇
三攝及果攝(附假攝)合口為「重少輕多韻」,以宕、
曾、梗三攝及果攝(附假攝)開口為「重多輕少韻」,
以蟹、臻、山三攝為「輕重俱等韻」,以咸攝為「重輕
俱等韻」,以效、流、深三攝為「全重無輕韻」。其所謂
「重多輕少」,「重少輕多」諸韻,雖未必權衡適均,錙
銖不爽,而所謂「輕重俱等」者,「開」「合」對稱,多
寡相當。所謂「全重無輕」者,有開無合,奇而不偶。
且《四聲等子》〈序〉謂:「審四聲開闔以權其輕重,辨
七音清濁以明其虛實。」則以「重」「輕」為「開」
「合」,尤為確鑿有據。此二事也。[23]

本師陳先生云:「據此原則,於昔人有關重輕之異說,皆一一駁釋,
使後之學者能顧名識義,無復眩惑之苦,實一大功德事也。」[24]趙憩
之氏以為羅氏之說,至為精確,惟舉前人亦有先發斯言者。即龐大堃
《等韻輯略》卷下十一頁夾註所云:「《七音略》凡上一字言重者俱開
口,言輕者俱合口也;東江魚,重中重,則亦開口,凡輕中輕,則合
口也。」綜上所論,羅氏開合即重輕說至矣也。惟近人董忠司氏於羅

---

23 見〈釋重輕〉,《中央研究院歷史語言研究所集刊》第2本第4分。
24 見《六十年來之聲韻學》第三章「等韻學」。

說，頗有微詞，其〈七音略「重」「輕」說及其相關問題〉[25]以為「羅氏所舉二事，實未足證，而所說有是有非，存疑者又復不少」因提出《韻鏡》之開合，指發元音時口形之大小而言，《七音略》之重輕，指發音時用力之大小而言。然綜觀董文，既未能舉出羅說之反證，且前後立說矛盾，實未足從。董氏既云：「『中』字前之『重』『輕』多與《韻鏡》之『開』『合』相當，而猶有未盡然者，尚須討論。」而文中卻又云：「『中』字前之『重』『輕』，殆指合口介音之有無而言。」即令吾人即承認董氏「用力大小」之說，其說亦難以自圓，董氏嘗自疑云：「即陽聲韻尾之『輕』而言，其『輕』與『重』究為 -ŋ -n -m 之短長有別，或用力之大小不同？……吾人均無所知。」再者，若依董氏之說，將「重」「輕」釋為發音時用力之大小，則勢必有「重中重」、「重中輕」、「輕中重」、「輕中輕」、「重中輕內重」、「輕中重內輕」、「重中重內重」、「重中重內輕」、「輕中輕內輕」九級，單憑用力之大小，是否能分辨出此九級，誠屬可疑，是董氏亦云：「唯以發音用力之大小，是否能析至如此之細，頗可懷疑。」董說之不可從者若是。

　　茲列表比較《七音略》、《韻鏡》、《四聲等子》之重輕開合關係如下：

《七音略》轉次	《廣韻》韻部	《七音略》之輕重	《韻鏡》之開合	《四聲等子》之重輕開合
內轉第一	東^紅^融	重中重	開	通攝，重少輕多
內轉第二	冬鍾	輕中輕	開合[26]	通攝，重少輕多

25 見《中華學苑》第19期。
26 案《韻鏡》此標「開合」，據《七音略》及時代較晚之《切韻指掌圖》標「獨韻」，定冬、鍾兩韻為合口音，《韻鏡》標「開合」者，疑「開」為衍字。參見康世統學

《七音略》轉次	《廣韻》韻部	《七音略》之輕重	《韻鏡》之開合	《四聲等子》之重輕開合
外轉第三	江	重中重	開合[27]	宕攝，全重
內轉第四	支移	重中輕 內重	開合[28]	止攝，重少輕多，開口呼
內轉第五	支為	輕中輕	合	止攝，重少輕多，合口呼
內轉第六	脂夷	重中重	開	止攝，重少輕多，開口呼
內轉第七	脂追	輕中重 內輕	合	止攝，重少輕多，合口呼
內轉第八	之	重中重 內重	開	止攝，重少輕多，開口呼
內轉第九	微衣廢肺	重中重 內輕	開	止攝，重少輕多，開口呼
內轉第十	微歸	輕中輕 內輕	合	止攝，重少輕多，合口呼
內轉十一	魚	重中重	開	遇攝，重少輕多
內轉十二	模虞	輕中輕	開合[29]	遇攝，重少輕多
外轉十三	哈皆諧祭例齊雞	重中重	開	蟹攝，輕重俱等，開口呼
外轉十四	灰皆懷祭歲齊圭	輕中重	合	蟹攝，輕重俱等，合口呼
外轉十五	泰蓋佳佳祭例	重中輕	開	蟹攝，輕重俱等，開口呼
外轉十六	泰外佳蛙祭歲廢廢	輕中輕	合	蟹攝，輕重俱等，合口呼

　　長《廣韻韻類考正》，頁16。

27　此當據《七音略》、《四聲等子》定為開口音，《韻鏡》作「開合」者，「合」字當為誤衍。

28　案諸圖皆作開口，僅《韻鏡》作「開合」，當據《七音略》、《四聲等子》、《切韻指掌圖》定支移類為開口音。

29　案當據《七音略》所標「輕中輕」定虞模兩韻為合口音。

《七音略》轉次	《廣韻》韻部	《七音略》之輕重	《韻鏡》之開合	《四聲等子》之重輕開合
外轉十七	痕臻真	重中重	開	臻攝，輕重俱等，開口呼
外轉十八	魂諄	輕中輕	合	臻攝，輕重俱等，合口呼
外轉十九	欣	重中輕	開	臻攝，輕重俱等，開口呼
外轉二十	文	輕中輕	合	臻攝，輕重俱等，合口呼
外轉二十一	山覲元言仙延	重中輕	開	山攝，輕重俱等，開口呼
外轉二十二	山鰥元原仙緣	輕中輕	合	山攝，輕重俱等，合口呼
外轉二十三	寒刪顏仙延先前	重中重	開	山攝，輕重俱等，開口呼
外轉二十四	桓刪關仙緣先玄	輕中重	合	山攝，輕重俱等，合口呼
外轉二十五	豪肴宵蕭	重中重	開	效攝，全重無輕
外轉二十六	宵（四等）	重中重	開	效攝，全重無輕
內轉二十七	歌	重中重	開	果攝，重多輕少，開口呼
內轉二十八	戈鍋靴	輕中輕	合	果攝，重少輕多，合口呼
外轉二十九	麻加耶	重中重	開	果攝，重多輕少，開口呼
外轉三十	麻瓜	輕中輕（一作重）	合	果攝，重少輕多，合口呼
外轉三十一	覃咸鹽（三等）添	重中重	開	咸攝，重輕俱等
外轉三十二	談銜嚴鹽（四等）	重中輕	開	咸攝，重輕俱等
外轉三十三	凡	輕中輕	合	山攝，輕重俱等，合口呼
內轉三十四	唐岡陽良	重中重	開	宕攝，重多輕少，開口呼

《七音略》轉次	《廣韻》韻部	《七音略》之輕重	《韻鏡》之開合	《四聲等子》之重輕開合
內轉三十五	唐光陽方	輕中輕	合	宕攝，重多輕少，合口呼
外轉三十六	庚庚京清征	重中輕	開	梗攝，重多輕少，開口呼
外轉三十七	庚橫清傾	輕中輕	合	梗攝，重多輕少，合口呼
外轉三十八	耕爭清征青經	重中重	開	梗攝，重多輕少，開口呼
外轉三十九	耕宏青螢	輕中輕	合	梗攝，重多輕少，合口呼
內轉四十	侯尤幽	重中重	開	流攝，全重無輕
內轉四十一	侵	重中重	開	深攝，全重無輕
內轉四十二	登登蒸丞	重中重	開	曾攝，重多輕少，啟口呼
內轉四十三	登肱	輕中輕	合	曾攝，重多輕少，合口呼

三　《七音略》之四等

　　四等之行，起自唐時。《夢溪筆談》所云：「縱調之為四等，幫、滂、傍、茫是也。」蓋非等韻家之所謂四等也。故陳澧《切韻考》〈外篇〉以為「等韻家之四等，出於沈括之後」，即出於北宋之後，高師仲華則評之云：

　　　　吾人今見敦煌所出《守溫韻學殘卷》中載有〈四等重輕例〉，
　　　　各於例字下注明韻目，如以「豪」為一等，「肴」為二等，
　　　　「宵」為三等，「蕭」為四等……之類，其所分列者與《韻

鏡》等書均相合。……世傳守溫為唐末沙門，當屬可信。守溫
《韻學殘卷》又載有定四等重輕兼辨聲韻不和無字可切門，謂
「高」字於四等中是第一字，「交」字是四等中第二字，可見
「四等」分列必在守溫以前，至遲亦應與守溫同時。然則「四
等」之名，唐時已有，非起於北宋也。[30]

羅常培氏亦云：

今所傳敦煌寫本《守溫韻學殘卷》中亦有「四等重輕例」，其
分等悉與此類韻圖相合。可知四等之分在守溫以前即已流行
矣。[31]

案《敦煌石室寫本殘卷》第一截所載〈四等重輕例〉卷，其平聲如下：

高古豪反	交肴	嬌宵	澆蕭
觀古桓反	關刪	勬宣	涓先
樓落侯反	○	流尤	鏐幽
襃薄侯反	○	浮尤	淲幽
擔都甘反	鵮咸	霑鹽	敁添
丹多寒反	譠山	邅仙	顛先
䐂亡侯反	○	謀尤	繆幽
齁呼侯反	○	休尤	烋幽

---

30 見〈等韻研究導言〉「等韻之起源」。
31 見《漢語音韻學導論》，頁43。

四等之分，於焉可窺。至四等之界說，言者不一。江永《四聲切韻表》〈凡例〉云：「音韻有四等，一等洪大，二等次大，三四皆細，而四尤細，學者未易辨也。辨等之法，須於字母辨之。」所謂洪大、次大、細、尤細之別，江氏並無明言，學者固不易辨別，且江氏四等之辨，雖似今等韻學者之解釋，實則不然，江氏云：「辨等之法，須於字母辨之。」足見其洪細，不在於韻也。[32]儘管如此，即以戴東原氏所云：「然人之語言音聲，或此方讀其字洪大，彼方讀其字微細；或共一方，而此人讀之洪大，易一人讀之又微細；或一人語言，此時言之洪大，移時而言之微細。」觀江氏之言，洪大、次大、細、尤細實難以別之也。故戴氏云：「不足憑也。」[33]。迨瑞典高本漢（B. Karlgren）博士，以異軍突起，據江氏之言，以介音（mediale）定四等之別，則以韻論等矣。[34]高氏假定一二等無〔i〕介音，故同為洪音，然一等元音較後較低（grave）故洪大，二等元音較淺（aigu）故為次大。三四等均有〔i〕介音，故同為細音，但三等元音較四等略後略低，故四等尤細。今以山攝見紐為例，高氏所假定之四等區別如下表：

等＼呼	開口	合口
一等	干 kɑn	官 kuɑn
二等	艱 kan	關 kwan
三等	建 kjiɐn³	勬 kjiwæn
四等	堅 kien	峴 kiwen

＊因仙韻三等開口無字，故借元韻去聲建字以實之。

---

32 陳澧《切韻考》〈外篇〉卷三亦云：「分等之意，古人但以韻分之；但以切語下字分之而不以上字分之。……等韻家則以字母分等，遂使同一韻同一類之字，有等數參錯者矣。」

33 見〈答段若膺論韻〉一文。

34 見趙元任、李方桂譯：《中國音韻學研究》。

自高氏之說出，國內言等韻者翕然從風。羅常培氏《漢語音韻學導論》即直言：「其實所謂等者，即指介音〔i〕之有無及其元音之弇侈而已。」並闡論高說云：

今試以語音學術語釋之，則一二等皆無「i」介音，故其音大，三四等皆有「i」介音，故其音細，同屬大音，而一等之元音較二等之元音略後略低，故有洪大與次大之別。如歌之與麻，咍之與皆，泰之與佳，豪之於肴，寒之於刪，覃之與咸，談之與銜，皆以元音之後〔ɑ〕前〔a〕而異等。同屬細音，而三等之元音較四等之元音略後略低，故有細與尤細之別，如祭之與齊，宵之與蕭，仙之與先，鹽之與添，皆以元音之低〔ɛ〕高〔e〕而異等；然則四等之洪細，蓋指發元音時，口腔共鳴之大小而言也。惟冬之與鍾，登之與蒸，以及東韻之分公弓兩類，戈韻之分科瘸兩類，麻韻之分家遮兩類，庚韻之分庚京兩類，則以有無〔i〕介音分。

依高、羅二氏之意，則四等之分為〔ɑ〕〔a〕〔iɛ〕〔ie〕，固能釋江氏洪大次大細尤細之辨，惟高氏以為《廣韻》二百零六韻，即有二百零六種音讀，則欠商榷也。本師陳伯元先生評云：

案高羅二氏以語音學理解釋四等之區分，確能解釋江氏洪大次大細與尤細之辨。然若《廣韻》一書非有二百六部不同之音讀，則高氏之擬音失其依據。[35]

35　見《等韻述要》第一章〈緒論〉。

伯元師又據王了一氏所云「韻圖所反映的四等韻，只是歷史之陳述了」[36]因又謂：

> 韻圖之四等既為歷史陳述，自非實際語音系統，則其四等之別恐難依江氏之說，江氏之說既不可從，然則等韻四等之別當何據？[37]

江氏說不可從，高羅二氏據江氏立論，更不可從。茲再補充高說之不可從者如下：

（一）高氏之四等之分為〔ɑ〕〔a〕〔iɛ〕〔ie〕，並以有無〔i〕介音，為洪細之別。若依高說，吾人可得下表：

一等	歌〔ɑ〕	咍〔ɑ̃i〕	泰〔ɑi〕	豪〔ɑu〕	寒〔ɑn〕……
二等	麻〔a〕	皆〔ăi〕	佳〔ăi〕	肴〔au〕	刪〔an〕……
三等	祭〔i̯ɛi〕	宵〔i̯ɛu〕	仙〔i̯ɛn〕	鹽〔i̯ɛm〕……	
四等	霽〔iei〕	蕭〔ieu〕	先〔ien〕	添〔iem〕……	

若問高氏何以知道咍讀〔ăi〕，皆讀〔ăi〕，則因咍在一等，皆在二等，有一等二等之不同也。若再問：咍何以置於一等，皆何以置於二等？則因咍有一後元音，故置一等，皆有一前元音故置二等，其為循環論證顯然。高氏之說不可從者一也。

（二）假如高說可成立，則上所列干〔kɑn〕、艱〔kan〕、建〔ki̯ɛn〕、堅〔kien〕四等顯然亦可如擬，同時可置於一二三四等中，然而若吾人脫離韻圖，則不知其字之耷侈，而欲填入圖中，必多所滯礙。高氏之說不可從者又一也。

---

36 見《漢語音韻》第六章〈等韻〉。

37 見趙元任、李方桂譯：《中國音韻學研究》。

　　綜上所論，江、高、羅三氏之說，皆不可從。論四等之說，最為明確符理者，要推蘄春黃季剛氏，黃氏嘗云：

> 分等者大概以本韻之洪為一等，變韻之洪為二等，本韻之細為三等，變韻之細為四等。[38]

黃氏以《廣韻》古本韻今變韻之理解釋，甚合符節。審黃氏之意，蓋謂韻圖之分等，實兼賅古今之音，開合之圖各為四等。一二兩等為洪音，三四等皆細音，惟一四兩等為古本音，二三兩等為今變音。茲以《七音略》外轉二十三重中重（開）及外轉二十四輕中重（合）牙音為例，列表說明之：

二十四輕中重（合）								二十三重中重（開）
桓	岏		寬	官	洪音	寒	豻		看	干
刪	痯			關	今變 古本 今變	刪	顏		騿	姦
仙		權	卷	勸	音 音 音	仙		乾	愆	
先				洤	細音	先	妍		牽	堅

四等之別，昭昭可知。至《七音略》各等與諸韻之關係，參見下節「韻類之探討」乙文。

四　《七音略》之七音

　　《七音略》四十三轉圖，每圖於字母下標以宮、商、角、徵、

---

38 見《黃侃論學雜著》〈聲韻通例〉乙文。案後半有誤，當改為「本韻之細為四等，變韻之細為三等。」

羽、半徵、半商七音。羽音有幫、滂、並、明、非、敷、奉、微八
母；徵音有端、透、定、泥、知、徹、澄、孃八母；角音有見、溪、
群、疑四母；商音有精、清、從、心、邪、照、穿、床、審、禪十
母；宮音有影、喻、曉、匣四母；半徵音有來母；半商音有日母。此
為鄭樵所謂七音者也。若持此七音與《韻鏡》所附「三十六字母圖」
對照，則知羽音即脣音也，徵音即舌音也，角音即牙音也，商音即齒
音也，宮音即喉音也，半徵音即舌齒音，半商音即齒舌音，乃指發音
時氣流受阻之部位而言，此為《七音略》宮商角徵羽半徵半商之本
義。惟鄭樵《七音略》多有引唐人論樂之語。案宮商角徵羽原係音樂
上之名詞，樂律有七音，音立一調，故成七調十二律，合八十四調。
鄭樵如此引者，本師高仲華先生嘗評之云：

> 聲韻學上之「七音」，係指氣流受阻之部位，即所謂喉、牙、
> 舌、齒、脣、舌齒、齒舌者是；樂律學上之「七音」，係指樂
> 調音階之高低，即今簡譜中所謂 1（do）、2（re）、3（mi）、4
> （fa）、5（sol）、6（la）、7（si）者是。樂調音階之高低決定
> 於音波振動數之多寡，與氣流受阻之部位，截然為二事，漁仲
> 混而為一，此其疏誤也。[39]

將樂律上之「七音」與《七音略》之「七音」合而為一，實一大誤
也。故趙蔭棠氏將宮商視為虛位[40]，即有樂律之名，而無樂律上之
義。趙氏引《白虎通》、桓譚氏以五方與宮商五音相配，而謂其「難
以實指」，又引智廣《悉曇字紀》、神珙〈五音聲論〉、呂坤《交泰
韻》悉曇家韻圖利用五音之事，而謂其「漫無定則」「毫無意義」，爰

---

39 見〈鄭樵與通志七音略〉，《高明小學論叢》，頁356。
40 見《等韻源流》，頁10。

以為宮商為虛位。故鄭樵「七音為緯」之「七音」，係發音之部位，
絕非樂律之所謂七音也。《七音略》宮商角徵羽半徵半商之本義如
此，惟後起諸家如晁公武《讀書志》、韓道昭《五音集韻》〈篇題〉分
配宮徵齒牙，稍有異同，蓋各以其意為之，而其含義則一也。

第三節　《七音略》之編排

　　《七音略》全書總計四十三圖，每圖注以內轉或外轉，如「內轉
第一」、「內轉第二」、「外轉第三」。下分平、上、去、入四欄，橫以
四聲統四等。縱以三十六字母分二十三行，輕脣[41]、舌上、口齒分附
於重脣、舌頭、齒頭之下。三十六字母之下，每類標以羽、徵、角、
商、宮、半徵、半商七音。即幫滂並明非敷奉微為羽音，端透定泥知
徹澄孃為徵音，見溪群疑為角音，精清從心邪照穿床審禪為商音，影
曉匣喻為宮音，來為半徵音，日為半商音。四聲即鄭樵所謂「經」
也，七音即鄭樵所謂「緯」也，「經緯相交」於是音成。每轉末行注
以重輕之別，如「重中重」「輕中輕」等是也。

　　關於《七音略》內外轉暨重輕名義，已如上節所述。此欲討論者
則《七音略》何以有四十三轉之數？案沈括《夢溪筆談》論《切韻》
之學載有「華嚴四十二字母」，所謂「四十二字觀門」，《一切經音義》
《大般涅槃經》有「文字品四十七字」。羅常培氏〈知徹澄孃音值
考〉[42]並謂涅槃字母出自「四十九根本字」，惟數目不一，多則如《悉
曇字記》之五十一，少則如《佛本行經》之三十八。觀《大般涅槃經
文字品》所載字音十四，比聲二十五，超聲八字，得四十七字，乃混
元音輔音之數而言，並非有四十三轉之成數。若以《廣韻》上平二十

41　輕脣惟見於第二、第二十、第二十二、第三十三、第三十四轉幫系之下。
42　見《羅常培語言學論文選集》，或《中央研究院歷史語言研究所集刊》第3本第1分。

八韻，下平二十九韻計，以平上去入相承，亦當為五十七圖方蹔，祭泰夬廢四韻尚不計之。其實不然，因韻圖起自唐末五代，為語音系統分析之簡表，其基礎建於諸韻之性質，由諸韻類之開合洪細，排比完成。換言之，必待字音分析之長期醞釀，以至四等觀念成熟之後，始有韻圖之產生。每一字，每一反切，必有其適當位置，如此經營，居然得四十三圖，足見此四十三圖之安排，確係煞費苦心。究其排比之法為：

> 一、韻圖歸併之則，乃將同性質諸韻，即止有洪細之別者，依其四等，排比於同圖。
>
> 二、一韻之字，有開合之異者，則分隸兩轉。
>
> 三、每轉因四等性質之異，皆有定韻，因受格式限制，其一轉不能盡納諸韻之字，或雖能納入而恐淆亂韻類之區別者，則有「借位」、「另立新轉」之法，使每韻皆有條不紊。
>
> 四、其一韻之中，或因字少不便立一轉者，則有「寄韻」之法，予以處置。

如此處理，各得其所，適得四十三轉，可謂用心至巧矣。《七音略》與《韻鏡》皆四十三圖，可知其必有一共同之底本，或四十三圖為早期韻圖之通式也。《七音略》之格式，見第二章第一節所附內轉第一。

一　聲母之討論

（一）三十六字母之作者及時代

　　《七音略》所列三十六字母，已如上述。其作者為誰？吾人可進而探討之。《續通志》云：

　　按宋《崇文總目》云：「《三十六字母圖》一卷，釋守溫撰。」
　　《皇極經世聲音法》上官萬里注云：「番僧了義以三十字母為
　　翻切母。」與《崇文總目》云守溫所撰者殊，蓋不可考矣。

所言撰者固殊，其數復別。明‧呂介孺《同文鐸》則云：

　　大唐舍利剙字母三十，後溫首座益以「孃」「牀」「幫」「滂」
　　「微」「奉」六字，是為三十六字母。

更與前者大異其趣，惟知三十六字母之前，尚有三十字母為其權輿
也。近敦煌發現P2011唐寫本《守溫韻學殘卷》，標題已失，首署「南
梁漢比丘守溫述」八字，所載字母三十，茲據本師潘石禪先生所抄[43]
迻錄於此：

取茲三十字母，較之以三十六字母，則少「幫」、「滂」、「奉」、
「微」、「牀」、「娘」六字，適符呂介孺《同文鐸》之說。惟羅常培氏
因見首有「南梁漢比丘守溫述」之文，遂謂：

> ……降及唐末，沙門守溫復歸納切韻反切，增損梵藏體文，定
> 為華音三十字母。其後宋人復增益六母，始見終日，條理井
> 然。[44]

增改之人，羅氏復據邵雍《皇極經世聲音圖》上官萬里注云：「自胡
僧了義以三十六字為翻切母，奪造化之巧。司馬公《指掌圖》為四聲
等字，蒙古韻以一聲該四聲，皆不出了義區域。」之語，疑三十六字
母即了義所增益[45]，案羅氏以三十字母為守溫撰。三十六字母為了義
所增益，景伊師、石禪師並有駁論，亦並以為三十字母為唐舍利所
刱，三十六字母為守溫所增訂。茲分列如下：

1 林景伊師之論

林先生嘗對羅氏之說，提出三點質疑：

(1) 此殘卷無有標題，雖署守溫述，不知其標題究何所指，
況述者有述而不作之意，安知其非述前人所創之字母？
(2) 因守溫自有所增改，或先述前人之作，再以己意定之，
而殘卷適佚其己之所定，存其述前人之作，亦未可知。
(3) 與今所傳三十六字母較之，其所少六字母，適符呂介孺

---

44 見《漢語音韻學導論》，頁10。
45 見〈敦煌寫本守溫韻學殘卷跋〉，《中央研究院歷史語言研究所集刊》第3本第2分。

之說，則呂氏之說亦未必不可信。[46]

　　林先生據茲，以為此三十字母為唐・舍利所刱，而守溫據以修改增益之本也。

2　潘石禪師之論

　　潘先生以為羅氏之說，不足為據，茲歸納潘先生之論如次：

（1）三十字母殆為守溫以前之作，因《韻學殘卷》所稱，三十字母乃守溫所述，非守溫所撰。

（2）敦煌寫本中，有《唐人歸三十字母例》，與《守溫韻學殘卷》所列字母完全相同，知字母初祇三十，而三十字母非守溫所撰。

（3）《韻學殘卷》既殘缺不全，容或有守溫所訂而因殘缺之故而不能見者，近人趙蔭棠氏嘗見此《殘卷》原本之影片，亦以為所錄未可盡作依據，因影片之字跡，不出于一人，乃書者隨意迻寫，若以之作為字母乃守溫所作之證據，頗值考慮。

（4）趙蔭棠氏據呂介孺之言，修正羅氏之說，而云三十字母刱于守溫，而三十六字母則或為宋人所修訂，非胡僧了義所為。趙氏此說與大唐舍利刱字母，守溫增為三十六者不合，趙氏似亦知此意，乃又于《等韻源流》之序文及《守溫韻學殘卷後記》中，修訂前說，以為三十字母固為守溫所創，而後來增訂為卅六字母者，亦出于守

46　見《中國聲韻學通論》，頁29。

溫，此乃以後說訂前說也。其說未諦，同一守溫其分析
語音之見解，竟前後相距若是，似非情實。且三十字母
之劃分，頗多可議，如影母為喉音清，非濁，來母本屬
舌音，而三十字母以為屬牙音，心邪為齒音，三十字母
則歸之為喉音，皆屬明顯之誤，是以三十字母若為守溫
所訂，三十六字母又為其所修訂，則同一作者，其結論
竟差別如此，恐非情實。[47]

---

47 見《中國聲韻學》，頁27。案〈唐人歸三十字母例〉為：

端	丁當顛故	透	汀湯天添
定	亭唐田甜	泥	寧囊年粘
審	昇傷申深	穿	稱昌嗔觀
禪	乘常神諶	日	仍穰忢任
心	修相星宣	邪	囚詳錫旋
照	周章征專	精	煎將尖津
清	千槍僉親	從	前牆賮秦
喻	延羊鹽寅	見	今京犍居
磎	欽卿褰袪	群	琴擎褰渠
疑	吟迎言鮫	曉	馨呼歡祆
匣	形胡桓賢	影	纓烏剜煙
知	張衷貞珍	徹	悵忡檉縝
澄	長蟲呈陳	來	良隆冷隣
不	邊逋賓夫	芳	偏鋪繽敷
並	便蒲頻苻	明	綿模民無

又案《瀛涯敦煌韻輯別錄》復有二條，雖意與上錄四條同，茲亦錄此，裨作佐證。
一、觀此卷撰人自署為述，知內容多有所本。如〈辯宮商徵羽角例〉，與《玉篇》
　　《廣韻》附錄頗同；脣舌牙齒喉音字母分類與斯五一二卷唐寫本〈歸三十字母
　　例〉相合。
二、余細察此卷，蓋僧徒隨手摘錄守溫《韻學》之所寫，故任意寫於一佛畫卷之背
　　面，且一截在倒數第二紙，一截在倒數第六紙，並不聯貫銜接。第二紙、第六
　　紙，字體接近，第三紙字大而尤草率，似非同時所書。且行款參差錯落，極不
　　整齊，亦非經意之作。前無標目，後無題款，首尾皆不完備，與紙墨遭受殘
　　損，以致書缺有間者不同。余意僧徒蓋據守溫《韻學》完具之書，隨手摘抄數
　　截於卷子之背，並未全錄原書，故僅存此段遺文耳。

是以潘先生以為守溫所述，蓋本諸前修。

　　綜上所論，知三十字母為舍利所創，守溫據以修改增益成三十六字母也。故鄭樵《通志·藝文略》載《三十六字母圖》一卷，僧守溫載。宋·王堯臣《崇文總目》稱三十六字母唐·守溫撰者殆不可信也。至三十六字母之時代，亦可確定為唐末，蓋守溫為唐末之人，吾人最大之理由為伯希和氏所得之二○一一號為唐寫本，且守溫三十六字母與韻圖三十六字母相同，而敦煌唐寫本《守溫韻學殘卷》載有四聲、四等之別，亦當起自唐末。案三十六字母起自唐末，學者每主此說，陳澧氏即云：「三十六母者，唐末之音也。」[48]又謂「字母之三十六字，必唐時五方音讀皆不訛，故擇取以為標準也。」[49]，此為不易之論。

　　至葉光球氏《聲韻學大綱》據戴震「〈五音聲論〉（載於神珙〈序〉之上）列字四十，而不曰字母，與今所傳三十六字相齟齬，珙自序不一語涉及〈五音聲論〉，殆非珙之為。」及陳澧氏「〈五音聲論〉雖非神珙所為，然與字母齟齬，則必在字母未出之前。」之語，爰斷定守溫為唐憲宗元和以後之人，葉氏以為〈五音聲論〉既在字母之前，而神珙〈序〉未涉及此書，則此書當出於神珙之後，而守溫造字母亦當在神珙之後，遂有是論，葉氏明言出於唐元和以後，茲錄於此，聊備參考。

（二）三十六字母之依據

　　字母之產生，與佛經之傳入有莫大之關係，蓋佛經本為梵文，為翻譯之故，則先洞悉其文字，是以字母與梵文有綦密切之牽連。陳澧氏《切韻考·外篇》云：

---

48 見《切韻考·外篇》。
49 同前註。

澧案：大般涅般經有舌根聲，舌齒聲，上顎聲，舌頭聲，脣吻
聲，是此種名目，出於西域。

如字母、名目，多本於印度，三十六字母係由梵文所啟發。劉復氏更
據三十六字母之排列法，謂守溫之三十六字母非直抄於梵文，乃將華
文及梵文相互比較，補入華文所有而梵文所無者，梵文有而華文無者
則削去之，是以華文為主也。[50]錢大昕《十駕齋養新錄》亦以為唐人
所撰之三十六字母，實采涅槃之文，參以中華音韻而去取之。

案《一切經音義》載《大般涅槃經》〈文字品〉，有字音十四，比
聲二十五，超聲八，其字如下：

字音：裒、阿、壹、伊、塢、烏、理、釐、黳、藹、污、奧、
菴、惡。
比聲：迦、呿、伽、𠿒、俄。舌根聲。
遮重、車、闍、膳、若。舌齒聲。
吒、呫、茶、咤、拏。上顎聲。
多、他、陀、馱、那。舌頭聲。
波、頗、婆、婆去、摩。脣吻聲。
超聲：虵重、邏、羅、縛、奢、沙、娑、呵。

陳澧氏嘗取與三十六字母對音，林師又加以校定而得下表：

涅槃比聲	舌根聲				舌齒聲				上顎聲			
	迦	呿	伽啹	俄	遮	車	闍膳	若	吒	咃	茶咤	拏
守溫字母	見	溪	群	疑	照	穿	禪（牀）	日	知	徹	澄	娘
	牙音				正齒音			半齒	舌上音			

涅槃比聲	舌根聲				脣吻聲				
	多	他	陀馱	那	波	頗	婆	婆^重	摩
守溫字母	端	透	定	泥	邦	滂	並		明
	舌頭音				重脣音				

林先生並指出陳氏之誤者：（1）《涅槃》舌齒聲「闍」「膳」二字，實即守溫「牀」母，陳氏配「禪」母誤也。（2）陳氏謂字音十四字，除「理」「釐」二字來母，其餘為影母，案字音即元音，陳氏誤也。（3）超聲八字，陳氏以為虵字乃牀母，邏羅乃來母，案虵字為喻母，邏羅二字中華所無，非來母。林先生之結論云：「可見三十六母據中華之音，非據梵音也，其為《涅槃》所有者，次第與《涅槃》同，可見其依倣《涅槃》也。」是知字母根據於印度文字，參以中華音韻而去取之也。惟近人張世祿《中國音韻學史》據元刊本《玉篇》所載〈切字要法〉中「四字無文」一語，而謂三十字母乃由藏文字母而來，以藏文字母參照梵文字母而產生，非直依梵文字母而成。張氏以為「四字無文」乃指藏文所有而中華所無之音，又云「藏文三十字母，又是採天竺字母合之西番語音所製」，則與前文所論大異其趣矣。董同龢氏《中國語音史》並主此說，惟欠說明。然從林先生之比較，吾人知三十六字母確據華音而成，信而有徵，當從之。

（三）字母分二十三行之說

三十六字母分為二十三行者，今人每謂節省篇幅也，殊不知有其

歷史關係。王了一氏云：

> 這樣歸併為二十三行，並不單純為了節省篇幅，更重要的是表
> 現了舌頭與舌上之間，齒頭與正齒之間，重脣與輕脣之間的密
> 切關係，即歷史上的聯系。[51]

蓋重脣與輕脣同行者，輕脣音（非系）止有三等，且止出現於合口
呼，輕脣音出現之處，即無重脣音（幫系），因此輕脣音實由重脣變
來也，其所居韻圖位置分明未混，因可如此歸併。舌頭與舌上同行
者，舌頭音（端系）止有一、四等，舌上音（知系）止有二、三等，
恰可互相補足。齒頭與正齒同行者，齒頭音（精系）止有一、四等，
正齒音（照系）止有二、三等，亦可互相補足。據茲，三十六字母之
分為二十三行，非徒節省篇幅之故，實亦反映此類字間之歷史關係也。

（四）《七音略》字母之次序

　　《七音略》之七音為羽、徵、角、商、宮、半徵、半商，三十六
字母之字各統於此七音，井然有序。吾人欲知其字母之次序，則知此
七音次序可也。

　　茲將《七音略》七音之次，與他書比較，列表如下：

51　見《漢語音韻》，頁116。

第一系	第二系	第三系
《七音略》 《韻鏡》	《四聲等子》 《切韻指南》 《切音指南》	《切韻指掌圖》 《音韻闡微》 《四聲切韻表》
羽　脣音　幫系 非系	牙音　見 系	牙音　見 系
徵　舌音　端系 知系	舌音　端系 知系	舌音　端系 知系
角　牙音　見 系	脣音　幫系 非系	脣音　幫系 非系
商　齒音　精系 照系	齒音　精系 照系	齒音　精系 照系
宮　喉音　影 系	喉音　影 系	喉音　影 系
半徵　半舌音　來	半舌音　來	半舌音　來
半商　半齒音　日	半齒音　日	半齒音　日

　　1　第一系以脣、舌、牙、齒、喉、半舌、半齒為次，又脣、舌、齒三音分為二行。勞乃宣《等韻一得》云：「按人聲之發，自內而外始於喉，次鼻，次舌，次齒而終於脣，此自然之序也。」

　　2　第二系脣、牙二音互調，他同第一系。

　　3　第三系七音與上二系同，次序則與第二系同，惟脣、舌、齒三音排成一行。字母由二十三行至三十六行者，實為聲音之自然現象。惟三十六行者，亦有所本，張麟之〈韻鏡序作〉云：「舊體以一紙，列二十三字母為行，以緯行於上，其下間附一十三字母盡於三十六，一目無遺，楊變三十六，分二紙肩行而繩引至橫調則淆亂不協，不知

因之,則是變之非也。」案楊者,楊倓也。著有《韻譜》,代州崞縣人,楊震之孫。張氏雖責楊氏變之之非,然變為三十六行者,或本於楊氏《韻譜》而成。

(五)《七音略》字母之用字

《七音略》與《韻鏡》同為早期韻圖,《七音略》之三十六字母為:幫、滂、並、明、非、敷、奉、微、端、透、定、泥、知、徹、澄、孃、見、溪、群、疑、精、清、從、心、邪、照、穿、床、審、禪、影、曉、匣、喻、來、日;《韻鏡》之三十六字母孃作娘,床作牀。及乎《切音指南》、《切韻要法》、《張氏音辨》群皆作郡。《四聲切韻表》幫作邦。《張氏音辨》定作庭,奉作逢,喻作于,並作瓶。《切音指南》、《切韻要法》床作狀。則用字各異也。此類異字,學者有二說:

1 取便文說:如勞乃宣《等韻一得》〈外篇〉云:「三十六母用字,群與郡、娘與孃、斜與邪、牀與狀諸家不同,幫亦有作邦者,譜中遵《華梵字母合璧譜》用群孃邪牀幫,篇中立說則不拘一律,各取便文也。」

2 字母變化說:趙憩之《等韻源流》云:「群作郡,若以原書所載,我們便可以猜想那時群字已有化入溪母之嫌。」又云:「但我們不要小視這一些,因為一母之差,在讀音上,就有好多的字隨著變動。」

勞、趙二氏之說,皆有其理,惟不可一概而論,因于與喻、乃屬字母變化者;幫與邦;群與郡;狀、牀、床,娘與孃,逢與奉則各取便文也。

（六）喉音影系四母之排列問題

《七音略》影系四母依次為影、曉、匣、喻。考諸其他韻圖則可得四系：

1. 《韻鏡》、《七音略》同作：影、曉、匣、喻。（《切韻指掌圖》屬此系）
2. 《四聲等子》、《切韻指南》、《切音指南》、《音韻闡微》、《四聲切韻表》、《張氏音辨》同作：曉、匣、影、喻。（《張氏音辨》喻作于）
3. 《切韻考・外篇》作：影、喻、曉、匣。
4. 《切韻要法》作：影、曉、喻、匣。

各系次序不一，致使學者無所適從，陳澧《切韻考・外篇》卷三云：

> 《切韻指掌圖》影曉匣喻母之次序甚謬，竟似不知喻母為影母之濁矣，《四聲等子》、《五音集韻》、《切韻指南》，皆以曉匣影喻為次序，則影喻清濁相配不謬，然以曉匣在影喻之前亦非也，影喻是發聲，曉匣是送聲。

審其意，四母之次當為影、喻、曉、匣。黃季剛氏復據戴震《聲類表》定喻（為）當歸影紐，更據錢大昕〈影喻無分之說〉[52]以為影紐為正聲，喻紐為紐為影之變聲，二者清濁相變，今音讀喻為母者，古音皆讀如影母。王了一氏《漢語音韻》亦云：「使曉匣配對，影喻配對。」喉音影系四母之次遂可定為：影、喻、曉、匣。黃氏以音之正變析之，四母之序已成定論，而學者無所適從之惑亦可澄清矣。

---

52 見錢氏《十駕齋養新錄》。

（七）《七音略》三十六字母之等列

辨等之法，或主以聲分，或主以韻分，實頗參差，未能劃一，潘師石禪先生《中國聲韻學》綜合前人所說，歸成三派，要最為明白，其三派即：

1. 以聲分等派——如江永於《四聲切韻表》〈凡例〉及《音學辨微》八〈辨等列〉中指出「辨等之法，須於字母辨之。」如韻圖中，一等有牙有喉有舌頭，無舌上，有重脣，無輕脣，有齒頭，無正齒，有半舌，而牙音無群，齒頭無邪，喉音無喻，通得十九紐，見谿疑端透定泥幫滂並明精清從心曉匣影來等是，此乃以反切上字出現于韻圖所歸納得之現象，以為區別四等之標誌也。

2. 以韻分等派——如陳蘭甫氏《東塾集》卷三〈等韻通序〉云：「等之云者，當主乎韻，不當主乎聲。」又云：「古人於韻相近者分為數韻，如東韻分二類是也，此即後來分等之意，然古人但以韻分之，但以切語下字分之，而不以上字分之，如東韻蒙，莫紅切，瞢，莫中切，同用莫字是也，既有下字分類，則上字可不拘也。」

3. 以聲與韻分等派——魏建功氏《古音系研究》云：「等以韻辨，比較繁難，因為既有韻書的韻部，韻部再分等，實就是這聲母的關係。」乃合聲與韻而言之。[53]

由此知辨等主要繫乎韻母，而聲母亦有一定之影響。故伯元師云：「分等仍以韻為準，至於聲母之安排純屬借位之問題。」茲就聲出現

---

53 見《中國聲韻學》，頁191、192。

於韻圖所歸納之結果，列諸如下：

1 一二三四等俱全者：影、曉、見、溪、疑、來、幫、滂、並、明。

2 僅有一二四等者：匣。

3 僅有一四等者：端、透、定、泥、精、清、從、心、莊、初、牀、疏、俟。

4 僅有二三等者：知、徹、澄、孃、照、穿、床（神）、審。

5 僅有三四等者：喻（喻四、為三）。

6 僅有三等者：群、禪、日、非、敷、奉、微。

7 僅有四等者：邪。

案聲母與韻圖聲紐系統多有參差，見下文另述。

（八）《七音略》之聲類

　　《七音略》四十三轉圖，每轉列三十六字母。即首列幫、滂、並、明、端、透、定、泥，見、溪、群、疑，精、清、從、心、邪，影、曉、匣、喻，來，日；次於端系下復列知、徹、澄、孃，精系下復列照、穿、床、審、禪，而輕脣非、敷、奉、微四母，惟見於內轉第二、外轉第二十、外轉第二十二、外轉第三十三、內轉第三十四幫系之下，除上所列三十六字母外，復可析為數母。陳澧氏《切韻考》〈《廣韻》反切上字系聯條例〉，切語上字與所切之字為雙聲，則切語上字同用者、互用者、遞用者聲必同類也。陳氏考得以上三十六字母外，並以為照、穿、牀、審、喻各分二類，而明、微合為一類，考得反切上字四十聲類。[54]黃季剛氏《音略》以為明、微應分二類，而得

---

54 案陳氏由三十六字母中別出莊、初、神、疏、為五類，實為有見。惟：（1）陳氏利用又音證明同類之切語上字兩兩互用而不能系聯者本為同類，則尚欠深慮也。因《廣韻》之又音至為凌雜，其一字兩音之互注切語，與正切絕不同源，故以又音考得之結果，絕非切韻之真相。（2）幫與非、滂與敷、並與奉、端與知、定與澄、泥

四十一聲類。茲以陳澧氏反切上字系聯條例系聯《七音略》反切上字，則除前所標三十六字母外，復可另得莊、初、牀、疏、俟為五母，且明、微分為二類。結果得聲類四十二。《七音略》內轉第八平聲有「漦俟甾切」上聲有「俟牀史切」，均列於禪母下二等地位，不與他類反切上字系聯，本篇將漦、俟獨立為一類，即將俟母獨立為一類聲紐。案《七音略》莊系字及為母之反切上字為：

莊：莊爭阻簪側

初：初楚創瘡又叅

牀：牀鋤鉏豺士仕查雛助

疏：疎山沙砂色數所

俟：俟

為：于兩云雲王韋永有榮洧為筠

每母可系聯為一類。俟字雖為牀紐，茲因其置於禪母下二等地位，故將之獨立為一類。明、微之反切上字為：

明：莫綿明彌眉美模母謨慕模靡

微：武文無亡望巫

分別系聯為一類。故《七音略》之聲類當有四十二母也。茲將其四十二母列表如下：

羽音：幫、滂、並、明；非、敷、奉、微。（脣音）

微音：端、透、定、泥；知、徹、澄、孃。（舌音）

角音：見、溪、群、疑。（牙音）

商音：精、清、從、心、邪；照、穿、神、審、禪；莊、初、牀、疏、俟。（齒音）

與孃、禪與神等可據互注切語之字而併之，而陳氏又不一一合之，是自亂其例也。

（3）陳氏拘牽於反切上字，據又音將明、微合為一類，其謂此乃「切語上字不分者，乃古音之遺，今則分別甚明，不必泥古也」，是當分而不分也。無怪乎周祖謨氏評其為「第考古之功多，審音之功尟」。

宮音：影、曉、匣、喻；為。（喉音）
半徵音：來。（半舌音）
半商音：日。（半齒音）

（九）《七音略》聲母與韻圖聲紐系統之參差

韻圖之基本結構為每音節皆有其位，以《七音略》言，其沿《廣韻》二百零六韻韻目，又依《切韻》原來之次，即其圖表大致依《切韻》系統安排，照顧堪稱周密，然則終不免于參差者：因（1）韻母與韻部數目不同。（2）聲類與字母不合；致有參考之處。董同龢氏《中國語音史》嘗依此情形，予以分析，遂能知其「削足適履」之真象。

茲援董說，並參考潘先生《中國聲韻學》暨陳先生《等韻述要》所論，綜述如下：

1 三十六字母與聲母系統不全相同，其中最足影響韻圖歸字者乃照、穿、床、審、禪、喻，皆分別相當於絕不相混之兩類反切上字，即照莊、穿初、神床、審疏、喻為。韻圖將此六母分列於同一字母之下，而居不同之等位，不相混淆，如照母之側類字與之類字，同於照母之下，側類字永居二等地位，之類字永居三等地位。韻圖於此類字之處理方式為：

（1）照穿神審禪五紐（之昌食式時類之字母）僅出現於三等韻，故韻圖於照穿神審禪五紐之字，均置於齒音照穿神審禪五母下三等之地位。

（2）莊初牀疏四紐之字（側初士史類之字），有出現於二等韻者，亦有與照穿神審禪同時出現於三等韻者，前者置於照穿神審禪五母下二等之地位，自無問題，後者則與此五母發生衝突，然此時同轉均無二等韻，故莊初牀疏乃得侵佔正齒音下二等之地位。東、鍾、

支、脂、之、魚、虞、陽、尤、侵、蒸諸韻莫非如此安排。

（3）喻為（以于類字）兩紐，均僅出現於三等韻，韻圖總將為紐置於喻下三等之地位，而將喻紐置於四等之地位。蓋因凡一二四等性之韻母，均無喻母字，故可無所阻礙也。

2 影響韻圖格式之次要原因，乃是齒頭音五母（精系）與正齒五母（莊照）併行排列。正齒音既已佔據二等與三等之地位。齒頭音不出現於二等韻，屬於一等韻者置於一等之地位，屬於四等韻者列於四等之地位，皆無問題，惟三等韻之字因三等已為正齒之照系字所佔據，其處置方法為：

（1）凡同轉四等齒音無字者，乃借用四等之地位。東、鍾、支、脂、之、魚、虞、真、諄、陽、尤、侵、蒸諸韻皆然。

（2）凡同類四等齒音已有字者，即改入相近另一轉之四等地位，如祭、仙、清、鹽諸韻是也，如無相近之轉，則另立一新轉，如宵韻是也。

3 幫非兩系於韻圖不衝突：

韻書反切上字屬非敷奉微者（於東、鍾、微、虞、文、元、陽、尤、凡十韻──字母屬非、敷、奉、微。於其他各韻韻書反切上字屬幫滂並明者）字母屬幫、滂、並、明。

屬非系字者韻圖皆置於三等之地位，屬於幫系者則視其一二三四等之別而置於一二三四等之地位。

4 端知兩系於韻圖亦不衝突：

舌頭音之端系與舌上音之知系亦併行排列，因端系僅有一四等韻，知系僅有二三等韻，故屬端系之字置於一等與四等，屬知系之字則置於二等與三等，並無問題。

5 韻圖列等分轉，又有一特殊之現象，即支脂真諄祭仙宵諸韻有部分脣牙喉音之三等字伸入四等，如同轉四等有空，即佔同轉四等之

地位，如同轉四等已有真正之四等字，則改入相近之轉，或另立新轉，與上述齒頭音之情形同。然審其切語，此類字與同韻而韻圖置於三等之舌齒音實為一類，《四聲等子》暨《切韻指掌圖》「辨廣通侷狹例」皆云係三等字通及四等也。足見此類字之排法確有問題。如《七音略》內轉第四支韻之「卑、坡、陴、彌、祇、䣕」之伸入四等，或可謂係因本韻已有同聲母之「陂、鈹、皮、縻、奇、犧」佔據三等之地位，不得已而出此。然再觀外轉第十五祭韻之「蔽、撇、獘、袂」諸字，內轉第十三之三等有空，偏不置此，卻置於十五轉之四等，即可知此非純借位問題也。董同龢氏以為支脂真諄祭仙宵諸韻之脣牙喉音字，有一部分與一般三等韻字一樣排入三等之地位，然尚有一部分獨立成另一類型，為不使與普通三等字混淆，遂通至四等之地位，陳先生以為董說有其缺點，若承認董說，則非特否定《切韻》一書之基本性質，且猶須承認《廣韻》同一韻中有主要元音之韻母存在，恐非事實，遂本黃季剛氏古本韻說[55]，以為此類韻字皆有兩類古韻來源。即以支韻為例：

（1）自其本部古本韻變來（變韻中有變聲）者，即卑、坡、陴、彌、祇、䣕一類字——韻圖置於四等。

（2）自他部古本韻歌變來（半由歌戈韻變來）者，即陂、鈹、縻、奇、犧一類字——韻圖則置於三等。

陳先生以為重紐字之出現，韻圖作者已有意識將之分析也。經陳先生如此剖析，吾人於此類字之真相，乃燦然大白，且知其在四等者，實係由三等借位而來也。關於此類重紐字問題詳見下文第三章第二節。

綜上所述，知韻圖分等之條例如下：

55　見《古音學發微》，頁479。

　　（1）凡二等僅齒音有字，不能單獨成為一韻者，則此類字非真正之二等字，而係借位之三等字，此類字與同轉三等字之關係，非韻母之不同，實係聲母有異。

　　（2）凡在四等而不能獨立成韻者，亦非真正之四等字，實係三等字因上述之關係借位而來者。

二　韻類之探討

（一）韻母之等列

　　《七音略》四十三轉圖，以四聲統四等，復循《廣韻》二百零六韻韻目，將二百零六韻韻目置於四十三圖中，其詳目見前章《七音略》之內容，此不贅言。稽諸《七音略》韻字之安排，即以四等之性質，開合不同，借位合理配成者，絕非任意拼湊。茲將《廣韻》平聲韻目與《七音略》之四等對照如下：＊（）表該處原無字，今因借位者也。〔〕表去聲寄位者也。

東　一　紅類　重中重（開）　　　一等
　　二　融類　重中重（開）　　（二）、三（四）等
冬　　　冬類　輕中輕（合）　　　一等
鍾　　　容類　輕中輕（合）　　三（四）等
江　　　江類　重中重（開）　　　二等
支　一　移類　重中輕$^{內}_{重}$（開）　（二）三（四）等
　　二　為類　輕中輕（合）　　（二）三（四）等
脂　一　夷類　重中重（開）　　（二）三（四）等
　　二　追類　輕中重$^{內}_{輕}$（合）　（二）三（四）等
之　　　之類　重中重$^{內}_{重}$（開）　（二）三（四）等

微 一 衣類 重中重^內_輕（開） 三等

二 歸類 輕中輕^內_輕（合） 三等

廢 一 肺類 重中重^內_輕（開） 〔三〕等

魚 　 魚類 重中重（開） （二）三（四）等

虞 　 俱類 輕中輕（合） （二）三（四）等

模 　 胡類 輕中輕（合） 一等

齊 一 雞類 重中重（開） 四等

二 圭類 輕中重（合） 四等

佳 一 佳類 重中輕（開） 二等

二 蝸類 輕中重（合） 二等

泰 一 蓋類 重中輕（開） 〔一〕等

二 外類 輕中輕（合） 〔一等〕

皆 一 諧類 重中重（開） 二等

二 懷類 輕中重（合） 二等

祭 一 例類 重中重（開） 〔三〕等

二 芮類 輕中重（合） 〔三〕〔四〕等

廢 二 廢類 輕中輕（合） 〔三〕等

夬 一 犗類 重中重（開） 〔二〕等

二 夬類 輕中重（合） 〔二〕等

灰 　 回類 輕中重（合） 一等

咍 　 來類 重中重（開） 一等

真 　 鄰類 重中重（開） 三（四）等

諄 　 倫類 輕中輕（合） （二）三（四）等

臻 　 臻類 重中重（開） 二等

文 　 云類 輕中輕（合） 三等

欣 　 斤類 重中輕（開） 三等

元 一 言類　重中輕（開）　　三等

　 二 原類　輕中輕（合）　　三等

魂 　 昆類　輕中輕（合）　　一等

痕 　 痕類　重中重（開）　　一等

寒 　 干類　重中重（開）　　一等

桓 　 官類　輕中重（合）　　一等

刪 一 顏類　重中重（開）　　二等

　 二 關類　輕中重（合）　　二等

山 一 閑類　重中輕（開）　　二等

　 二 鰥類　輕中輕（合）　　二等

先 一 前類　重中重（開）　　四等

　 二 玄類　輕中重（合）　　四等

仙 一 延類　重中重（開）　　三（四）等

　 二 緣類　輕中重（合）　　三（四）等

蕭 　 聊類　重中重（開）　　四等

宵 　 遙類　重中重（開）　　三（四）等

肴 　 交類　重中重（開）　　二等

豪 　 刀類　重中重（開）　　一等

歌 　 何類　重中重（開）　　一等

戈 一 鍋類　輕中輕（合）　　一等

　 二 靴類　輕中輕（合）　　三等

麻 一 加類　重中重（開）　　二等

　 二 邪類　重中重（開）　　三（四）等

　 三 瓜類　輕中輕（合）　　二等

陽 一 良類　重中重（開）　　（二）三（四）等

　 二 方類　輕中輕（合）　　三等

唐	一	岡類	重中重（開）	一等
	二	光類	輕中輕（合）	一等
庚	一	庚類	重中輕（開）	二等
	二	京類	重中輕（開）	三等
	三	橫類	輕中輕（合）	二等
	四	兵類	重中輕（開）	三等
耕	一	爭類	重中重（開）	二等
	二	宏類	輕中輕（合）	二等
清	一	傾類	輕中輕（合）	（四）等
	二	征類	重中輕（開）	（四）等
			重中重	三等
青	一	經類	重中重（開）	（三）等
	二	螢類	輕中輕（合）	四等
蒸		丞類	重中重（開）	（二）三（四）等
登	一	肱類	輕中輕（合）	一等
	二	燈類	重中重（開）	一等
尤		鳩類	重中重（開）	（二）三（四）等
侯		侯類	重中重（開）	一等
幽		幽類	重中重（開）	（四）等
侵		林類	重中重（開）	（二）三（四）等
覃		含類	重中重（開）	一等
談		甘類	重中輕（開）	一等
鹽		廉類	重中輕（開）	三等
			重中重	（四）等
添		兼類	重中重（開）	四等
咸		咸類	重中重（開）	二等

衔　　衔類　重中輕（開）　　二等

嚴　　嚴類　重中輕（開）　　三等

凡　　凡類　輕中輕（合）　　三等

若將上文所分析者，製表則可得下圖：

第四一	第卅七 第卅六	第卅一	第廿六	第十九 二十	第十二	第六 七	第一	轉次＼等第
(侵)侵(侵)	庚庚(清)	覃咸鹽添	(宵)	文，欣	模(虞)虞(虞)	(脂)脂(脂)	東(東)東(東)	一二三四
第四二	第卅八	第卅二	第廿七	第廿一 廿二	第十三 十四	第八	第二	轉次＼等次
登(蒸)蒸(蒸)	耕清青	談銜嚴(鹽)	歌	山元(仙)	灰,咍[夬];皆[祭];咍齊	(之)之(之)	冬鍾(鍾)	一二三四
第四三	第卅九	第卅三	第廿八	第廿三 廿四	第十五 十六	第九	第三	轉次＼等次
登蒸	耕青	凡	戈戈	桓,寒刪仙先	[泰]佳[廢],[祭]	微,微[廢]	江	一二三四
第四十	第卅五 卅四	第卅	第廿九	第廿五	第十七 十八	第十一	第五 四	轉次＼等次
侯(尤)尤(幽),(尤)	唐(陽)陽(陽)	麻麻(麻)	豪肴宵蕭	痕，魂(諄)臻諄，真(諄)，(真)		(魚)魚(魚)	(支)支(支)	一二三四

說明：

1 （ ）表借位，借位之因見前文「七音略聲母與韻圖聲紐系統之參差」。

2 〔 〕表去聲寄位。去聲無與相配之平上入韻，祇得寄於他轉之地位。

3 一韻之字分見兩轉者，開合不同也，如支之分見第四、第五轉。

4 廢韻之字在第十、十六轉中。

5 祭韻、夬韻在第十三、十四轉中，泰韻在第十五、十六轉中。

6 四十轉四等尤韻，除由、囚、脩、酋、秋外，皆為幽韻字。

《七音略》之四等與韻目之關係由此可知，惟較紛雜者為三等韻，茲仿李榮氏《切韻音系》將之復分為三類，即：

子類：韻圖全列於三等，如微、廢、文、欣、元、庚、嚴、凡等。

寅類：此類即脣牙喉由三等通及四等而構成重紐字者，如支、脂、真、諄、祭、仙、宵等。

丑類：此類因聲母之別，而分列二、三、四等者，如東、鍾、之、虞、魚、麻、陽、尤、蒸等。其莊系列二等，精系及喻母列四等，其他聲母則列三等。

如此分析，則更能明瞭三等韻於韻圖安排之真象矣。

（二）入聲問題

《七音略》入聲$_{-p-t-k}^{韻尾收}$除第二十五轉外，皆承陽聲韻$_{-m-n-ŋ}^{韻尾收}$，乃《切韻》以來之傳統。其第二十五轉以「鐸」「藥」兼配陰聲韻「豪」、「肴」、「宵」、「蕭」諸韻，爰開入聲配陰聲韻之先驅。案王了一氏《漢語音韻》列《七音略》四十三圖，於此轉末注云：「《七音略》在此圖入聲欄內收鐸藥兩韻，與第卅四圖重複，今依《韻鏡》刪去。」羅常培氏〈通志七音略研究〉則云：「案《韻鏡》通例，凡入聲皆承陽韻，《七音略》大體亦同；惟鐸藥兩韻之開口《七音略》復見於第二十五（豪肴宵蕭）及第三十四（唐陽，即《韻鏡》第三十

一）兩轉，與《韻鏡》獨見於第三十一轉者不同，蓋已露入聲兼承陰陽之兆矣。」案羅說是，從之。茲列表以明《七音略》之入聲陽聲及陰聲支配情形：

入聲	陽聲		陰聲
屋	東	內轉第一	
沃	冬	內轉第二	
燭	鍾	內轉第二	
覺	江	外轉第三	
質	真	外轉第十七	
術	諄	外轉第十八	
物	文	外轉第二十	
迄	殷	外轉第十九	
沒	痕	外轉第十七	
沒	魂	外轉第十八	
月	元	外轉二十一 外轉二十二	
曷	寒	外轉二十三	
末	桓	外轉二十四	
黠	刪	外轉二十三 外轉二十四	
鎋	山	外轉二十一 外轉二十二	
屑	先	外轉二十三 外轉二十四	
薛	仙	外轉二十一、二十五、二十三、二十四	

入聲		陽聲	陰聲
藥	陽	內轉三十四 內轉三十五	宵　外轉二十五
鐸	唐	內轉三十四 內轉三十五	豪　外轉二十五
陌	庚	外轉三十六 外轉三十七	
麥	耕	外轉三十八 外轉三十九	
昔	清	外轉三十六三 十七、三十八	
錫	青	外轉三十八 外轉三十九	
職	蒸	內轉四十二 內轉四十三	
德	登	內轉四十二 內轉四十三	
緝	侵	內轉四十一	
合	覃	外傳三十一	
盍	談	外轉三十二	
葉	鹽	外轉三十一 外轉三十二	
帖	添	外轉三十一	
洽	咸	外轉三十一	
狎	銜	外轉三十二	
業	嚴	外轉三十二	
乏	凡	外轉三十三	

（三）韻類分析

陳澧氏《切韻考》〈內篇〉嘗據《廣韻》切語下字，析其韻類之「開」「合」，有一韻只一類者，有一韻而分二類三類四類者，凡平聲九十類，上聲八十類，去聲八十八類，入聲五十三類，共得三百十一類。後經黃季剛氏、錢玄同氏等歷加補苴，然或拘于切語上下字，弊在瑣碎，或求密太過，本師林景伊先生遂重加考訂，凡平聲八十三類，上聲七十七類，去聲八十四類，入聲五十類，實止二百九十四類，其表見《中國聲韻學通論》頁七十四。《七音略》之韻類，據余系聯，並參考其圖，結果得二百九十六類，較林先生《廣韻》韻類多二類。茲將《七音略》韻類數列諸於后：

平聲（韻類數目）	上聲	去聲	入聲
東 2	董 1	送 2	屋 2
冬 1	（湩）1	宋 1	沃 1
鍾 1	腫 1	用 1	燭 1
江 1	講 1	絳 1	覺 1
支 2	紙 2	寘 2	
脂 2	旨 2	至 2	
之 1	止 1	志 1	
微 2	尾 2	未 2	
魚 1	語 1	御 1	
虞 1	虞 1	遇 1	
模 1	姥 1	暮 1	
齊 2	薺 1	霽 2	
		祭 2	
		泰 2	

佳 2	蟹 2	卦 2	
皆 2	駭 1	怪 2	
		夬 2	
灰 1	賄 1	隊 1	
咍 1	海 1	代 1	
		廢 2	
真 2	軫 2	震 2	質 2
諄 1	準 1	稕 1	術 1
臻 1	臻上 1	臻去 1	櫛 1
文 1	吻 1	問 1	物 1
欣 1	隱 1	焮 1	迄 1
元 2	阮 2	願 2	月 2
魂 1	混 1	恩 1	沒 1
痕 1	很 1	恨 1	痕入 1
寒 1	旱 1	翰 1	曷 1
桓 1	緩 1	換 1	末 1
刪 2	潸 2	諫 2	黠 2
山 2	產 1	襉 2	鎋 2
先 2	銑 2	霰 2	屑 2
仙 2	獮 2	線 2	薛 2
蕭 1	篠 1	嘯 1	
宵 1	小 1	笑 1	
肴 1	巧 1	效 1	
豪 1	皓 1	號 1	
歌 1	哿 1	箇 1	
戈 2	果 1	過 1	

麻 3	馬 3	禡 3	
陽 2	養 2	漾 2	藥 2
唐 2	蕩 2	宕 2	鐸 2
庚 4	梗 4	敬 4	陌 3
耕 2	耿 1	諍 2	麥 2
清 2	靜 2	勁 2	昔 2
青 2	迥 2	徑 2	錫 2
蒸 1	極 1	證 1	職 2
登 2	等 1	嶝 1	德 2
尤 1	有 1	宥 1	
侯 1	厚 1	候 1	
幽 1	黝 1	幼 1	
後 1	寢 1	沁 1	緝 1
覃 1	惑 1	勘 1	合 1
談 1	敢 1	闞 1	盍 1
鹽 1	琰 1	豔 1	葉 1
添 1	忝 1	㮇 1	怗 1
咸 1	豏 1	陷 1	洽 1
銜 1	檻 1	鑑 1	狎 1
嚴 1	儼 1	釅 1	業 1
凡 1	范 1	梵 1	乏 1

計系聯得平聲八十二類，上聲七十五類，去聲八十八類，入聲五十一類，故《七音略》之韻類為二百九十六類。茲以林師景伊所訂《廣韻》二百九十四類與本文所考《七音略》二百九十六類比較如下：

1 林師分平聲戈為三類，《七音略》則無伽、迦一類，故祇有二類。

2 林師分上聲薺、產為二類，《七音略》薺僅有米、禮、弟、啟一
　類。產僅有限、簡一類。

3 林師去聲諍、勁、徑、廢各僅一類，《七音略》諍韻除迸、諍一
　類外，又有「轟」借迸為切一類，前者為開，後者為合；勁韻除
　正、政、姓一類外，又有「敻」借正為切一類，前者為開，後者
　為合；徑韻除定、佞一類外，又有「鎣」借定為切一類，前者為
　開，後者為合；廢韻除肺、穢、廢一類外，又有「刈」借肺為
　切，前者為合，後者為開。今依開合之異，將此四韻各分二類。

4 林師入聲職韻僅一類，《七音略》除逼、力、翼、職、即、極、
　直一類外，又有「洫況逼切」、「域雨逼切」借逼為切一類，前者為
　開，後者為合。今依開合之別，分職韻為二類。

三　歸字

　　王了一氏《漢語音韻》云：「等韻的創始人安排這四十三個韻圖
是煞費苦心的，必須讓每一音節（即每一個反切）在韻圖中都有它的
位置。」[56]《七音略》韻字之安排，以四等之性質，與乎開合不同，
借位，合理配成，絕無含混。如支脂之三韻，於《廣韻》註明同用，
然《七音略》則分為五圖，除之韻獨圖外，支脂各有開合二圖。又如
元寒桓刪山先仙七韻，作者巧妙將之置於四韻圖：外轉二十一、二十
二分別為山元仙之開口與合口，山占二等，元占三等，仙占四等。外
轉二十三、二十四分別為寒桓刪仙先之開口與合口，寒桓占一等，刪
占二等，仙占三等，先占四等。[57]綦有條理。今人視拼音為易事，蓋

---

56 見《漢語音韻》，頁119。
57 寒韻祇有開，桓韻祇有合。

以民國初年教育部公佈國語音標故也，惟古則不然，以漢字作反切，
上字取聲，下字取韻，雖能拼出其音，而有音讀不正確之憾，解決此
缺陷者，則惟韻圖是賴。反切下字必與所求之字讀音同圖同一橫行，
反切上字必與所求之字同一直行，但未必同圖，此種「橫推直看」
法，可求得正確之音讀，正如邵光祖氏所謂「萬不失一」，此法古人
謂之「歸字」。

羅常培氏〈通志七音略研究〉一文[58]，嘗校正至治本《七音略》，
所校者可歸納為：

（一）校等列：如第三轉全轉，原平聲列二等、上去入列三等，
當改置於二等。

（二）校誤字：包括譌字、筆劃誤者二種。如第六轉疑平三
「示」當作「㣇」。又如第十轉曉上三「𣊟」當作「𣊟」。

（三）補字：如第五轉溪母去四「瞡」改列見去四，而於此位另
補「𧗵」字。

（四）正紐屬：如第十三轉曉上四「徯」，改列匣上四。

茲將羅氏所校涉及等列、紐屬之誤者，綜錄如下：

	轉次	母調等	例字	應據《韻鏡》校正
1	第一轉	曉入一	縠（胡谷切）	改列匣入一
2	第三轉	平二上去入三	（全轉）	均列二等
3	第五轉	見去四	諉（女恚切）	改列泥去三
4	同前	溪去四	瞡（規恚切）	改列見去四，而於此位另補觖字（窺瑞切）。
5	第六轉	來平二	棃	改列同紐平三

58 見《中央研究院歷史語言研究所集刊》第5本第4分。

	轉次	母調等	例字	應據《韻鏡》校正
6	第七轉	知入一	轛（追萃切）	改列同紐去三
7	同前	澄去四	墜	改列澄去三
8	同前	見溪群去四	媿喟匱	改列去三
9	同前	見群去一	癸揆	改列見群上四
10	同前	見群入一	季悸	改列見群去四
11	第八轉	喻平三	飴（與之切）	改列喻平四
12	第九轉	曉去四	稀（許曉切）	字改作歆，並改列曉去三
13	同前	疑去寄入一	刈（魚肺切）	改列疑去寄入三
14	第十二轉	審上三	數（所矩切）	改列審上二
15	同前	影上三	詡（況羽切）	改列曉上三，而於此位另補傴字（於武切）
16	第十三轉	曉上三	駭（侯楷切）	改列匣上二
17	同前	曉上四	徯（胡禮切）	改列匣上四
18	第十七轉	喻去三	酳（羊晉切）	改列喻去四
19	同前	明入三四	蜜密	密（美筆切 三等） 蜜（彌畢切 四等）
20	同前	影上四	引（余忍切）	改列喻上四
21	同前	曉平一	痕	痕（戶恩切）改列匣平一
22	第十八轉	見上三	窘（渠殞切）	改列群上三
23	第二十一轉	影入二	輚（士限切）	與棧同音，應併入床上二，另補鷃（乙鎋切）
24	第二十五轉	知平二	凋（都聊切）	與貂同音，應併入端平四，另補嘲（陟交切）
25	第二十六轉	群平四	蹻（去遙切）	改列溪平四
26	同前	疑平四	翹（渠遙切）	改列群平四

	轉次	母調等	例字	應據《韻鏡》校正
27	第三十一轉	明上三	麥（明忝切）	改列明上四
28	同前	疑上四	顉（魚檢初）	改列疑上三
29	同前	匣平三	嫌（戶兼切）	改列匣平四
30	第三十六轉	明去二三	命孟	孟命孟在二等敬韻命在三等勁韻
31	同前	日入二	礐（力摘切）	改列來入二
32	第三十七轉	見溪上一	礦（古猛切） 眮（苦猛切）	改列見溪上二
33	同前	見上二	璟（俱永切）	改列見上三
34	同前	溪上三	頃（去穎切）	改列溪上四
35	同前	曉上四	莧（許永切）	改列曉上三
36	同前	匣上三	卝（胡猛切）	改列匣上二
37	第三十八轉	並入二	擗（毗亦切，在昔韻四等）	繣（蒲革切，在麥韻二等）
38	第三十八轉	一、二、三無四等	（全轉）	改列二、三、四無一等。
39	同前	溪上三	剄（古挺切）	改列見上四
40	同前	影上一	巊（烟涬切）	改列影上四
41	第四十二轉	曉平一	恆（胡登切）	改列匣平一
42	同前	匣平一	峘	與恆併為一紐
43	同前	匣平三	蠅（余陵切）	《韻鏡》亦誤列三等，應改列喻平四。

以上為《七音略》等列及紐屬校正情形。案高仲華師「通志七音略研究」亦嘗校正《七音略》，所校除羅氏四者之外，兼及：（一）各韻書反切。（二）何字從《廣韻》？何字從《集韻》？（三）《七音

略》不收《廣韻》或《集韻》之由。（四）校《韻鏡》、《集韻》之
誤。（五）《七音略》之內外轉、重輕、入聲諸問題，亦皆論及。所校
既綦為廣泛，又不煩其詳，即韻字一點一劃有誤者，均一一列出。是
以所校臻一二七九條之多，其詳可參見該文。

第三章
《七音略》之語音系統

第一節　《七音略》聲母音值之擬測

　　夫時有古今，地有南北，聲音迭變，方言互異，益以古人不能復起，復無留聲之具以錄之，欲知某代之音，何其難哉。所幸者音變規律，每有迹象可尋。故「古今通塞，南北是非」雖勢所必至，苟能掌握音變規律，音值之擬測，亦未必無迹可尋。近來學者擬測中古音值，已以為韻書韻圖不敷應用，爰掇取現代方言，探究古語之迹，開闢另一途徑，實為研究中古音之一大突破，瑞典高本漢氏即利用近代語言學研究古代漢語，成就最大者。[1]以完整之材料，進行音值之擬定，可得較正確之音值。

一　本文擬測聲母音值之依據

（一）《廣韻》切語

　　反切合二字之音，以為一音，為拼音之理。陳澧氏《切韻考》據《廣韻》切語上字系聯得四十聲類，此四十類較諸三十六字母多四類，蓋因三十六字母中之照、穿、牀、審、喻，《廣韻》切語上字皆分二類，明、微二母則併為一類。本師林景伊先生採黃季剛氏明、微

1　高氏著有《中國音韻學研究》（*Etudes sur la phonologie chinoise*），為近年研究中古音之基石。惟近人多以為高氏此書未能盡善：（1）未能充分利用《廣韻》以前韻書及早期韻圖。（2）其所取現代方言材料詳於北方而略於南方，且無附聲調。

析之為二，故得四十一類。《七音略》四十三轉圖以三十六字母分二十三行，然正齒二等系聯可得莊、初、牀、疏、俟一系，喉音喻母可分出為母，居三等，故其聲類為四十二類，詳見第二章「聲母之討論」乙節。由切語上字可知該韻字所屬之聲母。

（二）韻圖（《七音略》一書）

韻圖專為反切而設，乃進一步說明反切之方法。反切之弊乃切語上下字未能劃一，故須借重於韻圖，以解決開合洪細，重紐諸問題，且韻圖之編排兼及發音部位及發音方法，凡字之發音部位、清濁、紐別，皆可審悉，於擬測聲母之音值，綦富參考價值。

（三）域外漢字譯音

利用外國所用漢字譯音及借字，有助於考求中古之聲母，因此類「對音」，往往保存古代聲母系統，諸如日文、韓文之中國古代借字，使中國字大量流入該國，予以綦大之啟示。尤以日文兩度借字：一漢音，約於七世紀；一吳音，約於五至六世紀。至韓文約於西元六百年左右，即與《切韻》音同時。無論其與《切韻》音相近、較遠或同時，均能顯示古代之音讀。[2]

（四）中國境內現代方言

方言之異，有若各時代語言之別。現代方言大抵皆由古代漢語演變而來。儘管中國境內現代方言，彼此差異甚大，然將其羅列比較，由其對應關係，可知其出入之所在，進而知語言演變的通則。故中國境內現代方言，有助於擬測中古音值。

---

2 參見本師陳伯元先生《廣韻研究講義》。

二　本文擬測聲母音值之方法

　　本文擬音之第一步驟，先將每圖韻字，注以《廣韻》切語，凡《廣韻》未查及者，則查《集韻》等書。由每一切語，可審韻字之音韻地位。之後，再以上述材料予以擬定：

（一）見系

　　見系《七音略》注為角音，即牙音也。比較三十六字母之對應地位，四母分別為不送氣清塞聲、送氣清塞聲、濁塞聲、鼻聲。

　　1　見母、溪母：日本吳音、現代方言大部讀作舌根音〔k〕，部分為舌面音〔tɕ〕。如日本吳音見讀作ken、古ku、公ku、歌ka，又如上海見tɕie、古ku、公koŋ、歌ku，知大部讀〔k〕，部分為〔tɕ〕。其讀作〔tɕ〕者，當亦由〔k〕演變而來，即元音很穩定，而足使不同部位之聲母產生變化，語言學上稱之為「顎化作用」[3]，如「家」之變化為ka→kia→tɕia。「間」為kan→kian→tɕian。顯示舌面音〔tɕ〕由舌根音〔k〕變化而來。故可擬定見母為〔k〕。溪母與見母不同者，溪母為送氣，故可擬定為〔k'〕，其部分作〔tɕ'〕者，亦與見母之顎化為〔tɕ〕同理。

　　2　群母：群母字，今國語或讀〔k〕，或讀〔k'〕，故未知其正確音讀，然由韻圖排列，知群母當為濁聲母，並與見、溪相配。次考其送氣不送氣問題，日本吳音群母音讀，群為gun、其gi、求gu、近gon，並作不送氣濁音，故群母似可擬作〔g〕，然則就語言變化原則而言，勢有再加討論之需要。因《廣韻》之濁聲於國語濁塞音塞擦音

<small>3　古漢語舌尖音或舌根音聲母，受後接高前元音之影響，由舌根靠近舌面稱軟化作用，如再受舌面影響，被同化成舌面音聲母，則稱為顎化作用。</small>

平聲作送氣清聲，仄聲作不送氣清聲，客家語悉作送氣，就語音演變言，由 g→k′ 實屬罕見，由 g′→k′ 則屬可能，是群母當擬作送氣之〔g′〕。至群母演變至國語、其他方言，多作清音，此涉及濁音清化問題，為漢語聲母簡化之普遍規律。[4]

　　3 疑母：疑母字，現代方言多變讀為無聲母，然南方方言及越南皆保留為舌根鼻音，如越南、福州疑讀為 ŋi，廣州客家、汕頭、四川鵝讀為 ŋo，又越南五讀為 ŋo，福州則讀 ŋu，故疑母字可擬作〔ŋ〕。至方言中有讀〔ȵ〕、〔n〕者，蓋後來於〔i〕〔y〕元音前發生顎化作用，而使發音部位轉移之故。其作無聲母者，亦因受元音影響，而失落鼻音成分故也。

　　見系擬測結果：見〔k〕溪〔k′〕群〔g〕疑〔ŋ〕。

（二）端系

　　端系《七音略》注為徵音，即舌頭音也。由字母之配列，知端系與見系對應，四母分別為不送氣清聲、送氣清聲、濁聲、鼻聲。

　　1 端母、透母：端系既與見系相配，故可比照見系擬音。日本吳音端母音讀端為 tan、多 ta、丁 tiyau、當 tau。上海端作 tæ、多 tu、丁 tiŋ、當 tɔŋ，皆作〔t〕，故以〔t〕為端之讀音。透母為舌頭送氣，與端相配，故可擬為〔t′〕。

4　邵雍〈皇極經世聲音圖〉，以群母仄聲配見母之清，群母平聲配溪母之清，可作濁音清化之迹。其「音一」如下：

清　古甲九癸　（見）

濁　□□近揆　（群仄）

清　坤巧丘弁　（溪）

濁　□□乾虬　（群平）

他如格林姆音變律中（Grimm's Law），凡原始印歐語（Primitive Indo-European）之〔b〕、〔d〕、〔g〕，於早期日耳曼語中變為——〔p〕、〔t〕、〔k〕，亦為濁音清化之例。

2 定母：日本吳音，定母之定讀 diyau、壇 dan、道 dau、田 den，上海定為 diŋ、壇 dɛ、道 dɔ、田 die，故先可擬測為〔d〕，惟此不符送氣之則，欲解決此問題亦綦容易，因前文已言《廣韻》之濁平國語作送氣清聲、仄作不送氣清聲，客家語悉作送氣，單以送氣與否言，於此亦可據前群母之例定作 d′→t′。國語定讀為 tiŋ、壇 t′an、道 tan、田 t′ien，故可如此推測，是定母當為送氣之〔d′〕。

3 泥母：泥母與端、透、定相配，現代方言多讀為〔n〕，故可以〔n〕擬測之，然亦有小部分作〔l〕者，如四川、南京。

端系擬測結果：端〔t〕透〔t′〕定〔d′〕泥〔n〕。

關於上述之擬測，見、端二系中之「群」「定」二母何以無普遍之不送氣音，本師陳伯元先生嘗云：「何以《廣韻》有 k- k′- g′- 而竟無普通濁音 g-？有 t-t′-d-ʾ 而竟無 d-？此則牽涉其歷史來源，原來在古 k-k′- g- g′-，t- t′- d- d′-四母並存，其不送氣之 g- d- 在《切韻》之前，已告失落。」[5]可作為本文擬測「群」「定」二母為送氣聲之佐證。

（三）精系

精系《七音略》注為商音，即齒頭音也。精清心為清音，從邪為濁音。

1 精母、清母：此二母現代方言多作塞擦音〔ts〕〔ts′〕，故可依此擬定無疑。

2 從母：據上海及日本吳音，從母音讀為〔dz〕，作不送氣音。國語從母之從讀 ts′uŋ、在 tsai、罪 tsuei、錢 ts′ien，送氣不送氣兼有之，依濁音清化之則，故從母當為送氣音，茲擬定為〔dz′〕。

3 心母、邪母：心母與精、清、從相配，由吳音可知心母為舌尖

5　見陳先生《廣韻研究講義》，及張洪年譯：《中國聲韻學大綱》，頁14。

前清擦聲〔s〕。邪母之邪吳音作 ze，其他如詳 zɑu、寺 zi、旬 ziun，故邪母可擬作〔z〕。

4 至精系字之細音，部分方言作〔tɕ〕〔tɕʹ〕〔ɕ〕者，亦如見系細音顎化同理也。

精系擬測結果：精〔ts〕清〔tsʹ〕從〔dzʹ〕心〔s〕邪〔z〕。

（四）幫系

幫系《七音略》注為羽音，重脣音也。

1 幫、滂、明三母：此三母現代吳語方言作〔p〕、〔pʹ〕、〔m〕，故可據此擬定之。

2 並母：並母日本吳音並 biyau、旁 bau、步 bu、盤 ban，為不送氣音。案《廣韻》濁聲母，國語平聲作送氣清音，如並母之旁為 pʹaŋ、盤 pʹan；仄聲作不送氣清聲，如並 piŋ、步 pu，客家方言中，則悉作送氣，則必有其理也。陳先生云：「吾人不能假定其演變為（以並母盤字為例）《廣韻》ban→pan→pʹan，因另有幫母字同時存在。（如「般」國語 pan）若幫母之 pan 繼續保留為 pan，而並母之 pan 則演變為 pʹan，則與語言演變之通則不合。另一方面 b→pʹ，此類直接演變亦殊少可能。」[6]其較可能之演變方式為 bʹ→pʹ。是以並母當為送氣之〔bʹ〕。

幫系擬測結果：幫〔p〕滂〔pʹ〕並〔bʹ〕明〔m〕。

（五）非系

非系《七音略》注為羽音，即輕脣音也。

1 非、敷、奉三母：此三母現代方言皆混為〔f〕。今國語非讀作

6　同前註。

fei、敷 fu、奉 fəŋ，皆混為〔f〕。考吳語奉母作〔v〕，字母家既分非、敷，則非與敷自不能無別，故取與重脣幫系對照，非系似可先假設為〔f〕〔f′〕〔v〕。然如此假設，卻面臨若干問題：（1）以音理言，擦聲無送氣不送氣之分。（2）任何方言中，〔f〕〔f′〕未曾作兩音素。顯然上述非敷之擬定有問題，故不得不尋語音變化之現象，予以探索。考漢語聲母之變化，常以塞音→塞擦音→擦音為方式，故由雙脣塞音〔p〕〔p′〕〔b′〕至脣齒擦音〔f〕〔v〕間，尚有一過渡階段之「塞擦音」，此一過渡之塞擦音，若擬作〔pf〕〔pf′〕〔bv′〕，則頗能解釋其來源及語音變化之規則，故非系此三母以定之。

2 微母：微母大部現代方音皆作無聲母〔o〕，而吳語、平陽有少數作〔v〕者。然：（1）微母既屬非系，其與非敷奉相配，亦猶明母之與幫滂並相配，故其發音部位與非敷奉同；為脣齒者。（2）微為次濁，其性質與明、泥同，亦屬鼻音。由（1）（2）知微母為「脣齒鼻音」，今擬測為〔ɱ〕。後世大部方言作無聲母者，其變化為 ɱ→ v→ u，亦綦合理。

3 前所言現代方言，非系作〔f〕〔f〕〔f〕〔o〕，而今擬為〔pf〕〔pf′〕〔bv′〕〔ɱ〕者，其演變過程為：

p → pf → f

p′ → pf′ → f

b′ → bv′ → v → f

m → ɱ → v → o（u）

此種演變過程，可說明非系之來源及語言變化之程序。

非系擬測結果：非〔pf〕敷〔pf′〕奉〔bv′〕微〔ɱ〕。

（六）知系

《七音略》知系列於端系之下，注為徵音，前者為舌頭音，後者為舌上音。

1 此四母與端系同列徵音，韻圖以舌頭居一、四等，舌上居二、三等，顯示此二系發音部位綦為密切。故知系所擬出之音值與端系〔t〕〔t′〕〔d′〕〔n〕間當有某些關係存在焉。

2 知系既出現於二等韻，亦出現於三等。三等有〔j〕介音，前文見系之擬音，揭示舌根音常因〔i〕介音，顎化為舌面音，同理，此三等知系聲母亦必經顎化程序。大部分方言知系皆讀如端系，然假如以 tja、t′ja、d′ja、nja（a 代表任何韻母）謂知系與端系 ta、t′a、d′a、na 相配，韻圖同併為一欄，則未能顯示顎化之結果，且知、端二系之別，亦非徒加一〔j〕介音可別，否則《七音略》盡可如見系聲母之例，不必另立知系之名矣。是以知系不可以〔t〕〔t′〕〔d′〕〔n〕擬之。

3 知系顎化之後，有二種可能，其一成為舌面聲母，其一成為捲舌聲母，二者孰是？茲舉二家之說以明之：

（1）高本漢氏擬作舌面聲母——高氏云：「韻圖時代之語言，端 ta 知ʔia（ʔ表未確定聲母）之差異，必較見母之 ka、kjia 兩類差別為大，因此在 ia 類韻母前所產生之軟化作用，其顎化之甚，早已造成真正舌面聲母。」[7]此為高氏擬作舌面音之由。

（2）羅常培氏改擬作舌尖後硬音，即捲舌音，作〔ʈ〕〔ʈ′〕〔ɖ〕〔ɳ〕，並謂三等韻因〔j〕化仍有接近顎音之傾向。羅氏從梵文字母譯音、藏譯梵音、現代方言以及韻圖排列等予以證明。[8]

上述二說，以高氏之說為是，故今擬作〔ʈ〕〔ʈ′〕〔ɖ′〕〔ɳ〕。至羅氏之說，陸志韋氏已明言其不合理，陸氏云：

「知」作「ʈ」之假設，又與知系之方言沿革絕相衝突（如知字廣州話 tɕi，官話 tʂʅ），……中古之破裂音怎會帶上磨擦音

7 見張洪年譯：《中國聲韻學大綱》，頁26。
8 見〈知徹澄娘音值考〉，《中央研究院歷史語言研究所集刊》第3本第1分。

呢？顯而易見的，「知」先得顎化成〔tɕ〕，然後變〔ʑɕ〕>〔tʂ〕，試想，上古的〔t〕假若先變中古的〔ʈ〕，然後變〔tɕ〕，然後再回到捲舌的〔tʂ〕，何等累贅。[9]

陸氏以為 t→ʈ→tɕ→tʂ 較不合語音變化之迹，因此否認羅氏作捲舌音之說。

知系擬測結果：知〔ʈ〕徹〔ʈ'〕澄〔ɖ'〕娘〔ɳ〕。

（七）照系、莊系

《七音略》照系與精系並列，注為商音。

1 照系韻圖置於三等地位，與其所包含絕不相同之另一類反切上字莊系不同，莊系韻圖置於二等地位。照系有〔j〕介音，莊系則無，顯然可別：

莊系例字	照系例字
莊側阻爭簪	照職諸脂止章
初楚叉創剗	穿昌充尺赤叱
牀鉏仕士鋤	神實食乘
疏所色山數	審書施式詩舒
俟	禪蜀時市承是

《七音略》此二系分別，顯示其別。而現代方言照系與知系大部無別，上文已將知系擬測為〔ʈ〕，則照系不應再擬為〔ʈ〕，且此音更不可能為舌尖或舌根音，因舌尖已見於端、精二系，舌根已見於見系。

---

9 見《古音說略》，頁16。

2 由照系與精系同隸齒音，可先擬測照系之發音部位為舌齒之塞擦音。惟此塞擦音通常有五種：

　（1）齒間塞擦音，如 tθ。

　（2）舌尖前塞擦音，如 ts。

　（3）捲舌塞擦音，如 tʂ。

　（4）舌尖面混合塞擦音，如 tʃ。

　（5）舌面前塞擦音，如 tɕ。

此五種究竟何者為是？為下文所欲討論之問題。案（1）與（2）皆不可能，因（1）為漢語所無。（2）已擬定為精系音值。故可再由（3）（4）（5）中去擬定。因照系為三等韻，已經 j 化而成舌面前塞擦聲，故當擬定為（5）之〔tɕ〕。照系舌面前塞擦音、擦音可擬測為〔tɕ〕〔tɕʻ〕〔dzʻ〕〔ɕ〕〔z〕。

3 至莊系之音值可能為〔tʃ〕或〔tʂ〕，然擬測為〔tʂ〕則有問題，因莊系字皆置於二等地位，其中亦有由三等借位而來，三等經 j 化之音值，試假設為 tʂja，依語音現象而言，捲舌音與此 j 化韻母在一起者最不自然，未若舌尖面混合塞擦音〔tʃ〕之與 j 化韻母相配，故今擬作〔tʃ〕。莊系可擬測為〔tʃ〕〔tʃʻ〕〔dʒ〕〔ʃ〕〔ʒ〕。

4 姚榮松學長《切韻指掌圖研究》亦謂：

> 捲舌音 tʂ 系與三等之〔i〕介音配合最不自然，現代南方方言，莊系仍讀如精系。（上古精、莊同源），官話方言則多讀捲舌音，從漢語史看，捲舌音當較後起，從 ts 至 tʂ 之間，似應以 tʃ 為過渡，其關係為 ts>（tɕ）> tʃ > tʂ，高本漢擬莊系為 tʂ 等，恐非《切韻》真象。[10]

10 見該論文頁354。

可作為本文將莊系擬測為〔tʃ〕之佐證。

5 國語知徹澄、照穿神審禪皆讀〔tʂ〕者，可依王了一氏之說，列為：

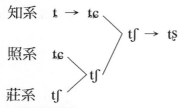

照系擬測結果：照〔tɕ〕穿〔tɕ′〕神〔dʑ′〕審〔ɕ〕禪〔z〕。

莊系擬測結果：莊〔tʃ〕初〔tʃ′〕牀〔dʒ′〕疏〔ʃ〕俟〔ʒ〕。

（八）影系

影系《七音略》注為宮音，即喉音也。

1 曉母、匣母：國語曉匣二母無別，皆作〔x〕，如曉 xiau（ɕiau）、海 xai、釁 xan；匣 xia（ɕia）、孩 xai、寒 xan。其他方言則有小異。依高本漢氏曉匣變現讀現代方言之表[11]，曉母之方言有〔x〕〔ɕ〕〔h〕〔f〕〔k〕，其中日本作〔k〕；匣母之方言有〔h〕〔o〕〔f〕〔x〕〔ɕ〕〔ɦ〕，其中吳語作〔ɦ〕，保留濁擦音之痕迹，可知曉清匣濁。此清喉擦音，濁喉擦音僅有〔h〕〔ɦ〕一對，似可以此擬定之，然此亦有問題：（1）官話方言，曉匣不讀〔x〕，即讀〔ɕ〕。〔ɕ〕實係〔x〕顎化而來。（2）在古代借官字，此二母韓、越均作喉擦音〔h〕，日本譯音則對譯為舌根音〔k〕。先說明（1），〔x〕經 j 化而成〔ɕ〕，若由部位最內之喉擦音〔h〕〔ɦ〕變成部位稍前之舌面擦音〔ɕ〕，甚少見及。而（2）所言，顯示作〔h〕〔ɦ〕之不合理，因為語音史上以〔h〕對〔k〕者，固亦有之，但以〔ɦ〕對〔k〕者，則欠合理。茲引高本漢氏之說如下：

11　見《中國音韻學研究》，頁264、265。

假如中古聲母「曉、匣」為舌根音〔x〕〔ɤ〕，則日本以〔k〕
對之，雖不盡合，猶不難喻，（因日語無〔x〕〔ɤ〕），反之，假
如讀為喉音〔h〕〔ɦ〕，則漢音將無從解釋矣。語音史上以
〔h〕對〔k〕固亦有之，但若日人亦將 ɦan 對譯作 kan，則不
合理也。[12]

故宜將曉匣擬測為〔x〕〔ɤ〕。

2 影母、喻母：此二母，各方言及外國借字均讀無聲母〔o〕。亦
有少數方言讀為鼻音，如「安」四川 ŋan、歸化 ŋga、北平ɤan、蘭州
næ，然此僅受疑母之類化而已。於南方方言及國外借字中，此兩聲母
分別縶為清楚，前者安南 ŋan、廣州 ŋon、汕頭 ŋan、上海 ŋæ。而後
者則無口部輔音，縶能反映《廣韻》之區別，順此，再討論二母之清
濁問題。案《廣韻》平聲影母國語變陰平，喻母國語變陽平，合乎清
濁演變之規律。

《廣韻》平聲清→國語讀陰平（伊 i˥ 因 in˥ 英 iŋ˥ 紆 y˥ ——影
母。）

《廣韻》平聲濁→國語讀陽平（夷 i˩ 寅 in˩ 盈 iŋ˩ 余 y˩ ——喻
母。）

可判定影為清，喻為濁。且影母亦如舌根音見系、舌頭音端系，
為塞聲，此喉清塞聲，當以吳語之喉塞聲〔ʔ〕擬之。至喻母則如各
方言及國外借字，擬作無聲母〔o〕。

3 為母：《七音略》為母置於喻下三等地位。喻母雖屬三等韻 ja
類，卻置於四等地位，顯示其為單純聲母。為母則正好相反，已受顎
化作用矣。故可先推測二母之音讀為：

---

12 見張洪年譯：《中國聲韻學大綱》，頁24。

喻母 ja

為母 jja

故喻三之為母可擬測為〔j〕。

4　至喻、為二母之來源，本師陳伯元先生以為喻母字係由上古音
*d 變來，即 *dja→ja。而為母字則由匣母變來，即 *ɤja→jja。(ɤ→
ɤj→j)。詳見《古音學發微》「喻紐古歸定」及「為紐古歸匣」二文。

影系擬測結果：影〔ʔ〕曉〔x〕匣〔ɤ〕喻〔o〕為〔j〕。

(九) 來母、日母

來母《七音略》注為半徵音，即半舌音也。日母《七音略》注為
半商音，即半齒音也。

1　來母：來母各方言作舌尖邊音〔l〕，故可據之擬定。其一、
二、四等為單純之〔l〕，其在三等者則亦顎化為 lja。

2　日母：現代方言日母，不出於鼻音濁塞擦音與擦音，如日，漢
音 zitu、越南則讀 ŋet。忍，客家 ŋiun，然從韻圖觀之，日母僅出現
於三等韻前，故此一聲母必含有舌面音之性質，又「日」與「明」
「泥」「娘」「微」等字同屬濁音性質，故日母又含有鼻音性質，此
「舌面鼻塞擦音」為舌面鼻音與擦音之混合體，此音以高本漢氏擬測
為〔ŋʑ〕。

3　本師陳先生嘗說明日母擬作〔ŋʑ〕之語音變化，可資為佐證，
陳師云：

> 自諧聲言，屬日母之字，來源多為鼻音，所以此聲母在上古時
> 期必為 *n- 而來，在 -ja 前變為 ŋ-，然後始可在系統上獲得滿
> 意之解釋。即上古 *nja→ *ŋja，逐漸在 ŋ 與元音間產生一滑音
> （glide），一種附帶之擦音，與 ŋ 同部位，即 *ŋ ja→ŋʑja，至

《切韻》時代，此滑音日漸顯明，故日母為混合體，即舌面鼻塞擦聲（nasal affricative）ȵʑ-。ȵʑ ja 發展為北方話之 zja（ȵ 失落），漢音則譯為 z-，國語則變為 ʐ，南方方言較保守，仍保存其聲母 ȵ。[13]

至李榮氏、董同龢氏改作〔ɳ〕者，甚不合理，因日母為半齒音，只出現於三等，與娘母對峙，擬作〔ɳ〕則欠合理，即陳先生所云：「若將日擬作 ɳ，與娘之讀 nj，在音值上亦難區分。」之意也。

　　來日擬測結果：來〔1〕日〔ȵʑ〕。

（十）總結

　　《七音略》聲母音值擬測結果為：

羽音	幫滂並明	〔p〕〔p′〕〔b′〕〔m〕
	非敷奉微	〔pf〕〔pf′〕〔bv′〕〔ɱ〕
徵音	端透定泥	〔t〕〔t′〕〔d′〕〔n〕
	知徹澄孃	〔ʈ〕〔ʈ′〕〔ɖ′〕〔ɳ〕
角音	見溪群疑	〔k〕〔k′〕〔g′〕〔ŋ〕
商音	精清從心邪	〔ts〕〔ts′〕〔dz′〕〔s〕〔z〕
	照穿神審禪	〔tɕ〕〔tɕ′〕〔dʑ′〕〔ɕ〕〔ʑ〕
	莊初床疏俟	〔tʃ〕〔tʃ′〕〔dʒ′〕〔ʃ〕〔ʒ〕
宮音	影曉匣喻為	〔ʔ〕〔x〕〔ɣ〕〔o〕〔j〕
半徵音	來	〔1〕
半商音	日	〔ȵʑ〕

---

13 見陳先生《廣韻研究講義》。

第二節　《七音略》韻母音值之擬測

　　本文擬測韻母之依據有韻圖、《廣韻》切語下字，譯音及現代各地方音。由韻圖，可知其開合洪細問題，由切語下字，可知《七音略》之韻類，由譯音及各地方音，可知元音之音讀及語音演變現象。然進行擬音時，輒產生諸多困擾，如脣音開合口、重紐三四等及介音之寫法等，不解決此問題，則難以進行擬音，故宜先一一討論。

一　陰陽入聲韻問題

　　前文「韻母之探討」一文嘗專論《七音略》入聲問題，其目的乃在說明《七音略》已有入聲兼承陰陽之迹象。若吾人能掌握韻母之陰陽入聲，從而決定其韻尾為何，則於擬音時方便之至矣。下文即詳論陰陽入聲問題。案韻母可分為韻頭、韻腹、韻尾三部分，如：

	聲母	韻頭	韻腹	韻尾
煙		i	a	n
天		i	ɑ	u
堅	tɕ	i	a	n

由韻尾可判斷該韻為陰聲、陽聲抑入聲？《七音略》以《廣韻》二百零六韻為目，故《廣韻》收某韻尾，今亦據以定《七音略》亦收某韻尾。

　　《廣韻》陰陽入聲韻及韻尾分配情形如下表：（舉平以賅上去）

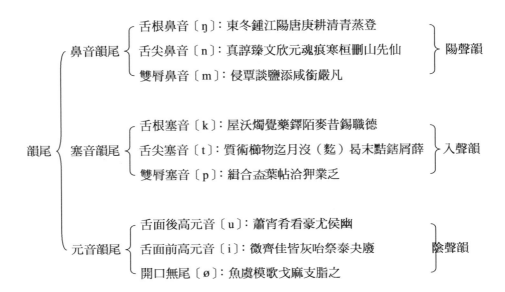

《七音略》之安排，同《廣韻》，其陰陽入相配表為：

入聲皆承陽聲，其亦承陰聲韻者，即外轉二十五鐸藥承外轉二十五豪宵是也。知此關係，於擬測音值時可執簡駁繁，因祇須由現代方言求得某一韻之音值，即可利用此對應關係擬出另一對應之音值。如平聲陽聲韻尾若為〔ŋ〕，則上去韻尾亦當為〔ŋ〕，而入聲韻尾亦可知為〔k〕。

　　《七音略》陽聲韻入聲韻相承表、陰聲韻入聲韻相承表如下：
（舉平以賅上去）

	陽聲韻		**入聲韻**	
	內轉第一	東	屋	
	內轉第二	冬鍾	沃燭	
	內轉第三	江	覺	
	內轉第三十四	唐陽	鐸藥	
	內轉第三十五	唐陽	鐸藥	
	外轉第三十六	庚清	陌昔	
-ŋ	外轉第三十七	庚清	陌昔	-k
	外轉第三十八	耕清青	麥昔錫	
	外轉第三十九	耕清	麥錫	
	外轉第四十一	侵	緝	
	外轉第四十二	登蒸	德職	
	外轉第四十三	登蒸	德職	

	外轉第十七	痕臻真	沒櫛質	
	外轉第十八	魂諄	沒術	
	外轉第十九	欣	迄	
-n	外轉第二十	文	物	-t
	外轉第二十一	山元仙	鎋月薛	
	外轉第二十二	山元仙	鎋月薛	
	外轉第二十三	寒刪仙先	曷黠薛屑	
	外轉第二十四	桓刪仙先	末黠薛屑	

	外轉第三十一	覃咸鹽添	合洽葉帖	
-m	外轉第三十二	談銜嚴鹽	盍狎業葉	-p
	外轉第三十三	凡	乏	

	陰　聲　韻	入　聲　韻

-u
- 外轉第二十五　　豪肴霄蕭　　鐸藥——-k
- 外轉第二十六　　宵
- 內轉第四十　　　侵尤幽

-i
- 內轉第六　　　　脂
- 內轉第七　　　　脂
- 內轉第九　　　　微
- 外轉第十三　　　咍皆
- 外轉第十四　　　灰皆齊
- 外轉第十五　　　佳
- 外轉第十六　　　佳

-ø
- 內轉第四　　　　支
- 內轉第五　　　　支
- 內轉第八　　　　之
- 內轉第十一　　　魚
- 內轉第十二　　　模虞
- 外轉第二十七　　歌
- 內轉第二十八　　戈
- 外轉第二十九　　麻
- 外轉第三十　　　麻

二　介音問題

韻有開合洪細之分，因開合而分隸兩轉，因洪細而分四等。《七音略》於每轉末行標以「重中重」「輕中輕」等詞，前文已指其為開

合之謂。取現代方言對照之，則合口有〔u〕介音，開口無〔u〕介音。如以寒韻干（開）、桓謂官（合）為例：（採自《漢語方音字匯》）

干（開）	官（合）
福州 ₍kaŋ	₍kuaŋ
潮州 ₍kaŋ	₍kũã
廈門 ₍kan	₍kuan（讀書音）
	₍kuã（口語音）
廣州 ₍kɔn	₍kun
梅縣 ₍kɔn	₍kuɔn
南昌 ₍kɔn	₍kuɔn
雙峰 ₍kuɛ̃	₍kuɛ̃
長沙 ₍kan	₍kõ
溫州 ₍ky	₍ky
蘇州 ₍kø	₍kuø
揚州 ₍kɛ̃	₍kuõ
成都 ₍kan	₍kuan
漢口 ₍kan	₍kuan
太原 ₍kæ̃	₍kuæ̃
西安 ₍kã	₍kuã
濟南 ₍kã	₍kuã
北京 ₍kan	₍kuan

上表凡開口皆無〔u〕介音，合口除長沙、溫州外，皆有〔u〕介音，茲據此以訂之。案高本漢氏據分韻與近代方言之演變，分合口介音為

二,即強元音性之〔u〕與弱輔音性之〔w〕[14],凡開合異目者,如真
諄韻之諄韻,定為〔u〕;凡開合同目者,如仙之合口,定為〔w〕。
高氏此說,學者多所不取,蓋《切韻》真諄開合同韻,《廣韻》始分
之也。《大唐刊謬補闕切韻》,仙別出宣韻,而《廣韻》仍沿《切韻》
之舊,併合無別。故李榮氏評之云:「高本漢分〔u〕,〔w〕的理由不
可信,並且這種分別又不是辨字的,我們可以給改成一個符號。」[15]
李氏遂以〔u〕為開合韻之合口介音,今從之。

　　本文雖依韻圖之重輕以定開合,惟此須討論者脣音之開合口也。
先舉《七音略》內轉三十四陽韻脣音為例:

脣　音	開　口	合　口
非	方府良切	
敷	芳敷方切	
奉	房符方切	
微	亡武方切	
澄	長直良切	
溪	薑居良切	匡去王切
群	彊巨良切	狂巨王切
喻		王雨方切

良、薑、彊為開、匡、狂、王為合,自無問題,惟脣音則不然,方府
良切,良為開,則方亦當為開;王雨方切,王為合,則方又當為合,如
何判其開合耶?茲列諸家之說,以備參考:

14　見張洪年譯:《中國聲韻學大綱》,頁45-49。
15　見《切韻音系》,頁134。

　　（一）黃季剛氏云：「脣音但有合口，而可以切開口之音；開口之音，亦可以切脣音；此由脣音介於開合之間，故可以互用為切，開口之音至脣而必合。」[16]

　　（二）高本漢氏云：「一般來說，反切字中很清楚地，很穩定地表示出來，究竟哪些字是開口，哪些字是合口，但在脣音聲母後，則頗有混亂不穩定的現象。……這種穩定的現象，不難解釋，只要我們說脣聲母發音時，撮脣程度厲害：p^w，于是反切作者很容易把一個真正的 puãn 當成 p^wân，所以用了個開口韻母：-ân。同樣地『方』一定是合口。（『方』字用作『王』Anç jiwag 的反切下字），但卻作府良切，變了個 Anç piang 了，自然也是反切作者把 p^wi-wang 當作 $p^{(w)}$iag 了，所以所用反切如是。」[17]

　　（三）王靜如氏云：「古脣音必似合而開，似開而合，蓋非此不足以釋開合不兼，《切韻》反切混淆，以及宋圖作開而諧聲入合之理。」[18]

　　（四）李榮氏云：「開合韻之開合，係指非脣音字而言。就脣音字說，開合韻也是獨韻。開合韻之脣音字無所謂開合，可開可合。」又云：「《切韻》音系脣音字的〔u〕介音全可以取消。」[19]

　　（五）周祖謨氏云：「案反切之法，上字主乎聲，下字主乎韻，而韻之開合皆從下字定之。惟自梁陳以迄隋唐，制音纂韻諸家每以脣音之開口字切牙喉音之合口字，以為慣例。」[20]

---

16 見《黃侃論學雜著》，頁153。

17 見《中國聲韻學大綱》，頁79-80。

18 見〈論開合口〉，《燕京學報》第29期，頁183。

19 見《切韻音系》，頁130、136。案獨韻、開合韻者，《切韻指掌圖》〈辨獨韻與開合韻例〉云：「總二十圖。前六圖係獨韻，應所切字不出本圖之內。其後十四圖係開合韻，所切字多互見。」

20 見〈陳氏切韻考辨誤〉，頁17。

　　（六）林師景伊既列《廣韻》二百九十四韻之等呼後云：「脣音未必僅有『合口』」。[21]

　　以上所列諸說，皆以為脣音有開有合，然則脣音之性質不穩定，本師陳先生云：「以脣音字發音時帶有合口色彩故也。」《七音略》除咍（開）、灰（合）二韻之脣音字有開合對立外，餘皆無之，本文擬音皆據末行所標重輕以定開合擬之。

　　至洪細之分以有無〔i〕介音定之，有〔i〕介音者為細，無〔i〕介音者為洪。案高本漢氏嘗以高麗譯音及現代方言證明三等之介音為較弱、輔音性之〔i̯〕，四等介音則為較強、元音性之〔i〕。周法高氏云：

　　　　高本漢假定四等韻有一個元音性的 i 介音，三等韻有一個輔音性的 i̯ 介音。趙元任先生說三等韻的起頭有一個高或關的 i（a high oɤ close i），四等韻的起頭有一個低或開的 i（a low oɤ open i）。和高本漢不同，馬伯樂和陸志韋先生假定四等無 i 介音。但是在上古音裡，我們需要假定三、四等韻都有介音，在《切韻》稍後的時代，以及現代方言裡，四等韻也和三等韻一樣的有 i 介音。假使在《切韻》音裡否定了 i 介音的存在，而在《切韻》前後都是有一介音的，在音變的解釋上未免說不過去。所以我們得假定四等韻在《切韻》時也有介音，而這個介音是一個比較三等韻的介音 i̯ 開一點的 i，因為在反切上字上四等韻大致同於一二等韻，而與三等韻的反切上字不同。[22]

21　見《中國聲韻學通論》，頁81。
22　見〈古音中的三等韻兼論古音的寫法〉，頁215-216。又趙元任說見"Distinctions within Ancient Chinese," p. 213。馬伯樂氏說見"Le dialecte de Tch'ang-ngan sous les T'ang"（周文頁215，註3、4）。陸志韋說見《古音說略》，頁22及143。

是知高、趙、周三氏皆以為三四等之介音有別，惟所決定之介音，於
性質意義上互有不同。李榮氏《切韻音系》駁高氏四等有介音〔i〕
之論，而以為祇有三等有〔i〕介音。李氏以為高氏之說有二困難：
（a）從反切上字分組趨勢來看，一二四等及三等有分成兩組之趨
勢。（b）就聲韻配合情形來看，三等之介音為〔i̯〕可與前顎音章
〔tsʹ〕組配合，四等之介音為強前顎介音〔i〕，何以不能與章〔tsʹ〕
配合？是以李氏云：

> 如果我們說，在《切韻》音系裡四等沒有〔i〕介音，主要元
> 音是〔e〕，反切分組的趨勢跟聲韻配合的情形，這兩個困難全
> 可以避免。[23]

陸志韋氏《古音說略》、馬伯樂氏亦並主張四等無介音〔i〕。第二說
各有其理，互有長短。今採高氏之說，擬三四等均有〔i〕介音，然
則三等因〔i〕介音之故，與其前之聲母配合，爰令發音部位起變
化；是以此三、四等之介音實際上當有所分別。本文三等之介音作輔
音性之〔j〕，四等之介音則作元音性之〔i〕。高氏顎化之說見前文聲
母擬測註十六。

三 重紐字問題

《七音略》於支脂真諄仙宵諸韻之脣、牙、喉，有三等字伸入四
等者，如同轉四等有空位，即佔該位，如該位已有真正之四等字，則
改入相近之轉。此同韻之兩切語，上字聲同紐，下字韻同類，爰構成
重紐。

---

23 見《切韻音系》，頁112。

茲將《七音略》重紐字列表如下：

開合	部位	聲紐＼等第	支 三	支 四	紙 三	紙 四	實 三	實 四
開	脣	幫	陂彼為	卑（必）移	彼甫委	俾并弭¹	賁彼義	臂卑義
		滂	鈹敷羈	跛匹支	破匹靡	諀匹婢	帔披義	譬匹賜
		並	皮符羈	陴符支	被皮彼	婢便俾	髲平義	避毗義
		明	糜靡為	彌武移	靡文彼	弭綿婢		
	牙	見		掎居綺	枳居帋		寄居義	掎居企
		溪		綺墟彼	企丘弭		馶卿義	企去智
		群	奇渠羈	祇巨支				
	喉	影					倚於義	縊於賜
		曉	犧許羈	詫香支				
合	牙	見					䞍詭偽	麂卿義
		溪			跪去委	跬丘弭	䁠規恚	觖窺瑞²
	喉	影					餧於偽	恚於避
		曉	麾許為	隳許規			毀況偽	孈呼恚

開合	部位	聲紐＼等第	脂 三	脂 四	旨 三	旨 四	至 三	至 四
開	脣	幫			鄙方美	匕卑履	祕兵媚	痺必至
		滂	丕敷悲	紕匹夷			濞匹備	屁匹寐
		並	邳符悲	毗房脂	否符鄙	牝扶履	備平祕	鼻毗至
		明					郿明祕	寐彌二
	牙	溪					器去冀	弃詰利³
合	牙	見			郌暨軌	癸居誄	媿俱位	季居悸
		群	逵渠追	葵渠追	軌居洧	揆求癸	匱求位	悸其季
	喉	曉					豷許位	血火季

開合	部位	韻目／聲紐	真 三	真 四	軫 三	軫 四	震 三	震 四	質 三	質 四
開	脣	幫							筆鄙密	必卑吉
		並							弼房密	邲毗必
		明			愍眉殞	泯武盡			密美筆	蜜彌畢
	牙	見							暨居乙	吉居質
		群	趣巨巾	趣渠人4						
	喉	影	礥於巾	因於真					乙於筆	一於悉
		曉							肸羲乙	故許吉

開合	部位	韻目／聲紐	諄 三	諄 四	準 三	準 四	稕 三	稕 四	術 三	術 四
開	牙	見	麕居筠	鈞居勻						
合	喉	曉							俶許聿	獝況必

開合	部位	韻目／聲紐	仙 三	仙 四	獮 三	獮 四	線 三	線 四	薛 三	薛 四
開	脣	幫			辡方免	褊方緬			𥱼方別	鷩并列
		並			辯符蹇	楩符善5	卞皮變	便婢面		
		明			免亡辨	緬彌兖				
合	牙	見								
		群			圈渠篆	蜎狂兖				
	喉	影	嬽於權	娟於緣					噦乙劣	妜於悅

開合	部位	聲紐＼韻目·等第	宵 三	宵 四	小 三	小 四	笑 三	笑 四
開	脣	幫	鑣甫嬌	猋甫遙	表陂矯	標〔邊小〕		
		滂			麃滂表	縹〔偏小〕		
		並			藨平表	摽〔頻小〕		
		明	苗武瀌	蜱彌遙			廟眉召	妙彌笑
	牙	溪	趫起嚻	蹺去遙				
		群	喬巨嬌	翹渠遙				
	喉	影	妖於喬	邀於霄	夭於北	闄於小		

開合	部位	聲紐＼韻目·等第	侵 三	侵 四	寢 三	寢 四	沁 三	沁 四	緝 三	緝 四
開	牙	溪		音於金	愔挹淫					
	喉	影							邑於汲	揖伊入

開合	部位	聲紐＼韻目·等第	侵 三	侵 四	寢 三	寢 四	沁 三	沁 四	緝 三	緝 四
開	牙	群	箝巨淹	鍼巨鹽						
	喉	影	淹央炎	愿一鹽			憸於驗	厭於豔	敪於輒	魘於葉

（一）《七音略》此位作「比卑履切」，當入旨韻。

（二）觖字，據羅常培氏補。

（三）《七音略》見紐去聲四等有「蟿詰利切」，與此字同音，當併在一起。

（四）《七音略》此位作「趍丑刃切」，今據《廣韻》改正。

（五）《七音略》滂紐上聲四等有「扁符善切」，與此字同音，當合併之。

除上列重紐外，另有尤韻，即：

平聲　丘去鳩切　　愁去秋切

案：尤韻此二字並非重紐字，董同龢氏據《集韻》及韻圖考知愁（憪）當是幽韻字。[24]《切韻》傳鈔誤入尤韻，切語遂混，今據以改正。

上列諸表之重紐，其分別為何？歷來學者頗有爭論，要可分成二派，茲述如下：

（一）主分派：此派以為重紐表示有兩個韻母不同之小韻，又可分為三家：

1 陳澧、周祖謨二氏──以為重紐字乃表示兩種不同之音切，然未指其分別之所在。陳澧氏《切韻考》於支脂……諸韻脣、牙、喉音遇有兩切語其聲母同紐者，即據以分其切語下字為不同之兩類。惟未明言所分重紐之兩類有何區別，或以系聯始創，疏忽難免也。周祖謨氏〈陳氏切韻考辨誤〉亦云：「蓋既為同音之兩切語，以陸氏之知音何為不併之為一紐？唐代諸家音韻又何以因襲而不改？抑不能定其同異乎？惟上考前代舊音反語，若有別焉。」[25]亦以為有兩種不同之切語下字，然未指其分別之所在。

2 董同龢、周法高二氏──以為重紐字之別在於主要元音之不同。董同龢氏有〈廣韻重紐試釋〉一文[26]，將重紐字諸韻開合之外各分二類：

---

24 見〈廣韻重紐試釋〉，《中央研究院歷史語言研究所集刊》第13本，頁17。

25 見〈陳氏切韻考辨誤〉，《輔仁學誌》第9卷第1期，頁38。

26 見〈廣韻重紐試釋〉，頁10。

（1）類——包括所有的舌齒音與韻圖置於四等的唇牙喉音。

（2）類——包括韻圖置於三等的唇牙喉音。

確定有兩類型之後，探討各類皆由不同之古韻而來，如支韻（1）類由上古之佳部而來，支韻（2）類則由上古之歌部而來。此二類之不同，董氏云：「就現在已有的上古音知識看，倒可以確定他們當是主要元音的不同。因為各韻的兩類都是分從上古不同的韻部來的。不過主要元音的分別究竟該是開與關的關係呢？還是鬆與緊呢？以上三項材料又都難以回答。……又必待將來材料多了才能決定。」[27]周法高氏說見〈廣韻重紐的研究〉一文[28]，周氏將《廣韻》支、脂、真、諄、仙、宵、侵、鹽（賅上去入聲）諸韻唇、牙、喉音，韻圖列於四等及其他聲紐韻圖列於同圖三等之字稱為 A 類，即董氏之（1）類。而唇、牙、喉音韻圖列於三等之字則稱 B 類，即董氏之（2）類。周氏又稱所分之 B 類為 β_1 型，而稱高本漢氏所訂之 β 型諸韻為 β_2 型。顯然周氏亦將重紐字分成二類型，至其區別仍在於主要元音之不同，周氏云：「現在我們擬定 β_1 型的音讀，究竟要採取元音，抑介音的區別呢？我們如果採取介音的區別，可以拿喻以紐和喻云紐做標準（注意 A 類無喻云紐，B 類無喻以紐的現象）。如沿 iwɛn，員 jwɛn，但是在方言中也沒有什麼有利的根據，對於上古音的擬構，也要多添一套介音，對於高氏擬構的 β_2 型諸韻，也勢必至於要改得和 β_1 型的介音一樣，憑空的增加了許多麻煩。現在決定採取元音的分別。」[29]

3 陸志韋、王靜如、李榮、浦立本、龍宇純五氏——以為重紐字之別在於介音，即三等字與三等寄於四等之重紐，其區別為介音之不同。

---

27 見〈廣韻重紐試釋〉，頁12。
28 見《中央研究院歷史語言研究所集刊》第13本。
29 見〈廣韻重紐的研究〉，頁79。

　　陸志韋氏說見〈三四等與所謂「喻化」〉及《古音說略》,陸氏於
〈三四等與所謂「喻化」〉一文首先確認,支脂真祭仙宵侵鹽八韻
(賅上去入聲)之唇牙喉音下之小韻重出,二者必有讀音之區別,更
指明其區別為介音長短,陸氏云:「三四等合韻之介音較長,而純三
等韻較短,合韻中重出之喉牙唇音其介音亦短。」[30]之後,《古音說
略》據此並參考王靜如氏〈論開合口〉之說,將支脂諸韻之唇牙喉
音,《韻鏡》、《七音略》列於三等者,不論開合口,其音皆有噏唇之
勢,是為假合口。至其介音,則列於三等者為〔ɪ〕(知系、莊系同
此),列於四等者為〔i〕(照系、精系同此),惟〔ɪ〕較〔i〕寬且
後。[31]

　　王靜如氏說見〈論開合口〉一文。王氏以為支脂真(諄)仙宵侵
鹽七系(賅上去入聲)之唇牙喉音三、四等重出者為不同之兩類。其
重出之唇音,於宋元人口中以入三等者為合,或假合,而入四等者為
開。理由有四:

　　(1)以諧聲而論,脂系三等為合,而四等為開。支系同此,亦
三等為合,而四等為開。

　　(2)以東土借音證明三等為合,四等為開。

　　(3)汕頭、客家及福州諸方音,於支、脂兩系多見其合口屬三
等而四等盡為開口。

　　(4)古代北方官話,有明末金尼閣《西儒耳目資》之拉丁記
音,三等為合,四等為開。[32]

　　重出之牙音,亦可分為兩類。王氏據海東譯音,高麗譯音,東南
方音(汕頭福州)及諧聲現象,而云:「三等為脣化,其介音較後;

---

30 見〈三四等與所謂「喻化」〉,《燕京學報》第26期,頁167。

31 見《古音說略》(《燕京學報》專號之二十),頁24-29。

32 見〈論開合口〉,頁156-164。

四等為正腭，其介音較前；亦即支脂真諄仙宵鹽侵諸系之三等牙音為 gi-，gɪw-，gwɪ-，而四等為 ki-，kiw-，kwi- 之謂也。」[33]

至重出之喉音，亦同諸牙音，三等介音為〔ɪ〕，四等介音為〔i〕。

上述重出脣牙喉音雖有兩類型，惟其演化結果終必合而為一，王氏云：「重脣輕化之時喎口之勢同時消失，而兩種牙音亦合為一。合韻中三四等字之所以異者，其時僅為介音前後之不同。然牙音部位既同，主元音又無區別，僅以介音分等，安可持久。此二者終必合一之理也。」[34]

李榮氏說見《切韻音系》，李氏以為支脂真祭仙宵侵鹽八部（賅上去入）脣牙喉音逢開合韻可能有兩組開口，兩組合口，逢獨韻亦然，等韻一組列三等，另一組列四等，又稱列於三等一組為 B 類，即董氏之（1）類。稱列於四等一組為 A 類，即董氏之（2）類。[35]李氏分別 AB 兩類音值云：「AB 兩類音值怎麼不同很難說，我們只作類的區別。A 類除了沒有匣母外，跟聲母配合的關係和沒有重紐的丑類一樣。B 類跟聲母配合的關係完全和子類相同。上文我們說三等介音是〔i〕，子類和丑類完全寫作〔i〕，寅類 A 也寫作〔i〕，寅類 B 寫作〔j〕。」[36]案李榮氏所謂子類丑類寅類者，其內容為：三等韻僅出現於三等位置者為子類；三等韻中有借位至二、四等者為丑類，支脂真祭仙宵侵鹽八部之三等及寄於四等之重紐字為寅類，此類又分 AB 兩類，亦即董同龢氏之（1）（2）類。浦立本氏說見周法高氏〈論切韻音〉表一引，以為支脂諸韻之重紐有兩類之別，出現於四等之介音作

---

33 見〈論開合口〉，頁176。

34 見〈論開合口〉，頁177。

35 見《切韻音系》，頁140。

36 同前註。

〔i〕，出現於三等之介音作〔y〕。[37]

龍宇純氏說見〈廣韻重紐音值試論〉一文。龍氏以為《廣韻》支脂諸韻脣牙喉音及侵之影紐，鹽之溪群影三紐之重紐，早期韻圖分別置於三等四等，因謂：「凡韻圖列三等者，必因其具備應入三等之色彩；凡韻圖列四等者，亦必因其具備非入四等不可之特徵。」[38]至三、四等之別亦在介音之不同，龍氏云：「在三等者同於同韻舌齒音之一般形態，即聲母後接介音"j"，在四等則此介音"j"之後更接"i"，即其介音為"ji"。如脂韻主要元音為"e"，則開口三等為"je"，四等為"jie"；合口三等為"jue"，四等為"jiue"。真諄韻主要元音及韻尾為"en"，則開口三等為"jen"，四等為"jien"，合口三等為"juen"，四等為"jiuen"。餘同此。」[39]三等介音為〔j〕，四等介音為〔i〕，是兩類之別也。

本派之優缺點，分析如下：

1 優點：三家皆以為支、脂、真、諄、祭、仙、宵、侵、鹽諸韻脣、牙、喉音之重紐，有兩個韻母不同之小韻，頗能解釋切語不同即表示不同音之現象。[40]是為本派之優點也。

2 缺點：茲分述如次：

（1）陳澧、周祖謨二氏，雖能指出重紐字表示兩種不同之音切，惜未指出其分別之所在。

（2）董同龢、周法高二氏以為重紐字之別在於主要元音之不同。如依二氏之說，無異承認《廣韻》同一韻中同為開（或合），皆

37 周氏〈論切韻音〉見《中文大學中國文化研究所學報》第一卷。

38 見〈廣韻重紐音值試論〉，《崇基學報》第9卷第2期，頁161。

39 見〈廣韻重紐音值試論〉，頁174。

40 案此非無例外，如：平聲支韻䙡字姊規切與劑字遵為切。尤韻丘字去鳩切與恘字去秋切。皆兩兩同音。

有兩種不相同主要元音之韻類存在，如東細、鍾、支、脂、之、微、魚、虞、齊、祭、廢、真、諄、欣、文、元、先、仙、蕭、宵、戈細、麻細、陽、庚細、清、青、侵、鹽、添、嚴、凡、蒸等細音諸韻當如此，然則《廣韻》同韻之字，其主要元音必定相同，此為一般學者所公認，是重紐字之別，非主要元音之不同也。案本師陳伯元先生嘗評董說云：「按董說亦有其缺點，承認董說，不但否定《切韻》一書之基本性質，且尚得承認《廣韻》同一韻中主要元音不同韻母存在，此恐非事實。」[41]

（3）陸志韋、王靜如、李榮、浦立本、龍宇純五氏以為重紐字之別在於介音之不同。陸、王二氏三等作〔ɪ〕，四等作〔i〕；李、龍二氏三等作〔j〕，四等作〔i〕；浦氏三等作〔y〕，四等作〔i〕。然則此說不無可疑之處：

A 何以現代方言中未見如此現象？

B 最難理解者，四等之脣牙喉音下各類之切語下字與三等舌齒音下各類之切語下字實同一類，吾人實無法接受三等舌齒音之介音為〔j〕或〔ɪ〕，四等喉音等為〔i〕，因為純就切語下字觀之，二者實毫無差異也。

C〔ji〕與〔i〕之區別為何？唐宋人憑口耳脣吻之驗，即可區別乎？矧法言已明言「支脂魚虞，共為一韻，先仙尤侯，俱論是切」為實際語音現象，其時之人何以能別〔ji〕與〔i〕？

綜上所論，主分派不無缺失，今不從也。要較能精當者，則主合派之說屬焉。

（二）主合派：此派以為支脂諸韻，於中古時期，讀音無別。又可分成二家：

---

41 見《等韻述要》，頁20、21。

　　1 高本漢、白滌洲、王了一、馬丁四氏——此家視重紐字為同音，惟未言明重紐之由來。

　　高本漢說見《中國音韻學研究》一書，高氏分三等韻為兩類，茲迻錄如下：

　　（1）有些在 j 化聲母後頭（三等）跟在純聲母（四等）的後頭一樣的可以出現。可是有一種有一定規則的限制。只有一個喻母（沒有口部或喉部輔音的聲母）在這些韻裡 j 化的跟純粹的兩樣都見。其餘的見、知、泥、非幾系聲母一定是 j 化的，端系聲母一定是純粹的。

　　（2）另外有些韻只有 j 化的聲母（三等）。這些韻在開口類只有見系聲母；在合口類只有見非兩系聲母。所以完全沒有知泥端三系聲母，開口也沒有非系聲母。[42]

　　高氏將支脂諸韻之重紐均歸列於（1）類中，即重紐諸切語兩兩無別也。其《中國聲韻學大綱》亦視重紐為同音。惟高氏並未說明重紐字之由來。

　　至白滌洲氏說見〈廣韻聲紐韻類之統計〉一文，王了一氏說見《漢語史稿》、馬丁氏說見周法高〈論切韻音〉引[43]，王氏於《廣韻》韻母之擬音，均未將支脂諸韻之重紐分為兩類，而視為同音，惟三氏與高氏皆未明言重紐之由來。

　　2 黃季剛氏、錢玄同氏、林師景伊、本師陳伯元先生——此家除以為重紐於中古時期同音外，並探討重紐於三、四等各類之來源，即二類分別由上古兩不相同之韻部演化而來。

　　黃季剛氏說見《黃侃論學雜著》一書，黃氏多載潛研《廣韻》，發現《廣韻》二百〇六韻有古本韻，有今變韻。古本韻居韻圖一、四

---

42 見《中國音韻學研究》，頁471、472。

43 周氏〈論切韻音〉見《中文大學中國文化研究所學報》第一卷。

等，今變韻居韻圖二、三等。黃氏云：「當知二百六韻中，但有本聲，不雜變聲者，為古本音；雜有變聲者，其本聲亦為變聲所挾而變，是為變音。」[44]又云：「大抵古聲於等韻只見一、四等，從而《廣韻》韻部與一、四等相應者，必為古本韻；不在一、四等者，必為後來變韻。」[45]支脂諸韻黃氏皆以為有兩類古本韻之來源。

錢玄同氏說見《文字學音篇》，錢氏以為《廣韻》二百六韻中，有古本韻有今變音，復列平聲五十七韻及去聲祭泰夬廢四韻，各于其下標明「本韻」「變韻」，變韻諸韻，又明其為古某韻之變。[46]

林師景伊說見《中國聲韻學通論》及〈切韻韻類考正〉，茲錄其研究支韻重紐結果云：「觭闚二音，《廣韻》、《切韻》殘卷，及刊謬本皆相比次。是當時陸氏搜集諸家音切之時，蓋以音而切語各異者，因並錄之，並相次以明其實為同類。猶紀氏《唐韻考》中弓陂䒠革宮涉相次之列。媯薳衹奇揧陸陴皮疑亦同此。今各本之不相次，乃後之增加者，竄改而混亂也，隨旬為反，觭去為反，闚去隨反，可以證明。」[47]林師於《中國聲韻學通論》闡述古本韻，今變韻之說，復於此說明重紐切語各異，而音實同者之由。

本師陳伯元先生說見《等韻述要》及〈廣韻韻類分析之管見〉。陳先生《等韻述要》既駁董同龢氏三四等以主要元音區別為謬之後，更云：「竊以為支脂真諄祭仙宵諸韻有兩類古韻來源，以黃季剛先生古本韻之理說明之如下：支韻有兩類來源，一自其本部古本韻齊變來〔變韻中有變聲〕者，即卑䟽陴彌衹詫一類字，一自他部古本韻歌變來〔半由歌戈韻變來〕者，即陂鈹皮麊奇犧一類字，韻圖之例，凡自

44 見《黃侃論學雜著》，頁157。
45 見《黃侃論學雜著》，頁399、400。
46 見《文字學音篇》，頁46。
47 見〈切韻韻類考正〉，頁147。

本部古本韻變來者,例置四等,自他部古本韻變來者例置三等。」[48]
其他各韻亦皆有兩類古本韻來源,至祭韻之蔽潎弊袂十三轉三等有空
而不排而要置於十五轉之四等者,亦因其有兩類來源,自他部古本韻
變來者例置三等,然他部古本韻變來者適缺脣音字,故三等有空不
排,而四等則排以自本部古本韻曷末變來之蔽潎弊袂四字也。至重紐
字之音讀,陳先生承林師之說,以為原本同音也。〈廣韻韻類分析之
管見〉第五條支韻下,陳先生云:「關於重紐問題董同龢先生有〈廣
韻重紐試譯〉一文以為係古音來源不同,此點余極同意,但仍認為在
《廣韻》為同音較合理。」[49]

　　本派之優點為:能維持《廣韻》同韻之字,其主要元音必相同之
說。故本文擬測重紐字,亦認定其古音來源有殊,而中古時期為同音。

　　解決上述諸問題之後,下文即進行《七音略》韻母音值之擬測。
擬測所依據之材料有:
　　(1)《七音略》四十三轉圖。(2)現代方音。(3)後世學者擬測
中古之音值。然後再據所擬音值討論其與現代方音之關係。

一　本節所參考諸家擬測中古音值

　　(一)高本漢氏,見《中國聲韻學大綱》。
　　(二)錢玄同氏,見趙蔭棠氏《等韻源流》附錄一〈錢玄同廣韻
之韻類及其假定之讀音表〉。
　　(三)陸志韋氏,見《古音說略》〈切韻的音值〉。

---

48 見《等韻述要》,頁21。
49 見《聲韻學論文集》,頁211。

（四）王了一氏，見《漢語史稿》。

（五）董同龢氏，見《中國語音史》。

（六）李榮氏，見《切韻音系》〈切韻韻母表〉。

（七）周法高氏，見〈論切韻音〉。

（八）陳師伯元，見「《廣韻》研究」課堂筆記。

至上古音值則採伯元師《古音學發微》「古韻三十二部之演變」
一節所擬。

二　本節所採方音資料，取材於《漢語方音字匯》

（一）其區域分佈為：

閩北方言：福州。

閩南方言：廈門、潮州。

粵方言：廣州。

客家方言：梅縣。

贛方言：南昌。

湘方言：長沙。

吳方言：蘇州、溫州。

北方話：北京、濟南、西安、太原、漢口、成都、揚州。

（二）方言音值採國際音標標音。

（三）聲調標示法有下列數種，符號如下：

陰平：c□　陽平：c□

陰上：c□　陽上：c□

陰去：□ᵒ　陽去：□ᵒ

陰入：□ₒ　陽入：□ₒ

（四）凡一字方音有二讀以上者，其讀書音於音標下劃一橫線。

三 一等東韻、冬韻韻母音值之擬測

方言點 / 方音 / 漢字	一等東韻						一等冬韻	
	東 合東端	通 合東透	烘 合東曉	翁 合東影	公 合東見	籠 合東來	宗 合冬精	聰 合冬清
福州	ctuŋ	ct´ouŋ	cxuŋ	cuŋ	ckuŋ	cløyŋ	ctsuŋ	cts´uŋ
	ctøyŋ	ct´øyŋ	cxøyŋ		ckøyŋ			
潮州	ctaŋ	ct´oŋ	choŋ	coŋ	ckoŋ	claŋ	ctsoŋ	cts´oŋ
廈門	ctɔŋ	ct´ɔŋ	chɔŋ	cəŋ	ckɔŋ	clɔŋ	ctsɔŋ	cts´ɔŋ
		ct´aŋ		caŋ				
廣州	ctʊŋ	ct´ʊŋ	chʊŋ	cjʊŋ	ckʊŋ	clʊŋ	ctʃʊŋ	cts´ʊŋ
梅縣	ctuŋ	ct´uŋ	cfuŋ	cVuŋ	ckuŋ	cluŋ	ctsuŋ	cts´uŋ
南昌	ctuŋ	ct´uŋ	cΦuŋ	cuŋ	ckuŋ	luŋ°	ctsuŋ	cts´uŋ
長沙	ctoŋ	ct´oŋ	cxoŋ	coŋ	ckoŋ	cnoŋ	ctsoŋ	cts´oŋ
溫州	ctoŋ	ct´oŋ	cxoŋ	coŋ	ckoŋ	cloŋ	ctsoŋ	cts´oŋ
蘇州	ctoŋ	ct´oŋ	choŋ	coŋ		cloŋ	ctsoŋ	cts´oŋ
揚州	ctɔwŋ	ct´ɔuŋ	cxɔuŋ	cɔuŋ	ckɔuŋ	clɔuŋ	ctsɔuŋ	cts´ɔuŋ
成都	ctoŋ	ct´oŋ	cxoŋ	coŋ	ckoŋ	cnoŋ	ctsoŋ	cts´oŋ
漢口	ctoŋ	ct´oŋ	cxoŋ	coŋ	ckoŋ	cnoŋ	ctsoŋ	cts´oŋ
太原	ctuŋ	ct´uŋ	cxuŋ	cvuŋ	ckuŋ	cluŋ	ctsuŋ	cts´uŋ
西安	ctoŋ	ct´oŋ	cxoŋ	cuoŋ	ckoŋ	cloŋ	ctsoŋ	cts´oŋ
濟南	ctuŋ	ct´uŋ	cxuŋ	cuəŋ	ckuŋ	cluŋ	ctsuŋ	cts´uŋ
北平	ctuŋ	ct´uŋ	cxuŋ	cuəŋ	ckuŋ	cluŋ	ctsuŋ	cts´uŋ

《七音略》一等東韻列內轉第一「重中重」，為開口。東韻為陽聲韻，韻尾收舌根鼻音〔ŋ〕。主要元音，潮州、長沙、溫州、蘇州、成都、

漢口、西安作舌面後半高元音〔o〕。梅縣、南昌、太原、濟南、北平作〔u〕，廣州作〔U〕。諸家均擬作〔u〕，視為合口。惟《七音略》為「重中重」，當非合口，今擬作〔o〕，故一等東韻音讀可假定作：

東〔-oŋ〕　屋〔-ok〕

主要元音，潮州、長沙、溫州、蘇州、成都、漢口、西安仍保持作〔o〕。梅縣、南昌、太原、濟南、北平作〔u〕，廣州作〔U〕，係元音高化為舌面後高元音、次高元音。廈門少數作舌面後半低元音〔ɔ〕者，係保留較《七音略》為早之音系。揚州作〔ou〕者，〔o〕複元音化為〔ou〕。董同龢氏云：「單元音分化為複元音，尤其是上升的複元音，也是數見不鮮的。」[50]至方音中少數作〔a〕者，則為元音之分裂，即 o→oa→a，高本漢氏云：「這種分裂的趨勢，在後期亦曾復現：國語中（京話等）to（如多）、Lo、so 在若干山東方言中，變成 toa、Loa、soa，所循途徑，恰如上述（koŋ→koaŋ），所以我們的假定，一點也不顯得牽強。」[51]

《七音略》一等冬韻列內轉第二「輕中輕」，為合口。冬韻為陽聲韻，韻尾收舌根鼻音〔ŋ〕。主要元音，潮州、長沙、溫州、蘇州、成都、漢口、西安均作〔o〕。福州、梅縣、南昌、太原、濟南、北平均作〔u〕，廣州作〔U〕，廈門作〔ɔ〕。東冬既分隸兩轉，主要元音當有所區別，一等東韻已擬作〔o〕，則冬韻不宜再擬作此音。冬韻之上古音為 oŋ，由 oŋ→uŋ，乃元音之高化。故《七音略》一等冬韻主要元音可擬作〔u〕。則一等冬韻之音讀可假定作：

---

50 見《語言學大綱》，頁163。
51 見《中國聲韻學大綱》，頁71。

冬〔-uŋ〕　沃〔-uk〕

福州、梅縣、南昌、太原、濟南、北平主要元音仍保持作〔u〕。廣州
作〔U〕，潮州、長沙、溫州、蘇州、成都、漢口、西安作〔o〕，廈
門作〔ɔ〕，均係保留較《七音略》為早之形式。揚州作〔ɔu〕者，乃
元音在早期即已分裂，即o→ɔu。

四　三等東韻、鍾韻韻母音值之擬測

方言點 方音 漢字	三等東韻						三等鍾韻	
	終_{合東照}	充_{合東穿}	中_{合東知}	弓_{合東見}	融_{合東喻}	戎_{合東日}	恭_{合鍾見}	匈_{合鍾曉}
福州	₌tsyŋ	₌tsʻyŋ	₌tyŋ	₌kyŋ	₌yŋ	₌yŋ	₌kyŋ	₌xyŋ
潮州	₌tsoŋ	₌tsʻoŋ	₌toŋ	₌keŋ	₌ioŋ	₌zoŋ	₌kioŋ	₌hioŋ
廈門	₌tsiɔŋ	₌tsʻiɔŋ	₌tiɔŋ	₌kiɔŋ	₌hiɔŋ	₌dziɔŋ	₌kiɔŋ	₌hiɔŋ
廣州	₌tʃʊŋ	₌tʃʻʊŋ	₌tʃʊŋ	₌kʊŋ	₌jʊŋ	₌jʊŋ	₌kuŋ	₌chʊŋ
梅縣	₌tsuŋ	₌tsʻuŋ	₌tsuŋ	₌kiuŋ	₌juŋ	₌iuŋ	₌kiuŋ	₌hiuŋ
南昌	₌tsuŋ	₌tsʻuŋ	₌tsuŋ	₌kuŋ	iuŋ°	iuŋ°	₌kuŋ	₌ɕiuŋ
長沙	₌tʂoŋ	₌tʂʻoŋ	₌tʂoŋ	₌koŋ	₌joŋ	₌ioŋ	₌koŋ	₌ɕioŋ
溫州	₌tɕyoŋ	₌tɕʻyoŋ	₌tɕyoŋ	₌koŋ	₌ɦyoŋ	₌zoŋ	₌tɕy	₌ɕy
蘇州	₌tsoŋ	₌tsʻoŋ	₌tsoŋ	₌koŋ	₌ioŋ	₌zoŋ	₌koŋ	₌ɕioŋ
揚州	₌tsuŋ	₌tsʻuŋ	₌tsuŋ	₌kɔuŋ	₌iɔuŋ	₌lɔuŋ	₌kɔuŋ	₌ɕiɔuŋ
成都	₌tsoŋ	₌tsʻoŋ	₌tsoŋ	₌koŋ	₌yoŋ	₌zoŋ	₌koŋ	₌ɕyoŋ
漢口	₌tsoŋ	₌tsʻoŋ	₌tsoŋ	₌koŋ	₌ioŋ	₌ioŋ	₌koŋ	₌ɕioŋ
太原	₌tsuŋ	₌tsʻuŋ	₌tsuŋ	₌kuŋ	₌yŋ	₌zuŋ	₌kuŋ	₌ɕyŋ

	三等東韻						三等鍾韻	
方言點 / 方音 / 漢字	終合東照	充舍東穿	中合東知	弓合東見	融合東喻	戎合東日	恭合鍾見	匈合鍾曉
西安	꜀pfoŋ	꜀pf´oŋ	꜀pfoŋ	꜀koŋ	꜀yŋ	꜁voŋ	꜀koŋ	꜀ɕyŋ
濟南	꜀tʂuŋ	꜀tʂ´uŋ	꜀tʂuŋ	꜀kuŋ	꜀luŋ	꜁luŋ	꜀kuŋ	꜀ɕyŋ
北平	꜀tʂuŋ	꜀tʂ´uŋ	꜀tʂuŋ	꜀kuŋ	꜁ʑuŋ	꜁ʑuŋ	꜀kuŋ	꜀ɕyŋ

《七音略》三等東韻列內轉第一「重中重」，為開口。前文將一等東韻擬作〔o〕，則三等東韻主要元音亦可擬與一等東韻同，即作〔o〕，惟三等有〔j〕介音，二等則無，故三等東韻之音讀可假定作：

東〔-joŋ〕　屋〔-jok〕

現代方音主要元音，潮州、長沙、溫州、蘇州、成都、漢口、西安仍保持作〔o〕。梅縣、南昌、太原、濟南、北平作〔u〕及廣州作〔U〕者，乃係元音高化之結果。揚州作〔ɔu〕者，由〔o〕複元音化為〔ɔu〕。廈門作〔ɔ〕者，係保留較《七音略》為早之形式。福州韻母作〔yŋ〕者，元音高化為〔u〕，介音〔j〕變〔i〕，然後〔i〕〔u〕結合為〔y〕，其演變如下：iuŋ→yŋ。

《七音略》三等鍾韻列內轉第二「輕中輕」，為合口。鍾韻為陽聲韻，韻尾收舌根鼻音〔ŋ〕。鍾韻與一等冬韻同列一圖，其主要元音今亦以為可擬作〔u〕，惟三等鍾韻有〔j〕介音，一等冬韻則無。故三等鍾韻之音讀可假定作：

鍾〔-juŋ〕　燭〔-juk〕

　　現代方音主要元音，梅縣、南昌等方音仍保持作〔u〕。廣州作〔U〕，潮州、長沙、蘇州、成都、漢口作〔o〕及廈門、溫州作〔ɔ〕者，均係保留較《七音略》為早之形式。揚州作〔ou〕者，乃元音在早期即已分裂，即 o→ou。方音中韻母多作〔yŋ〕者，介音〔j〕變〔i〕，然後由 iuŋ 變 yŋ。

五　二等江韻韻母音值之擬測

二等江韻								
方言點 / 方音漢字	邦（開·江幫）	椿（開·江知）	江（開·江見）	腔（開·江溪）	雙（開·江審）	降（開·江匣）	講（開·講見）	項（開·講匣）
福州	₌paŋ	₌tsouŋ	₌kouŋ / ₌køyŋ	₌k'yɔŋ	₌søyŋ	₌xouŋ	₌kouŋ	xauŋ²
潮州	₌paŋ	₌ts'oŋ	₌kaŋ	₌k'ĩẽ	₌saŋ	₌haŋ	₌kaŋ	haŋ²
廈門	₌paŋ	₌tsɔŋ	₌kaŋ	₌k'iɔŋ	₌sɔŋ	₌haŋ	₌Kaŋ	hɔŋ²
廈門				₌k'iaŋ				hɔŋ²
廈門				₌k'iũ	₌saŋ		₌kiaŋ	hɔŋ²
廣州	₌pɔŋ	₌tʃɔŋ	₌kɔŋ	₌hɔŋ	₌ʃœŋ	₌hɔŋ	₌kɔŋ	hɔŋ²
梅縣	₌paŋ	₌tsuŋ	₌kɔŋ	₌k'iɔŋ	₌suŋ	₌hɔŋ	₌kɔŋ	hɔŋ²
南昌	₌pɔŋ	₌tsɔŋ	₌kɔŋ	₌ts'iɔŋ	₌sɔŋ	₌hɔŋ	₌kɔŋ	hɔŋ²
長沙	₌paŋ	₌tɕyan	₌tɕian	₌tɕ'ian	₌ɕyan	₌ɕian	₌tɕiaŋ	xan² / xan²
溫州	₌puɔ	₌tɕyɔ	₌kuɔ	₌tɕ'i	₌ɕyɔ	₌ɦi	₌kuɔ	ᶜɦuɔ
蘇州	₌pɒŋ	₌tsɒŋ	₌tɕiɒŋ / ₌kɒŋ	₌tɕ'ian	₌sɒŋ	₌ɦɒŋ	₌tɕiɒŋ / ₌kɒŋ	ɦɒŋᶜ
揚州	₌paŋ	₌tsuaŋ	₌tɕian / ₌kaŋ	₌tɕ'iaŋ	₌suaŋ	₌ɕiaŋ	₌tɕiaŋ	ɕiaŋᶜ / xanᶜ

二等江韻							
方言點 方音 漢字	邦 開 江幫	椿 開 江知	江 開 江見	腔 開 江溪	雙 開 江審	降 開 江匣	講 開 講見	項 開 講匣
成都	꜀paŋ	꜀tsuaŋ	꜀tɕiaŋ	꜀tɕʰiaŋ	꜀suaŋ	꜄ɕiaŋ	꜀tɕiaŋ	xaŋ꜄
漢口	꜀paŋ	꜀tsuaŋ	꜀tɕiaŋ	꜀tɕʰiaŋ	꜀suaŋ	꜄ɕiaŋ	꜀tɕiaŋ	xaŋ꜄
太原	꜀pɒ̃	꜀tsũ	꜀tɕiɒ̃	꜀tɕʰiɒ̃	꜀sũ	꜄ɕiɒ̃	꜀tɕiɒ̃	ɕiɒ̃꜄
西安	꜀paŋ	꜀pfaŋ	꜀tɕiaŋ	꜀tɕʰiaŋ	꜀faŋ	꜄ɕiaŋ	꜀tɕiaŋ	xaŋ꜄
濟南	꜀paŋ	꜀tʂuaŋ	꜀tɕiaŋ	꜀tɕʰiaŋ	꜀ʂuaŋ	꜄ɕiaŋ	꜀tɕiaŋ	ɕiaŋ꜄
北平	꜀paŋ	꜀tʂuaŋ	꜀tɕiaŋ	꜀tɕʰiaŋ	꜀ʂuaŋ	꜄ɕiaŋ	꜀tɕiaŋ	ɕiaŋ꜄

《七音略》二等江韻列外轉第三「重中重」，為開口。江韻為陽聲韻，韻尾收舌根鼻音〔ŋ〕。江韻列東冬鍾之後，方音多與陽唐無別，後文將陽唐之主要元音擬作〔ɑ〕，則其主要元音當近於〔u〕、〔o〕與〔ɑ〕之間，始易與〔ɑ〕相混，高本漢氏以為此一元音為一很開之〔o〕，高氏云：「所以我們必得選擇一個很開的 o，一種介乎 a 與 o 之間的音（也許有點像英文的 'Law'）我們可以寫作 ɔ。」[52]故二等江韻之音讀可假定作：

江〔-ɔŋ〕　　覺〔-ɔk〕

現代方音主要元音，潮州、長沙、成都、漢口、西安、濟南、北平均作〔a〕者，乃為元音之分裂。廣州、梅縣、南昌、溫州仍保持作〔ɔ〕。蘇州作〔ɒ〕及揚州作〔ɑ〕者，係保留較《七音略》為早之形式。太原因韻尾失落，主要元音變作鼻化之〔ɒ̃〕。方音作〔u〕作

---

52 見《中國音韻學研究》，頁499。

〔o〕者，係元音高化之結果。福州有作〔ou〕者，元音高化為〔o〕再複元音化為〔ou〕。案二等無〔i〕介音，江韻方音中有〔i〕介音者，王了一氏云：「本來沒有韻頭的開口呼，在發展過程中插入了韻頭 i。這要具備兩個條件：（一）必須是喉音字（指影曉匣見溪疑六母）；（二）必須是二等字。」又云：「拿語音學的術語來說，就是舌根音和喉音在元音 a（或 ɐ、ɔ、æ）前面的時候，a 和輔音之間逐漸產生一個短弱的 i（帶半元音性質的）。」[53] 故下文佳、皆、刪、山、肴、咸、銜、麻二、庚二、耕此類真二等字方音有〔i〕介音者，均可依此而獲得解釋。

六 三等支韻、脂韻、之韻、微韻韻母音值之擬測

方言點 / 方音漢字	三等支韻				三等脂韻			
	奇開支群	宜開支疑	虧合支溪	為合支為	脂開脂照	私開脂心	葵台脂群	維合脂為
福州	₋ki	₋ŋi / ₋ŋie	₋k´uei	₋uei	₋tsie	₋sy	₋ki	₋mi
潮州	₋ki	₋ŋi	₋k´ui	₋ui	₋tsi	₋sʔ	₋k´ui	₋zui
廈門	₋ki / ₋ki / ₋kia	₋gi	₋k´ui	₋ui	tsi	₋su	₋kui / ₋kue	₋i
梅縣	₋k´i	₋ŋi	₋k´ui	₋vi	₋tsʔ	₋sʔ	₋k´ui	₋vi
南昌	₋tɕ´i	ŋiᵒ	₋k´ui	₋ui	ᶜtsʔ	₋sʔ	₋k´ui	ui
長沙	₋tɕi	₋ŋi	₋k´uei	₋uei	₋tʂʔ	₋sʔ	₋kuei	₋uei
溫州	₋dzʔ	ŋi²	₋k´ai	₋vu	₋tsʔ	₋sʔ	₋dzy	₋vu

---

53 見《漢語史稿》，頁176。

	三等支韻				三等脂韻			
方言點 ＼ 方音漢字	奇〔開·支群〕	宜〔開·支疑〕	虧〔合·支溪〕	為〔合·支為〕	脂〔開·脂照〕	私〔開·脂心〕	葵〔台·脂群〕	維〔合·脂為〕
		η²						
蘇州	꜀dzi	꜀ŋi	꜀kuE / ꜀tɕ´y	꜀uE	꜀ts?	꜀s?	꜀quE	꜀vi
成都	꜀tɕ´i	꜀ŋi	꜀k´uei	꜀uei	꜀ts?	꜀s?	꜀k´uei	꜀uei
漢口	꜀tɕ´i	꜀i	꜀k´uei	꜀uei	꜀ts?	꜀s?	꜀k´uei	꜀uei
太原	꜀tɕ´i	꜀i	꜀k´uei	꜀vei	꜀ts?	꜀s?	꜀k´uei	꜀vei
西安	꜀tɕ´i	꜀i	꜀k´uei	꜀uei	꜀ts?	꜀s?	꜀k´uei	꜀vei
濟南	꜀tɕ´i	꜀i	꜀k´uei	꜀uei	꜀tʂ?	꜀s?	꜀k´uei	꜀uei
北平	꜀tɕ´i	꜀i	꜀k´uei	꜀uei	꜀tʂ?	꜀s?	꜀k´uei	꜀uei

	三等之韻		三等微韻					
方言點 ＼ 方音漢字	其〔開·之群〕	疑〔開·之疑〕	衣〔開·微影〕	希〔開·微曉〕	機〔開·微見〕	圍〔合·微為〕	肥〔合·微奉〕	歸〔合·微見〕
福州	꜀ki	꜀ŋi	ci	꜀xi	cki	꜀uei	꜀pi / ꜀puei	ckuei
潮州	꜀ki	꜀ŋi	ci	chi	cki	꜀ui	꜀pui	ckui
廈門	꜀ki	꜀gi	ci	chi	cki	꜀ui	꜀pui	ckui
廣州	꜀k´ei	꜀ji	cji	chei	ckei	꜀wai	꜀fei	ckwai
梅縣	꜀k´i	꜀ŋi	cji	chi	cki	꜀vi	꜀p´i	ckui
南昌	꜀tɕ´i	ŋiˀ	ci	꜀ɕi	ctɕi	ui	Φuiˀ	ckui
長沙	꜀tɕi	꜀ŋi	ci	꜀ɕi	ctɕi	꜀uei	꜀fei	ckuei
溫州	꜀dz?	꜀ŋi	ci	cs?	cts?	꜀vu	꜀vei	ckai
蘇州	꜀dzi	꜀ŋi	ci	cɕi	ctɕi	꜀ɦuE	꜀vi	ckuE

方言點 / 方音漢字	三等之韻		三等微韻					
	其 開之群	疑 開之疑	衣 開微影	希 開微曉	機 開微見	圍 合微為	肥 合微奉	歸 合微見
揚州	₌tɕʻi	₌ʑi	ci	₌ɕi	₌tɕi	₌uəi	₌fəi	₌kuəi
成都	₌tɕʻi	₌ʑi	ci	₌ɕi	₌tɕi	₌uei	₌fei	₌kuei
漢口	₌tɕʻi	₌ʑi	ci	₌ɕi	₌tɕi	₌uei	₌fei	₌kuei
太原	₌tɕʻi	₌ʑi	ci	₌ɕi	₌tɕi	₌vei	₌fei	₌kuei
西安	₌tɕʻi	₌ȵi	ci	₌ɕi	₌tɕi	₌uei	₌fei	₌kuei
濟南	₌tɕʻi	₌ʑi	ci	₌ɕi	₌tɕi	₌uei	₌fei	₌kuei
北平	₌tɕʻi	₌ʑi	ci	₌ɕi	₌tɕi	₌uei	₌fei	₌kuei

《七音略》三等支韻列內轉第四「重中輕（內重）」及內轉第五「輕中輕」。三等脂韻列內轉第六「重中重」及內轉第七「輕中重（內輕）」。三等微韻列內轉第九「重中重（內輕）」及內轉第十「輕中輕（內輕）」。各分開合二圖。三等之韻則列內轉第八「重中重（內重）」，僅開口一圖。脂、微二韻為陰聲韻，收元音韻尾〔i〕，支、之二韻為開口無尾韻，不收任何韻尾。現代方音四韻多讀〔i〕或〔ʔ〕，合口則多讀〔uei〕。支韻之上古音為 ja，由 ja→je，乃元音較鬆，受〔j〕影響高化為〔e〕，故三等支韻主要元音可擬作〔e〕。脂韻之上古音為 iəi。由 iəi→jei，故三等脂韻主要元音可擬作〔ɐi〕。之韻之上古音為 jə，故之韻主要元音可據以擬作〔ə〕。微韻合口與文韻對轉，juən（文）→juəi（微合），開口則與欣韻對轉，jən（欣）→jəi（微開），故微韻主要元音可擬作〔ə〕。則三等支脂之微之音讀可假定作：

支（開口）　〔-je〕

支（合口）　　〔-jue〕

脂（開口）　　〔-jei〕

脂（合口）　　〔-juei〕

之（開口）　　〔-jə〕

微（開口）　　〔-jəi〕

微（合口）　　〔-juəi〕

　　支韻：（1）開口：現代方音大致作單元音〔i〕，元音受介音〔j〕影響高化為〔i〕，然後〔j〕受元音〔i〕合併而消失。（2）合口：方音韻母作〔uei〕者，元音複元音化為〔ei〕。

　　脂韻：（1）開口：方音多數作單元音〔ʔ〕，元音先受〔j〕影響高化為〔i〕，〔j〕受元音〔i〕合併而消失，然後元音受舌尖前聲母之影響由舌面前展脣變為舌尖前展脣元音。（2）合口：部分方音仍保持作〔e〕，部分韻母作〔ui〕，乃元音受介音〔u〕與〔i〕影響而失落。

　　之韻：方音大致作單元音〔i〕，元音受〔j〕影響高化為〔i〕，然後〔j〕受元音〔i〕合併而消失。

　　微韻：（1）開口：方音大致作單元音〔i〕，元音受〔j〕影響高化為〔i〕，然後〔j〕受元音〔i〕合併而消失。（2）合口：揚州主要元音仍保持作〔ə〕。其他方音韻母則有二種，一作〔ui〕，一作〔uei〕（重脣變輕脣者，〔u〕介音多與聲母合併，而使韻母作〔ei〕。）。案作〔ui〕者，元音受合口介音〔u〕及韻尾〔i〕影響排擠而失落。作〔uei〕者，元音受韻尾〔i〕影響高化為前半高元音。

七 一等模韻韻母音值之擬測

一等模韻								
方言點 方音漢字	鋪 合模滂	蒲 合模並	模 合模明	徒 合模定	奴 合模泥	租 合模精	呼 合模曉	胡 合模匣
福州	cp'uɔ	cpuɔ	ᴄmuɔ	ᴄtu	ᴄmu	ctsu	cxu	ᴄxu
潮州	cp'ou	ᶜp'ou	ᴄmo	ᴄt'u	ᴄmou	ctsou	chu	ᴄou
廈門	cp'ɔ	cpɔ	ᴄmɔ	ᴄtɔ	ᴄmõ	ctsɔ	chɔ chu ckɔ	ᴄhɔ ᴄɔ
廣州	cp'ou	cp'ou	ᴄmou	ᴄt'ou	ᴄmou	ctʃou	cfu	ᴄwu
梅縣	cp'u	cp'u	ᴄmu	ᴄt'u	ᴄmu	cts?	cfu	ᴄfu
南昌	cp'u	cp'u	muᵒ	ᴄt'u	luᵒ	ctsu	Φuᵒ	Φuᵒ
溫州	cp'øy	ᴄbu	ᴄmo	ᴄdu ᴄdøy	ᴄnəu	ctsey	cfu	ᴄvu
蘇州	cp'u	ᴄbu	ᴄmo	ᴄdəu	ᴄnəu	ctsəu	chəu	ᴄɦəu
揚州	cp'u	cp'u	ᴄmo	ᴄt'u	ᴄno	ctsu	cxu	ᴄxu
成都	cp'u	cp'u	ᴄmu	ᴄt'u	ᴄnu	ctsu	cfu	ᴄfu
漢口	cp'u	cp'u	ᴄmo	ᴄt'ou	ᴄnou	ctsou	cxu	ᴄxu
太原	cp'u	cp'u	cmu	ct'u	cnu cnou	ctsu	cxu	cxu
西安	cp'u	cp'u	ᶜmo	ᶜt'ou	ᴄnou	ctsou	cxu	ᴄxu
濟南	cp'u	cp'u	ᴄmu	ᴄt'u	ᴄnu	ctsu	cxu	ᴄxu
北平	cp'u	cp'u	ᴄmu	ᴄt'u	ᴄnu	ctsu	cxu	ᴄxu

《七音略》一等模韻列內轉第十二「輕中輕」，為合口。模韻為陰聲韻，無任何韻尾。模韻之上古音為 a，由 a→u，乃元音向後高化。故

一等模韻之主要元音可從多數方音擬作〔u〕。案《七音略》模韻為合口，可知《韻鏡》內轉第十二「開合」者，當據《七音略》改正。一等模韻之音讀可假定作：

　　　模　〔-u〕

大多數方音主要元音仍保持作〔u〕。方音作〔o〕者，係保留較《七音略》為早之形式。至作〔ou〕者，元音在早期即已分裂為〔ou〕，即 o→ou。蘇州作〔əu〕者，元音在早期分裂為〔ou〕後，再異化為〔əu〕。

八　三等魚韻、虞韻韻母音值之擬測

方言點 方音 漢字	三等魚韻					三等虞韻			
	居合魚見	豬合魚知	諸合魚照	如合魚日	虛合魚曉	區合虞溪	株合虞知	愉合虞喻	須合虞心
福州	ky	₌ty	₌tsy	₌y	₌xy	k´y	₌ty	₌y	₌sy
潮州	₌kɯ	₌tɯ	₌tsu	₌zu	₌hɯ	k´u	₌tsu	₌zu	₌su
廈門	₌ku	₌ti	₌tsu	₌dzu	₌hu	k´u	₌tu ₌tsu	₌u	₌su
廣州	₌kœy	₌tʃy	₌tʃy	₌jy	₌hœy	k´œy	₌tʃy	₌jy	₌ʃœy
梅縣	₌ki	₌tsu	₌tsu	₌ji	₌hi	k´i	₌tsu	jiˀ	₌si
南昌	₌tɕy	₌tɕy	₌tɕy	gˀ	₌ɕy	₌tɕy	₌tɕy	y²	₌ɕy
長沙	tɕy	₌tɕy	vtɕy	₌y	₌ɕy	₌tɕ´y	₌tɕy	₌y	₌si
揚州	₌tɕy	₌tsu	₌tsu	₌lu	₌ɕy	₌tɕ´y	₌tsu	₌y	₌ɕy
成都	₌tɕy	₌tsu	₌tsu	₌zu	₌ɕy	₌tɕ´y	₌tsu	₌y	₌ɕy

	三等魚韻					三等虞韻			
方言點 方音 漢字	居合魚見	豬合魚知	諸合魚照	如合魚日	虛合魚曉	區合虞溪	株合虞知	愉合虞喻	須合虞心
漢口	ctɕy	ctɕy	ctɕy	cy	cɕy	ctɕ´y	ctɕy	y°	cɕy
太原	ctɕy	ctsu	ctsu	czu	cɕy	ctɕ´y	ctsu	cy	cɕy
西安	ctɕy	cpfu	cpfu	cvu	cɕy	ctɕ´y	cpfu	cy	cɕy
濟南	ctɕy	ctʂu	ctʂu	lu°	cɕy	ctɕ´y	ctʂu	y°	cɕy
北平	ctɕy	ctʂu	ctʂu	czu	cɕy	ctɕ´y	ctʂu	cy	cɕy

《七音略》三等魚韻列內轉第十一「重中重」，為開合。三等虞韻列內轉第十二「輕中輕」，為合口。二韻皆為陰聲韻，不收任何韻尾。現代方音魚韻多作單元音〔y〕為〔u〕，魚韻之上古音為 ja，由 ja→jo，案由〔a〕變為〔o〕，為語音演變常見之現象。又魚韻標「重中重」，為開口，不宜擬作〔u〕，故今以為可擬作〔o〕。三等虞韻與一等模韻同圖，主要元音可擬作相同，即作〔u〕，惟三等虞韻有〔j〕介音，一等模韻則無。故三等魚虞二韻之音讀可假定作：

魚〔-jo〕
虞〔-ju〕

魚韻：《七音略》魚韻為開口，惟方音多演變為合口。方音多作單元音〔y〕者，元音高化為〔u〕，〔j〕變〔i〕，然後由 iu 變 y。少數方音作單元音〔i〕，元音受〔j〕影響，高化為〔i〕，〔j〕受〔i〕合併而消失。方音亦有作〔u〕，乃元音高化之結果。潮州作〔ɯ〕，則高化為〔u〕後，再由圓脣變展脣。

虞韻：方音潮州、廈門及知系字多數主要元音仍保持作〔u〕。大

部分方音作〔y〕,〔j〕變〔i〕,然後由 iu 變 y。

九　一等咍韻、灰韻、泰韻韻母音值之擬測

方言點／方音漢字	一等咍韻				一等灰韻		一等泰韻		
	胎開咍透	臺開咍定	該開咍見	開朋咍溪	灰合灰曉	回合灰匣	帶開泰端	太開泰透	最合泰精
福州	ct´ai	ctai	ckai	ck´ai	cxuei	cxuei	tai°	t´ai°	tsʤy°
潮州	ct´ai	ct´ai	ckai	ck´ai	chue	chue	tau°	t´ai°	tsue°
廈門	ct´ai / ct´e	ctai	ckai	ck´ai / ck´ui	chue / chu / che	chue	tai° / tua°	t´ai°	tsue°
廣州	ct´ɔi	ct´ɔi	ckɔi	ch´ɔi	cfui	cWui	ta:i°	t´a:i°	tsʃœy°
梅縣	ct´ɔi	ct´ɔi	ckai	ck´ɔi	cfɔi	cfi	tai°	t´ai°	tsui°
南昌	ct´ai	ct´ai	ckai	ck´ai	cΦui	Φui°	tai°	t´ai°	tsui°
長沙	ct´ai	ct´ai	ckai	ck´ai	cfei	cfei	tai°	t´ai°	tsui°
溫州	ct´E	cdE	ckE	ck´E	cfai	cvai	ta°	t´a°	tsai°
蘇州	ct´E	cdE	ckE	ck´E	chuE	cɦuE	tɒ°	t´E° / t´ɒ°	tsE°
揚州	ct´ɛ	ct´ɛ	ckɛ	ck´ɛ	cxuəi	cxuəi	tɛ°	t´ɛ°	tsuəi°
成都	ct´ai	ct´ai	ckai	ck´ai	cxuei	cxuei	tai°	t´ai°	tsuei°
漢口	ct´ai	ct´ai	ckai	ck´ai	cxuei	cxuei	tai°	t´ai°	tsei°
太原	ct´ai	ct´ai	ckai	ck´ai	cxuei	cxuei	tai°	t´ai°	tsuei°
西安	ct´ɛ	ct´ɛ	ckɛ	ck´ɛ	cxuei	cxuei	tɛ°	t´ɛ°	tsuei°
濟南	ct´ɛ	ct´ɛ	ckɛ	ck´ɛ	cxuei	cxuei	tɛ°	t´ɛ°	tsuei°
北平	ct´ai	ct´ai	ckai	ck´ai	cxuei	cxuei	tai°	t´ai°	tsuei°

《七音略》一等咍韻列外轉第十三「重中重」，為開口。一等灰韻列外轉第十四「輕中重」，為合口。一等泰韻則列於外轉第十五「重中輕」及外轉第十六「輕中輕」，分開合二圖。三韻皆為陰聲韻，韻尾收舌面高元音〔i〕。又皆屬〔a〕類元音，咍韻之上古音為〔ə〕，故一等咍韻主要元音可擬作〔A〕，由 ə→Ai，乃元音之分裂。灰咍開合相對，主要元音可擬作相同，即作〔A〕。咍泰相近，但不同圖，主要元音當不同，今擬作較咍韻為後之〔ɑ〕。故一等咍灰泰三韻之音讀可假定作：

咍〔-Ai〕

灰〔uAi〕

泰（開口）〔-ɑi〕

泰（合口）〔-uɑi〕

咍韻：現代方音主要元音，福州、潮州、廈門、南昌、長沙、成都、漢口、太原、北平作〔a〕者，元音受韻尾〔i〕影響同化為〔a〕。揚州、西安作〔ɛ〕及溫州、蘇州作〔E〕，元音受韻尾〔i〕影響向前升高，其後韻尾消失。廣州、梅縣作〔ɔ〕，可能受韻尾〔i〕異化之結果。

灰韻：福州、潮州、廈門、長沙、成都、漢口、太原、西安、濟南、北平主要元音作〔e〕及蘇州作〔E〕，乃元音受韻尾〔i〕影響向前升高，其中潮州、廈門、蘇州，元音升高後韻尾消失。溫州作〔a〕者，元音受韻尾〔i〕影響同化為前低元音。揚州作〔ə〕，元音受韻尾〔i〕影響而高化。

泰韻：（1）開口：多數方音主要元音作舌面前低元音〔a〕，廣州作〔a:〕，元音受韻尾〔i〕影響同化為前低元音。揚州、西安、濟南

作〔ε〕者，係元音受韻尾〔i〕影響高化為前半低元音。元音前移後，韻尾消失。蘇州作〔ɒ〕者，韻尾失落，主要元音後移。（2）合口：潮州、廈門、長沙、成都、漢口、太原、西安、濟南、北平主要元音作〔e〕，蘇州作〔E〕，乃元音受韻尾〔i〕影響向前高化，其中潮州、廈門、蘇州元音高化後韻尾消失。溫州作〔a〕，元音受韻尾〔i〕影響同化為前低元音。福州韻母作〔ɡy〕，廣州韻母作〔æy〕，元音受〔i〕韻尾影響高化為舌面央及舌面前圓脣半低元音，其後之〔i〕韻尾再受此圓脣元音之影響，亦變為圓脣之〔y〕。

十　二等皆韻、佳韻、夬韻韻母音值之擬測

二等皆韻							
方言點 方音 漢字	排開皆並	埋開皆明	揩開皆溪	齋開皆莊	乖合皆見	槐合皆匣	怀合皆匣	淮合皆匣
福州	₋pai ₋pa	₋muai	₋kai	₋tsai ₋tsɛ	₋kuai	₋xuai	₋xuai	₋xuai
潮州	₋pai	₋mai	₋kʻai	₋tse	₋kuai	₋huai	₋huai	₋huai
廈門	₋pʻaːi	₋bai ₋tai	₋kai	₋tsai	₋kuai	₋huai	₋huai ₋kui	₋huai
廣州	₋pʻaːi	₋maːi	₋haːi	₋tʃaːi	₋kwaːi	₋waːi	₋waːi	₋waːi
梅縣	₋pʻai	₋mai	kʻai	₋tsai	₋kuai	₋fɔi	₋fɔi	₋fɔi
南昌	₋pai	maiᶜ	₋kʻai	₋tsai	kuai	Фuaiᶜ	Фuaiᶜ	Фuaiᶜ
長沙	₋pʻai	₋mai	kai	₋tsai	₋kuai	₋fai	₋fai	₋fai
溫州	₋ba	₋ma	₋kʻa	₋tsa	₋ka	₋va	₋va	₋va
蘇州	₋bɒ	₋mE ₋mɒ	₋kʻɒ	₋tsE ₋tsɒ	₋kuE ₋kuɒ	₋ɦuE ₋ɦuɒ	₋ɦuE ₋ɦuɒ	₋ɦuE ₋ɦuɒ

二等皆韻							
方言點　方音　漢字	排 開皆並	埋 開皆明	揩 開皆溪	齋 開皆莊	乖 合皆見	槐 合皆匣	怀 合皆匣	淮 合皆匣
揚州	cp'ε	cmε	ck'ε	ctsε	ckuε	cxuε	cxuε	cxuε
成都	cp'ai	cmai	ck'ai	ctsai	ckuai	cxuai	cxuai	cxuai
漢口	cp'ai	cmai	ck'ai	ctsai	ckuai	cxuai	cxuai	cxuai
太原	cp'ai	cmai	ck'ai	ctsai	ckuai	cxuai	cxuai	cxuai
西安	cp'ε	cmε	ck'ε	ctsε	ckuε	cxuε	cxuε	cxuε
濟南	cp'ε	cmε	ck'ε	ct{ε	ckuε	cxuε	cxuε	cxuε
北平	cp'ai	cmai	ck'ai	ct{ai	ckuai	cxuai	cxuai	cxuai

二等佳韻			二等夬韻	
方言點　方音　漢字	牌 開佳並	柴 開佳牀	歪 合佳曉	敗 開夬並	快 合夬溪
福州	cpε	cts'a	cuai	pai^2	k'uai$^\circ$
潮州	cpai	cts'a	cuai	pai^2	k'uai$^\circ$
廈門	cpai	cts'ai / cts'a	cuai	pai^2	k'uai$^\circ$
廣州	cp'a:i	ctʃa:i	cwa:i	pa:i^2	fa:i$^\circ$
梅縣	cp'ai	cts'ai	cvai	p'ai$^\circ$	k'uai$^\circ$
南昌	cp'a	cts'ai	cuai	p'ai^2	Φuai$^\circ$
長沙	cpai	ctsai	cuai	pai^2	k'uai$^\circ$
溫州	cba	cza	cua	ba^2	k'a$^\circ$
蘇州	cbɒ	czɒ	cuE / cuɒ	pɒ^2	k'uE$^\circ$ / k'uɒ$^\circ$
揚州	cp'ε	cts'ε	cuε / cuε	pε$^\circ$	k'uε$^\circ$

二等佳韻			二等夬韻	
牌^佳_{開 並}	柴^佳_{開 牀}	歪_合^佳_曉	敗^夬_{開 並}	快_合^尖_溪

方言點 / 方音漢字

	牌開並	柴開牀	歪合曉	敗開並	快合溪
成都	$_c$p′ai	$_c$ts′ai	$_c$uai	pai$^{\circ}$	k′uai$^{\circ}$
漢口	$_c$p′ai	$_c$ts′ai	$_c$uai	pai$^{\circ}$	k′uai$^{\circ}$
太原	$_c$p′ai	$_c$ts′ai	$_c$vai	pai$^{\circ}$	k′uai$^{\circ}$
西安	$_c$p′ɛ	$_c$ts′ɛ	$_c$uai	pɛ$^{\circ}$	k′uɛ$^{\circ}$
濟南	$_c$p′ɛ	$_c$tʂ′ɛ	$_c$uɛ	pɛ$^{\circ}$	k′uɛ$^{\circ}$
北平	$_c$p′ai	$_c$tʂ′ai	$_c$uai	pai$^{\circ}$	k′uai$^{\circ}$

《七音略》二等皆韻列外轉第十三「重中重」及外轉第十四「輕中重」。二等佳韻列外轉第十五「重中輕」及外轉第十六「輕中輕」。二等夬韻則寄位於外轉第十三、十四入聲地位，各分開合二圖。皆佳夬三韻均為陰聲韻，韻尾收舌面前高元音〔i〕。皆韻之上古音為 ɐi（開口），由 ɐi→ai，乃元音由央元音移至前元音，故皆韻主要元音可擬作〔a〕。佳韻之上古音為 ɐ（開口），元音不改變，故佳韻主要元音可擬作〔ɐ〕。夬韻則可擬作〔æ〕，故二等皆佳夬三韻之音讀可假定作：

皆（開口）〔-ai〕

皆（合口）〔-uai〕

佳（開口）〔-ɐi〕

佳（合口）〔-uɐi〕

夬（開口）〔-æi〕

夬（合口）〔-uæi〕

皆韻：多數方音主要元音仍保持作〔a〕。揚州、西安、濟南作

〔ε〕及蘇州讀書音作〔E〕者，元音受韻尾〔i〕影響，使部位高化，元音高化後韻尾消失。蘇州韻尾失落，主要元音後移作〔ɒ〕。梅縣合口有作〔ɔ〕者，元音受介音〔u〕影響，向後高化為半低元音，高化後介音〔u〕消失。

佳韻：揚州、西安、濟南主要元音作〔ε〕者，元音受韻尾〔i〕影響高化為前半低元音，其後韻尾消失。蘇州作〔ɒ〕，韻尾失落，主要元音後移。至大多數方音作〔a〕，廣州作〔a:〕者，元音受韻尾之影響，使發音部位前移。

夬韻：揚州、西安、濟南主要元音作〔ε〕，元音受韻尾〔i〕影響高化為半低元音，高化之後韻尾消失。蘇州作〔ɒ〕，韻尾失落，主要元音後移。福州、潮州、廈門、梅縣、南昌、長沙、溫州、成都、漢口、太原、北平作〔a〕及廣州作〔a:〕者，案其音值實亦〔æ〕之變體。

十一　三等祭韻、廢韻韻母音值之擬測

方言點 / 方音 / 漢字	三等祭韻						三等廢韻	
	閉 開祭幫	敝 開祭並	例 開祭來	脆 合祭清	稅 合祭審	歲 合祭心	廢 合廢非	肺 合廢敷
福州	pie²	pei²	lie²	ts'uei°	suei°	suei° xuei°	xie°	xie°
潮州	ᶜpi°	ᶜpi	li²	ts'ui°	sue°	sue°	hui°	hui°
廈門	pi°	pe°	le²	ts'ui° ts'e°	sue° se°	hue° he°	hue°	hui° hi°
廣州	pai°	pai²	lai²	tʃ'œy°	ʃœy°	ʃœy°	fai°	fai°
梅縣	pi°	pi°	li°	ts'ui°	sɔi°	sui°	fi°	fi°

方言點／方音漢字		三等祭韻						三等廢韻	
	閉開祭幫	敝開祭並	例開祭來	脆合祭清	稅合祭審	歲合祭心	廢合廢非	肺合廢敷
南昌	pi˚	pi²	li²	ts'ui˚	sui˚	sui˚	Φui˚	Φuiv
長沙	pei˚	pei˚	ni²	ts'ei˚	ɕyei˚	sei˚	fei˚	fei˚
溫州	pei˚	bei²	lei²	ts'ai˚	sʔ˚	sʔ˚	fei˚	fei˚
蘇州	pi˚	bi²	li²	ts'E˚	sE˚	sE˚	fi˚	fi˚
揚州	pəi˚	pi˚	li˚	ts'uei˚	suəi˚	suəi˚	fəi˚	fəi˚
成都	pi˚	pi˚	ni˚	ts'uei˚	suei˚	suei˚	fei˚	fei˚
漢口	pi˚	pei˚	ni˚	ts'ei˚	suei˚	sei˚	fei˚	fei˚
太原	pei˚	pi˚	li˚	ts'uei˚	suei˚	suei˚	fei˚	fei˚
西安	pi˚	pi˚	li˚	ts'uei˚	fei˚	suei˚	fei˚	fei˚
濟南	pi˚	pi˚	li˚	ts'uei˚	{uei˚	suei˚	fei˚	fei˚
北平	pi˚	pi˚	li˚	ts'uei˚	{uei˚	suei˚	fei˚	fei˚

《七音略》三等祭韻分列於外轉第十三「重中重」、外轉第十四「輕中重」、外轉第十五「重中輕」及外轉第十六「輕中輕」，可系聯為開合二類。三等廢韻則列於外轉第十六「輕中輕」及內轉第九「重中重（內輕）」，分開合二圖。二韻皆為陰聲韻，收元音韻尾〔i〕。祭韻之上古音為 jāt，由 at→ɛi，元音向上高化。故三等祭韻之主要元音可擬作〔ɛ〕。《七音略》廢韻合口與佳韻同圖，開口則與微韻同圖，彼此相近，今以為三等廢韻主要元音可擬作〔ɐ〕，惟三等有〔j〕介音，二等則無。故三等祭廢二韻之音讀可假定作：

祭（開口）〔-jɛi〕
祭（合口）〔-juɛi〕

廢（開口）〔-jɐi〕

廢（合口）〔-juɐi〕

　　祭韻：（1）開口：福州、廈門、長沙、溫州多數主要元音作〔e〕，乃元音高化之結果。廣州作〔a〕，係保留較《七音略》為早之形式。潮州、梅縣、南昌、蘇州、成都、太原、西安、濟南、北平均作單元音〔i〕者，因元音受介音〔j〕及韻尾〔i〕排擠失落，然後介音與韻尾併為單元音〔i〕。案董同龢氏云：「在漢語裡，最多的情形是主要元音同時受前面和後面的〔i〕（或〔j〕）的影響而消失。」[54]又高本漢氏云：「在所有中國北部，-iei、ĭɛi，由單元音化全變成 -i 了。」[55]（2）合口：福州、潮州、廈門、長沙、成都、漢口、太原、西安、濟南、北平主要元音作〔e〕，元音受韻尾〔i〕影響高化為半高元音。溫州有作單元音〔ʔ〕者，介音〔u〕消失，元音受〔j〕及韻尾〔i〕影響高化，然後單元音化作〔ʔ〕。蘇州作單元音〔E〕者，元音受韻尾〔i〕影響高化為前中元音，其後介音〔u〕及韻尾消失。廣州韻母作〔œy〕者，元音受介音〔u〕影響變成圓脣，其後之〔i〕韻尾亦受此一圓脣元音影響變為圓脣之〔y〕。案此種現象，即董同龢氏所云：「元音的和諧」，即「凡在一個詞之內，所有的元音都得是前元音或後元音，展脣元音或圓脣元音。」[56]此種相類之現象，即元音之和諧。

　　廢韻：廢韻非系字已由重脣變輕脣，方音中除潮州、廈門、南昌外，均讀開口。案由撮口變開口，即王了一氏所云：「本來有韻頭 y

---

54 見《語言學大綱》，頁162。

55 見《中國音韻學研究》，頁488。

56 見《語言學大綱》，頁161。

（ĭw，ĭu）或全韻為 y（ĭu），後來失去韻頭，變為開口呼。」[57]福
州、長沙、溫州、成都、漢口、太原、西安、濟南、北平主要元音均
作〔e〕，乃元音受韻尾〔i〕影響高化為前半高元音。揚州作〔ə〕，
亦因韻尾〔i〕影響而高化。梅縣、蘇州作單元音〔i〕，蓋受〔j〕及
韻尾〔i〕影響，遂使所夾之元音排擠失落而併為單元音。廣州作
〔a〕，元音受韻尾〔i〕影響，使舌位前移。潮州、南昌韻母作
〔ui〕，元音受介音〔u〕及韻尾〔i〕影響排擠失落。

十二　四等齊韻韻母音值之擬測

四等齊韻								
方言點 方音 漢字	低開齊端	梯開齊透	題開齊定	迷開齊明	妻開齊清	齊開齊從	西開齊心	黎開齊來
福州	cti ctɛ	ct'ai	cte	cmi	cts'ɛ	ctsɛ	csɛ	clɛ
潮州	cti	ct'ui	ctoi	cmi	cts'i	cts'i	csai	cloi
廈門	cte t'e²	ct'e ct'ue	cte ctue	cbe cbe	cts'e tse°	ctse ctuse	cse csai	cle
廣州	ctai	ct'ai	ct'ai	cmai	ctʃ'ai	ctʃ'ai	cʃai	clai
梅縣	ctai	ct'i	ct'i	cmi	cts'i	cts'i	csi	clai
南昌	cti	ct'i	ct'i	mi°	ctɛ'i	ctɛ'i	cɕi	li°
長沙	cti	ct'ei	cti	cmei	ctsi	ctsi	csi	cni
溫州	ctei	ct'i	cdei	cmei	cts'ei	czei	csei	clei
蘇州	cti	ct'i	cdi	cmi	cts'i	czi	csi	cli
揚州	cti	cti	ct'i	cmi	ctɛ'i	ctɛ'i	cɕi	cli

---

57 見《漢語史稿》，頁139。

四等齊韻							
方言點 方音 漢字	低開齊端	梯開齊透	題開齊定	迷開齊明	妻開齊清	齊開齊從	西開齊心	黎開齊來
成都	ᴄti	ᴄti	ᴄtʻi	ᴄmi	ᴄtɕʻi	ᴄtɕʻi	ᴄɕi	ᴄni
漢口	ᴄti	ᴄti	ᴄtʻi	ᴄmei	ᴄtɕʻi	ᴄtɕʻi	ᴄɕi	ᴄni
太原	ᴄti	ᴄti	ᴄtʻi	ᴄmi	ᴄtɕʻi	ᴄtɕʻi	ᴄɕi	ᴄli
西安	ᴄti	ᴄti	ᴄtʻi	ᴄmi	ᴄtɕʻi	ᴄtɕʻi	ᴄɕi	ᴄli
濟南	ᴄti	ᴄti	ᴄtʻi	ᴄmi	ᴄtɕʻi	ᴄtɕʻi	ᴄɕi	ᴄli
北平	ᴄti	ᴄti	ᴄtʻi	ᴄmi	ᴄtɕi	ᴄtɕʻi	ᴄɕi	ᴄli

《七音略》四等齊韻列於外轉第十三「重中重」及外轉第十四「輕中重」，分開合二圖。齊韻為陰聲韻，收元音韻尾〔i〕。現代方音，除廈門、廣州及部分福州、溫州外，大致作單元音〔i〕。齊韻屬〔a〕類元音，與咍皆同列一圖，其上古音為 ɐi（開口），由 ɐi→iɛi，故齊韻主要元音可擬作〔ɛ〕，惟四等有〔i〕介音，一等咍韻則無。故四等齊韻之音讀可假定作：

齊（開口）〔-iɛi〕
齊（合口）〔-iuɛi〕

現代方音主要元音，福州多數仍保持作〔ɛ〕。方音大致單元音化為〔i〕。廣州作〔a〕者，係保留較《七音略》為早之形式。廈門、溫州有作〔e〕者，元音受韻尾〔i〕及介音〔i〕之影響，使發音部位升高為半高元音，廈門在元音升高之後介音韻尾均消失，溫州則仍保存〔i〕韻尾。

十三　一等痕韻、魂韻韻母音值之擬測

方言點 / 方音 漢字	一等痕韻		一等魂韻					
	根 開痕見	恩 痕開影	奔 合魂幫	盆 合魂並	門 合魂明	尊 合魂精	村 合魂清	存 合魂從
福州	ckouŋ / ckyŋ	couŋ	cpuoŋ	cpuoŋ	cmuoŋ	ctsouŋ	cts´ouŋ	ctsouŋ
潮州	ckuŋ	cɯŋ	cpuŋ	cp´uŋ	cmuŋ	ctsuŋ	cts´uŋ	cts´uŋ
廈門	ckun	cun	cpuŋ	cp´un	cbun / cmŋ	ctsun	cts´un	ctsun / cts´un
梅縣	ckɛn	cɛn	cpuŋ	cp´un	cmun	ctsun	cts´un	ctsun
南昌	ckiɛn	cŋɛn	cpən	cp´ən	mən°	ctsun	cts´un	cts´ən
長沙	ckən	cŋən	cpən	cpən	cmən	ctsən	cts´ən	ctsən
蘇州	ckən	cən	cpən	cbən	cmən	ctsən	cts´ən	czən
揚州	ckən	cən	cpən	cp´ən	cmən	ctsuən	cts´uən	cts´uən
成都	ckən	cŋɛn	cpən	cp´ən	cmen	ctsən	cts´ən	cts´ən
漢口	ckən	cŋən	cpən	cp´ən	cmən	ctsən	cts´ən	cts´ən
太原	ckəŋ	cŋəŋ	cpəŋ	cp´əŋ	cməŋ	ctsuŋ	cts´uŋ	ctsuŋ
西安	ckẽ	cŋẽ	cpẽ	cp´ẽ	cmẽ	ctsuẽ	cts´uẽ	cts´uẽ
濟南	ckẽ	cŋẽ	cpẽ	cp´ẽ	cmẽ	ctsuẽ	cts´uẽ	cts´uẽ
北平	ckən	cən	cpən	cp´ən	cmən	ctsuən	cts´uən	cts´uən

《七音略》一等痕韻列外轉第十七「重中重」，為開口。一等魂韻列外轉第十八「輕中輕」，為合口。二韻皆為陽聲韻，韻尾收舌尖鼻音〔n〕。痕魂開合相對，痕韻之上古音為 ən，則痕魂主要元音可擬作〔ə〕，故一等痕魂之音讀可假定作：

痕〔-ən〕

魂〔-uən〕　　汲〔-uət〕

　　痕韻：長沙、蘇州、揚州、成都、漢口、太原、北平主要元音仍保持作〔ə〕。福州則元音向後高化為〔o〕，再分裂作〔ou〕。潮州作〔w〕及〔u〕，廈門作〔u〕，元音向後高化。梅縣、南昌作〔ɛ〕，元音受韻尾〔n〕影響舌位前移。案高本漢氏云：「ə 是舌、脣都屬中性的元音，我們很容易明白由發音部位的移動，它有時可以向前顎的方向變：ə>ɛ，ə>œ，有時候可以向後顎的方向變：ə>ɐ，ə>a，ə>o（u）。」[58]西安、濟南韻尾失落，主要元音鼻化作〔ẽ〕。

　　魂韻：南昌部分、長沙、蘇州、揚州、成都、漢口、北平主要元音仍保持作〔ə〕。福州部分向後高化為〔ɔ〕，部分高化為〔o〕後，再與介音互換位置作〔ou〕。潮州、廈門、梅縣、南昌部分、太原部分作〔u〕，元音向後高化為〔u〕，再與合口介音合併。

十四　三等真韻、欣韻、諄韻、文韻、臻韻韻母音值之擬測

	三等真韻		三等欣韻		三等諄韻		三等文韻	
方言點 方音 漢字	珍開真知	陳開真澄	殷開欣影	欣開欣曉	純合諄禪	旬合諄邪	分合文非	芬合文敷
潮州	꜀tieŋ	꜀taŋ	꜀tɯŋ	꜀huŋ	꜀suŋ	꜀suŋ	꜀huŋ	꜀huŋ
廈門	꜀tsin ꜀tin	꜀tin	꜀un	꜀him	꜀sun	꜀sun	꜀chun ꜀pun	꜀chun

58　見《中國音韻學研究》，頁503。

	三等真韻		三等欣韻		三等諄韻		三等文韻	
方言點 方音 漢字	珍 開真知	陳 開真澄	殷 開欣影	欣 開欣曉	純 合諄禪	旬 合諄邪	分 合文非	芬 合文敷
廣州	ꞏtʃan	ꞏtʃʼan	ꞏjan	ꞏjan	ꞏʃœn	ꞏtʃœn	ꞏfan	ꞏfan
梅縣	ꞏtsən	ꞏtsʼən	ꞏjin	ꞏhiun	ꞏsun	ꞏsun	ꞏfun	ꞏfun
南昌	ꞏtsən	ꞏtsʼən	ꞏin	ꞏɕin	sən°	ɕyn°	ꞏɸun	ꞏɸun
長沙	ꞏtʂən	ꞏtʂən	ꞏin	ꞏɕin	ꞏɕyn	ꞏsən	ꞏfən	ꞏfən
溫州	ꞏtsaŋ	ꞏdzaŋ	ꞏiaŋ	ꞏɕiaŋ	ꞏzoŋ	ꞏɦuoŋ	ꞏfaŋ	ꞏfaŋ
蘇州	ꞏtsən	ꞏzən	ꞏin	ꞏɕin	ꞏzən	ꞏzin	ꞏfən	ꞏfən
揚州	ꞏtsən	ꞏtsʼən	ꞏĩ	ꞏɕĩ	ꞏtsʼuən	ꞏɕyĩ	ꞏfən	ꞏfən
成都	ꞏtsən	ꞏtsʼɛ	ꞏin	ꞏɕin	ꞏsuən	ꞏɕyn	ꞏfən	ꞏfən
漢口	tsən	ꞏtsʼən	ꞏin	ꞏɕin	ꞏtɕʼyn	ꞏɕyn	fən	ꞏfən
太原	ꞏtsən	ꞏtsʼən	ꞏiŋ	ꞏɕiŋ	ꞏtsʼuŋ	ꞏɕyŋ	ꞏfəŋ	ꞏfən
西安	ꞏtʂẽ	ꞏtʂʼẽ	ꞏiẽ	ꞏɕiẽ	ꞏpfʼẽ	ꞏɕyẽ	ꞏfẽ	ꞏfẽ
濟南	ꞏtʂẽ	ꞏtʂʼẽ	ꞏiẽ	ꞏɕiẽ	ꞏtʂʼuẽ	ꞏɕyẽ	ꞏfẽ	ꞏfẽ
北平	ꞏtʂən	ꞏtʂʼən	ꞏin	ꞏɕin	ꞏtʂʼuən	ꞏɕyn	ꞏfən	ꞏfən

《七音略》三等真韻列外轉第十七「重中重」，為開口。三等諄韻列外轉第十八「輕中輕」，為合口。三等欣韻列外轉第十九「重中輕」，為開口。三等文韻列外轉第二十「輕中輕」，為合口。真、諄、欣、文、臻均為陽聲韻，韻尾收舌尖鼻音〔n〕。茲先討論欣文二韻之主要元音，欣文開合相對，欣韻主要元音方音多已失落，文韻則多作〔ə〕，欣文與一等痕魂接近，上古主要元音相同，故其主要元音亦可擬作〔ə〕，惟三等欣文有〔j〕介音，一等痕魂則無。故欣文二韻之音讀可假定作：

欣 〔-jən〕　　迄 〔-jət〕
文 〔-juən〕　物 〔-juət〕

欣韻：大多數方音韻母作〔in〕，元音在介音〔j〕影響下高化為〔i〕，介音〔j〕被高化後之元音合併。潮州作〔ɯ〕，元音向後高化。廣州、溫州作〔a〕，受韻尾〔n〕影響舌位前移為前低元音。揚州、西安、濟南韻尾失落，主要元音鼻化，揚州作〔ĩ〕，西安、濟南作〔ɛ̃〕。

文韻：長沙、蘇州、揚州、成都、漢口、太原、北平主要元音仍保持作〔ə〕。潮州、廈門、梅縣、南昌作〔u〕，元音向後高化為〔u〕，然後與介音〔u〕合併。廣州、溫州作〔a〕，受韻尾〔n〕影響舌位前移。西安、濟南韻尾失落，主要元音鼻化為〔ɛ̃〕。

次討論真臻諄三韻之主要元音。高本漢氏嘗由方音證明「欣文」與「真諄」有別，以為「欣文」主要元音為〔ə〕，「真諄」主要元音偏前，近於〔i〕，高氏擬作〔ə̌〕。復於《中國聲韻學大綱》舉上古韻為證，謂「《詩經》中屬中古欣文者，常與中古 -ən，-uən 者相叶。」「《詩經》中屬中古真諄韻者，常與中古 -ien，-wen 者相叶。」[59]茲將三等真諄之主要元音擬作〔e〕，則亦可照顧其上古之來源，由上古之 ɐn 變 en（真）、ɐn 變 uen（諄），元音向前高化。又外轉第十七臻韻僅有莊系字，同轉真韻、質韻缺莊系字。與真韻相配之上聲軫韻、去聲震韻則具有莊系字。惟臻韻、櫛韻則無相配之上、去聲字，據此，則臻、櫛二韻字可併入真、質二韻中，真臻既相配，主要元音可擬作相同，亦作〔e〕。故三等真諄臻三韻之音讀可假定作：

---

59 見《中國聲韻學大綱》，頁61、62。

真〔-jen〕　　質〔-jet〕
諄〔-juen〕　　術〔-juet〕
臻〔-jen〕　　櫛〔-jet〕

　　真韻：廣州、溫州主要元音作〔a〕，係保留較《七音略》為早之形式。廈門作〔i〕，元音受〔j〕影響高化為〔i〕，〔j〕變〔i〕，然後與元音合併。梅縣、南昌、長沙、蘇州、揚州、成都、漢口、太原、北平均作〔ə〕，可能係元音弱化。西安、濟南韻尾失落，主要元音作鼻化之〔ẽ〕。

　　諄韻：潮州、廈門、梅縣主要元音作〔u〕，元音受合口介音〔u〕影響，向後高化為〔u〕再與介音〔u〕合併。廣州、溫州作〔a〕，係保留較《七音略》為早之形式。長沙、蘇州、揚州、成都、漢口、太原、北平均作〔ə〕，可能係元音弱化之結果。西安、濟南韻尾失落，元音作鼻化之〔ẽ〕。方音中韻母有作〔yn〕者，其變化為 juen→jun→yn。

十五　一等寒韻、桓韻韻母音值之擬測

方音漢字 方言點	一等桓韻						一等寒韻	
	潘 合桓滂	盤 合桓並	瞞 合桓明	團 合桓定	官 合桓見	寬 合桓溪	安 開寒影	寒 開寒匣
福州	cp'aŋ	cpuaŋ	cmuaŋ	ct'auŋ	ckuaŋ	ck'uaŋ	caŋ	cxaŋ
潮州	cp'ũã	cpũã	cmua	ct'uen	ckũã	ck'ueŋ	caŋ	chaŋ
廈門	cp'uan	cp'uan	cbuan	ct'uan	ckuan	ck'uan	can	chan
	cp'ũã	cpũã		ct'ũã	ckũã	ck'ũã	cuã	ckuã
廣州	cp'un	cp'un	cmun	ct'yn	ckun	cfun	cɔn	chɔn

	一等桓韻						一等寒韻	
方言點 方音 漢字	潘 合桓滂	盤 合桓並	瞞 合桓明	團 合桓定	官 合桓見	寬 合桓溪	安 開寒影	寒 開寒匣
梅縣	₍cp'an	₍cp'an	₍cman	₍ct'ɔn	ckuɔn	ck'uɔn	cɔn	₍chɔn
南昌	₍cp'ɔn	₍cp'ɔn	mɔnᵒ	₍ct'ɔn	ckuɔn	ck'uan	cŋɔn	₍chɔn
長沙	₍cp'õ	₍cpõ	₍cmõ	₍ctõ	ckõ	ck'õ	cŋan	₍cxan
溫州	₍cp'ø	₍cbø	₍cmø	₍cdø	cky	ck'a	cy	₍cɦy
蘇州	₍cp'ø	₍cbø	₍cmø	₍cgø	ckuø	ck'uø	cø	₍cɦø
揚州	₍cp'uõ	₍cp'uõ	₍cmuõ	₍ct'uõ	ck'uõ	ck'uõ	cɛ̃	₍cxɛ̃
成都	₍cp'an	₍cp'an	₍cman	₍ct'uan	ckuan	ck'uan	cŋan	₍cxan
漢口	₍cp'an	₍cp'an	₍cman	₍ct'an	ckuan	ck'uan	cŋan	₍cxan
太原	₍cp'æ	₍cp'æ	₍cmæ	₍ct'uæ	ckuæ	k'uæ	cŋæ	₍cxæ
西安	₍cp'ã	₍cp'ã	₍cmã	₍ct'uã	ckuã	ck'uã	cŋã	₍cxã
濟南	₍cp'ã	₍cp'ã	₍cmã	₍ct'uã	ckuã	k'ua	cŋã	₍cxã
北平	₍cp'an	₍cp'an	₍cman	₍ct'uan	ckuan	ck'uan	can	₍cxan

《七音略》一等寒韻列外轉第二十三「重中重」，為開口。一等桓韻
列外轉第二十四「輕中重」，為合口。二韻皆為陽聲韻，韻尾收舌尖
鼻音〔n〕。寒桓開合相對，同屬〔ɑ〕類元音。案寒桓一系主要元音
可比照咍灰一系擬定。茲將寒韻之主要元音擬作〔ɑ〕，桓韻亦擬作此
音，故一等寒桓二韻之音讀可假定作：

寒〔-ɑn〕　　曷〔-ɑt〕
桓〔-uɑn〕　末〔-uɑt〕

寒韻：福州、潮州主要元音實保持為〔ɑ〕，《方音字匯》作〔a〕

者，殆採音位標音法。廈門讀書音、長沙、成都、漢口、北平主要元音作〔a〕者，受韻尾影響舌位前移。廣州、梅縣、南昌作〔ɔ〕者，乃元音高化之結果。溫州作〔y〕，蘇州作〔ø〕，元音受韻尾〔n〕影響而前移。廈門口語音、西安、濟南韻尾失落，主要元音作鼻化之〔ã〕，揚州作〔ɛ̃〕，太原則作〔æ̃〕。

桓韻：福州主要元音實保持為〔ɑ〕，《方音字匯》作〔a〕者，殆採音位標音法。廈門讀書音、梅縣部分、成都、漢口、北平主要元音作〔a〕者，受韻尾影響舌位前移。南昌、梅縣部分作〔ɔ〕者，乃元音高化之結果。廣州韻母作〔un〕者，元音受介音〔u〕影響升高為〔u〕，再與介音〔u〕併為〔u〕。溫州、蘇州作〔ø〕者，元音受韻尾〔n〕影響而前移。方音中多有韻尾失落主要元音鼻化者，如潮州部分作〔uã〕，廈門口語音作〔uã〕，長沙、揚州作〔õ〕，太原作〔æ̃〕，西安、濟南作〔ã〕。

十六　二等刪韻、山韻韻母音值之擬測

方言點／方音漢字	二等刪韻					二等山韻		
	班 開刪幫	攀 開刪滂	蠻 開刪明	關 合刪見	環 合刪匣	間 開山見	山 開山疏	閑 開山匣
福州	꜀paŋ	꜀p´aŋ	꜀maŋ	꜀kuɔŋ / ꜀kuaŋ	꜀xuaŋ	꜀kaŋ	꜀saŋ	꜀xaŋ / ꜀eiŋ
潮州	꜀paŋ	꜀paŋ	꜀maŋ	꜀kueŋ	꜀hueŋ	꜀kaŋ	꜀sũã	꜀õĩ
廈門	꜀pan	꜀p´an	꜀ban	꜀kuaŋ / ꜀kuãi	꜀hiŋ	꜀kan / ꜀kiŋ	꜀san ꜀suã	꜀han ꜀an ꜀iŋ
廣州	꜀pa:n	꜀p´a:n	꜀ma:n	꜀kwa:n	꜀wa:n	꜀ka:n	꜀fa:n	꜀ha:n

方言點＼方音＼漢字	二等刪韻					二等山韻		
	班開刪幫	攀開刪滂	蠻開刪明	關合刪見	環合刪匣	間開山見	山開山疏	閑開山匣
梅縣	cpan	cp´an	cman	ckuan	cfan	ckian	csan	chan
南昌	cpan	cp´an	manᵒ	ckuan	cɸuan	ckan	csan	chan
長沙	cpan	cp´an	cman	ckuan	cfan	ckan	csan	cxan
溫州	cpa	cp´a	cma	cka	cva	cka	csa	cɦia
蘇州	cpE	cp´E	cmE	ckuE	cguE	ctɕɿ / ckE	csE	cI
揚州	pɛ̃	cp´ɛ̃	cmɛ̃ / cmɛ̃	ckuɛ̃	ckuɛ̃	ctɕiɛ̃ / ckɛ	csɛ̃	cɕiɛ̃
成都	cpan	cp´an	cman	ckuan	cxuan	ctɕian	csan	cɕian
漢口	cpan	cp´an	cman	ckuan	cxuan	ctɕian / ckan	csan	cɕian
太原	cpæ	cp´æ	cmæ	ckuæ	cxuæ	ctɕiɛ	csæ	cɕiɛ
西安	cpã	cp´ã	cmã	ckuã	cxuã	ctɕiã	csã	cɕiã
濟南	cpã	cp´ã	cmã	ckuã	cxuã	ctɕiã	c{ã	cɕiã
北平	cpan	cp´an	cman	ckuan	cxuan	ctɕian	c{an	cɕian

《七音略》二等刪韻列外轉第二十三「重中重」及外轉第二十四「輕中重」，分開合二圖。二等山韻列外轉第二十一「重中輕」及外轉第二十二「輕中輕」，亦分開合二圖。二韻均為陽聲韻，韻尾收舌尖鼻音〔n〕。二等刪韻主要元音可擬與皆韻相同，即作〔a〕。刪山重韻，主要元音當有所區別，今將山韻擬與佳韻相同，即作〔ɐ〕。故二等刪山二韻之音讀可假定作：

刪（開口）〔-an〕　　鎋〔-at〕

刪（合口）〔-uan〕　　鎋〔-uat〕
山（開口）〔-ɐn〕　　黠〔-ɐt〕
山（合口）〔-uɐn〕　　黠〔-uɐt〕

　　刪韻：大部分方音仍保持作〔a〕，廣州作〔a:〕。蘇州作單元音〔E〕，乃元音受韻尾〔n〕影響高化為前中元音，其後韻尾消失。潮州合口作〔e〕，元音高化為前半高元音。西安、濟南韻尾失落，主要元音鼻化作〔ã〕。揚州鼻化作〔ɛ̃〕，太原作〔æ̃〕。太原少數作〔ɛ〕者，亦為元音高化之現象。

　　山韻：大部分方音作〔a〕，廣州作〔a:〕，元音受韻尾〔n〕影響，使發音部位前移。蘇州作單元音〔E〕、〔I〕者，乃元音受韻尾〔n〕影響高化為中元音、次高元音。西安、濟南韻尾失落，主要元音鼻化作〔ã〕，揚州作鼻化之〔ɛ̃〕。

十七　三等仙韻、元韻韻母音值之擬測

方言點 方音漢字	三等仙韻				三等元韻			
	鞭開幫仙	篇開滂仙	泉合從仙	圈合溪仙	言開疑元	抓開曉元	翻合敷元	煩合奉元
福州	꜀pieŋ	꜀p'ieŋ	꜀tsuoŋ	꜀k'ᵁoŋ	꜀ŋyoŋ	꜀hieŋ	꜀xuaŋ	꜀xuaŋ
潮州	꜀pieŋ	꜀p'ieŋ	꜀tsũã	꜀k'ou	꜀ŋaŋ	꜀hɯŋ	꜀hueŋ	꜀hueŋ
廈門	꜀pian	꜀p'ian / ꜀p'ĩ	꜀tsuan / ꜀tsua	꜀k'uan	꜀gian	꜀hian	꜀huan	꜀huan
廣州	꜀pin	p'in	꜀tʃ'yn	꜀hyn	꜀jin	꜀hin	꜀fa:n	꜀fa:n
梅縣	꜀pien	p'iɛn	꜀ts'an	꜀kian	꜀ŋian	꜀hian	꜀fan	꜀fan
南昌	꜀pien	p'iɛn	꜀ts'yon	꜀tɕyon	ŋienᵒ	꜀ɕien	꜀Φuan	Φuanᵒ

	三等仙韻				三等元韻			
方言點／方音／漢字	鞭開仙幫	篇開仙滂	泉合仙從	圈合仙溪	言開元疑	抓開元曉	翻合元敷	煩合元奉
長沙	₋piẽ	p´iẽ	₋tsiẽ	₋tɕ´yẽ	₋iẽ	₋ɕiẽ	₋fan	₋fan
溫州	₋pi	₋p´i	₋ɦy	₋tɕ´y	₋ŋi	₋ɕi	₋fa	₋va
蘇州	₋pɪ	₋p´ɪ	₋zɪ	₋tɕ´iø	₋ɪ	₋ɕɪ	₋fE	₋vE
揚州	₋pĩ	₋p´ĩ	₋tɕ´yĩ	₋tɕ´yĩ	₋ĩ	₋ɕĩ	₋fɛ̃	₋fɛ̃
成都	₋pian	₋p´ian	₋tɕ´yan	₋tɕ´yan	₋ian	₋ɕyan	₋fan	₋fan
漢口	₋pian	₋p´ian	₋tɕ´yan	₋ts´uan	₋ian	₋ɕyan	₋fan	₋fan
太原	₋piɛ	₋p´iɛ	₋tɕ´yɛ	₋₋tɕ´yɛ	₋₋iɛ	₋ɕiɛ	₋fæ̃	₋fæ̃
西安	₋piã	₋p´iã	₋tɕ´yã	₋tɕ´yã	₋iã	₋ɕiã	₋fã	₋fã
濟南	₋piã	₋p´iã	₋tɕ´yã	₋tɕ´yã	₋ia	₋ɕiã	₋fã	₋fã
北平	₋pian	₋p´ian	₋tɕ´yan	₋tɕ´yan	₋ian	₋ɕian	₋fan	₋fan

《七音略》三等元韻列外轉第二十一「重中輕」及外轉第二十二「輕中輕」，分開合二圖。三等仙韻列外轉第二十一「重中輕」、外轉第二十二「輕中輕」、外轉第二十三「重中重」及外轉第二十四「輕中重」，可系聯為開合二類。二韻均為陽聲韻，韻尾收舌尖鼻音〔n〕。三等仙韻主要元音可擬與祭韻相同，即作〔ɛ〕。元廢對轉，故元韻主要元音可擬作〔ɐ〕，則三等仙元二韻之音讀可假定作：

仙（開口）〔-jɛn〕　薛〔-jɛt〕
仙（合口）〔-juɛn〕　薛〔-juɛt〕
元（開口）〔-jɐn〕　月〔-jɐt〕
元（合口）〔-juɐn〕　月〔-juɐt〕

　　仙韻：（1）開口：梅縣、南昌、太原主要元音仍保持作〔ɛ〕。福州、潮州作〔e〕，溫州作單元音〔i〕，蘇州作〔I〕，均係元音高化之結果。廈門、成都、漢口、北平均作〔a〕，係保留較《七音略》為早之音系。廣州韻母作〔in〕者，元音受〔j〕介音與韻尾〔n〕影響排擠失落，然後〔j〕變〔i〕。長沙、揚州、西安、濟南韻尾失落，主要元音鼻化，長沙作〔ɛ̃〕，揚州作〔ĩ〕，西安、濟南作〔ã〕。（2）合口：廈門、梅縣、成都、漢口、北平作〔a〕，係保留較《七音略》為早之音系。福州、南昌作〔ɔ〕，元音受〔u〕影響異化為後半低元音。廣州韻母作〔yn〕，其變化為 iuɛn→yɛn→yn。溫州作單元音〔y〕，由〔yn〕再失落韻尾而成。長沙、揚州、西安、濟南韻尾失落，主要元音鼻化，長沙作〔ɛ̃〕，揚州作〔ĩ〕，西安、濟南作〔ã〕。

　　元韻：（1）開口：主要元音，福州、南昌部分作〔ɔ〕，元音向後高化。潮州作〔e〕，蘇州作〔E〕作〔ø〕，元音向前高化。廈門、梅縣、成都、漢口、北平及部分福州、長沙、溫州作〔a〕，廣州部分作〔a:〕，元音受韻尾〔n〕影響前移。（2）合口：福州、廈門、南昌、長沙、溫州、成都、漢口、北平作〔a〕，廣州作〔a:〕，元音受韻尾〔n〕影響前移。潮州作〔e〕，蘇州作〔E〕，均為元音高化之結果。揚州、太原、西安、濟南韻尾失落，主要元音鼻化，揚州作〔ɛ̃〕，太原作〔æ̃〕，西安、濟南作〔ã〕。

十八　四等先韻韻母音值之擬測

四等先韻								
方言點＼方音漢字	眠 開先明	頲 開先端	天 開先透	田 開先定	年 開先泥	千 開先清	前 開先從	煙 開先影
福州	꜀mieŋ	꜀tieŋ	꜀t'ieŋ	꜀tieŋ / ꜀ts'eiŋ	꜀nieŋ	꜀ts'ieŋ	꜀ts'ieŋ	꜀ieŋ
潮州	꜀miŋ	꜀tieŋ	꜀t'ieŋ	꜀ts'aŋ	꜀ni	꜀kõĩ	꜀ts'õĩ	꜀iŋ
廈門	꜀bian	꜀tian	꜀t'ian / ꜀t'ĩ	꜀tian	꜀lian / ꜀nĩ	꜀ts'ian	꜀tsian / ꜀tsĩ / ꜀ts'ŋ	꜀ian / cun
廣州	꜀min	꜀tin	꜀t'in	꜀t'in	꜀nin	꜀tʃ'in	꜀tʃ'in	꜀jin
梅縣	꜀min	꜀tien	꜀t'ien	꜀t'iɛn	꜀ȵian	꜀ts'ien	꜀ts'iɛn	꜀jan
南昌	꜀mien	꜀tien	꜀t'ien	꜀t'iɛn	ȵiɛn°	꜀tɕ'iɛn	꜀tɕ'iɛn	꜀iɛn
長沙	꜀miẽ	꜀tiẽ	꜀t'iẽ	꜀t'iẽ	꜀ȵiẽ	꜀ts'iẽ	꜀tsiẽ	꜀ciẽ
溫州	꜀mi	꜀ti	꜀t'i	꜀di	꜀ȵi	꜀tɕ'i	꜀ɦi	꜀ci
蘇州	꜀mɪ	꜀tɪ	꜀t'ɪ	꜀dɪ	꜀ȵɪ	꜀ts'ɪ	꜀zɪ	꜀ɪ
揚州	꜀mĩ	꜀tĩ	꜀t'ĩ	꜀t'ĩ	꜀ȵĩ	꜀tɕ'ĩ	꜀tɕ'ĩ	꜀ĩ
成都	꜀mian	꜀tian	꜀t'ain	꜀tain	꜀ȵian	꜀tɕ'ian	꜀tɕ'ian	꜀ian
漢口	꜀mian	꜀tian	꜀t'ain	꜀t'ain	꜀nian	꜀tɕ'ian	꜀tɕ'ian	꜀ian
太原	꜀miɛ	꜀tiɛ	꜀t'iɛ	꜀t'iɛ	꜀niɛ	꜀tɕ'iɛ	꜀tɕ'iɛ	꜀iɛ
西安	꜀miã	꜀tiã	꜀t'iã	꜀t'iã	꜀ȵiã	꜀tɕ'iã	꜀tɕ'iã	꜀iã
濟南	꜀miã	꜀tiã	꜀t'iã	꜀t'iã	꜀ȵiã	꜀tɕ'iã	꜀tɕ'iã	꜀iã
北平	꜀mian	꜀tian	꜀t'ian	꜀t'ian	꜀nian	꜀tɕ'ian	꜀tɕ'ian	꜀ian

《七音略》四等先韻列外轉第二十三「重中重」及外轉第二十四「輕中重」，分開合二圖。先韻為陽聲韻，韻尾收舌尖鼻音〔n〕。先祭對

轉，主要元音可擬作〔ɛ〕。故四等先韻之音讀可假定作：

先（開口）〔-iɛn〕　　屑〔-iɛt〕
先（合口）〔-iuɛn〕　　屑〔-iuɛt〕

梅縣、南昌、太原主要元音仍作〔ɛ〕。廈門、成都、漢口、北平均作〔a〕，蓋採音位標音法。福州、潮州部分作〔e〕，溫州作單元音〔i〕，蘇州作〔I〕，均受介音〔i〕影響而使元音高化。廣州韻母作〔in〕者，元音受〔i〕介音影響向前高化為〔i〕，然後與介音〔i〕合併。長沙、揚州、西安、濟南韻尾失落，主要元音鼻化，長沙作〔ɛ̃〕，揚州作〔ĩ〕，西安、濟南作〔ã〕。

十九　一等豪韻韻母音值之擬測

一等豪韻							
方言點 方音 漢字	褒開豪 幫	袍開豪 並	毛開豪 明	刀開豪 端	掏開豪 透	陶開豪 定	蒿開豪 曉	豪開豪 匣
福州	₌pɔ	₌pɔ	₌mɔ	₌tɔ	₌t'ɔ	₌tɔ	₌xau ₌kɔ	₌xɔ
潮州	₌pau	₌p'au	₌mo	₌to	₌t'au	₌t'au	₌hau	₌hau
廈門	₌po	p'au° ₌pɔ	₌mau ₌mɔ ₌mŋ	₌to	₌t'o	₌to	₌ho ₌o ₌hɔ̃	₌ho
廣州	₌pou	₌p'ou	₌mou	₌tou	₌t'ou	₌t'ou	₌hou	₌hou
梅縣	₌pɔ	₌p'au	₌mau	₌tau	₌t'au	₌t'au		₌hau
南昌	₌pau	₌p'au	mau°	₌tau	₌t'au	₌t'au		₌hau

一等豪韻							
方言點 方音 漢字	褒^{開豪}幫	袍^{開豪}並	毛^{開豪}明	刀^{開豪}端	掏^{開豪}透	陶^{開豪}定	蒿^{開豪}曉	豪^{開豪}匣
長沙	꜀pau	꜀pau	꜀mau	꜀tau	꜀tau	꜀tau	꜀xau	꜀xau
溫州	꜀pɛ	꜀bʒ	꜀mʒ	꜀tʒ	꜀t´ʒ	꜀dʒ	꜀xʒ	꜀ɦʒ
揚州	꜀pɔ	꜀p´ɔ	꜀mɔ	꜀tɔ	꜀t´ɔ	꜀t´ɔ	꜀xɔ	꜀xɔ
成都	꜀pau	꜀p´au	꜀mau	꜀tau	꜀t´au	꜀t´au	꜀xau	꜀xau
漢口	꜀pau	꜀p´au	꜀mau	꜀tau	꜀t´au	꜀t´au	꜀xau	꜀xau
太原	꜀pau	꜀p´au	꜀mau	꜀tau	꜀t´au	꜀t´au	꜀xau	꜀xau
西安	꜀pau	꜀p´au	꜀mau	꜀tau	꜀t´au	꜀t´au	꜀xau	꜀xau
濟南	꜀pɔ	꜀p´ɔ	꜀mɔ	꜀tɔ	꜀t´ɔ	꜀t´ɔ	꜀xɔ	꜀xɔ
北平	꜀pau	꜀p´au	꜀mau	꜀tau	꜀t´au	꜀t´au	꜀xau	꜀xau

《七音略》一等豪韻列外轉第二十五「重中重」，為開口。豪韻為陰聲韻，韻尾收舌面後高元音〔u〕。豪肴一系四等具備，屬〔ɑ〕類元音，其主要元音可比照寒刪一系擬定。又一等豪韻之上古音即作〔a〕，未曾變化，其主要元音可擬作〔ɑ〕。故一等豪韻之音讀可假定作：

豪　　〔-ɑu〕

　　福州、揚州、濟南作單元音〔ɔ〕，廣州、廈門部分作〔o〕，均係元音高化之結果，其中僅廣州尚保持〔u〕韻尾。案方音作單元音者，或有二種可能：一為複元音之單元音化，一為 ɑu→ɔu→ɔ 或 ou→o。潮州多數、梅縣、南昌、長沙、成都、漢口、太原、西安、北平均作〔a〕，按其音值實仍為〔ɑ〕。溫州作〔ʒ〕，元音向舌面央高化。

二十　二等肴韻韻母音值之擬測

二等肴韻							
方音 漢字 ＼ 方言點	包開肴幫	茅開肴明	交開肴見	敲開肴溪	梢開肴疏	稍開肴疏	肴開肴匣
福州	cpau	cmau	ckau	ck´ieu	csau	ᶜsɔ	cŋau
潮州	cpau	cmau	ckau	ck´iəu	csiəu	csiəu	cŋau
廈門	cpau	cmau chm cmãu	ckau	ck´au	csiau	csiau	cŋãu
廣州	cpa:u	cma:u	cka:u	chau	csa:u	ᶜʃa:u	cŋau
梅縣	cpau	cmau	ckau	ck´au	csau	csau	chau
南昌	cpau	mauᶜ	ckau	ck´au	csau	csau	
長沙	cpai	cmau	ctɕiau	ck´au	csau	csau	cɕiau
溫州	cpuɔ	cmuɔ	ckuɔ	ck´uɔ	csɔ	csɔ	cɦuɔ
蘇州	cpæ	cmæ	ctɕiæ ckæ	ctɕ´iæ ck´æ	csæ	csæ	cɕiæ
揚州	cpɔ	cmɔ	ctɕiɔ	ctɕ´iɔ ck´ɔ	csɔ	csɔ	cɕiɔ
成都	cpau	cmau	ctɕiau	ctɕ´iau	csau	csau	cɕiau
漢口	cpau	cmau	ctɕiau ckau	ctɕ´iau ck´au	csau	csau	cɕiau
太原	cpau	cmau	ctɕiau	ctɕ´iau	csau	csau	cɕiau
西安	cpau	cmau	ctɕiau	ctɕ´iau	csau	sauᶜ	cŋiau
濟南	cpɔ	cmɔ	ctɕiɔ	ctɕ´iɔ	c{ɔ	c{ɔ	cɕiɔ
北平	cpau	cmau	ctɕiau	ctɕ´iau	c{au	c{au	ciau cɕiau

《七音略》二等肴韻列外轉第二十五「重中重」，為開口。肴韻為陰聲韻，韻尾收舌面後高元音〔u〕。肴豪二韻現代方音多數相同，其主要元音今以為可擬作〔a〕，故二等肴韻之音讀可假定作：

　　　　肴　〔-au〕

福州、潮州、廈門、梅縣、南昌、長沙、成都、漢口、太原、西安、北平仍保持作〔a〕。潮州少數作〔ɔ〕，蘇州作〔æ〕，揚州、濟南作〔ɔ〕，均為元音高化之結果。溫州作〔ɔu〕者，其變化為 au→ɔu→ɔu，元音先高化，後換位。

二十一　三等宵韻韻母音值之擬測

三等宵韻								
方言點＼方音＼漢字	朝 開宵知	超 開宵徹	朝 開宵澄	驕 開宵見	喬 開宵群	昭 開宵照	妖 開宵影	鏡 開宵日
福州	꜀tieu	꜀tsʻieu	꜁tieu	꜀kieu	꜁kieu	꜀tsieu	꜀ieu	꜁nieu
潮州	꜀tsiəu	꜀tʻiəu	꜁tsʻiəu	꜀kiəu	꜁kʻiəu	꜀tsiəu	꜀iəu	꜁ziəu
廈門	꜀tiau	꜀tsʻiau	꜁tiau	꜀kiau	꜁kiau	꜀tsiau	꜀iau	꜁giau
廣州	꜀tʃiu	꜀tʃʻiu	꜁tʃʻiu	꜀kiu	꜁kʻiu	꜀tʃiu	jiu	꜀jiu
梅縣	꜀tsau	꜀tsʻau	꜁tsʻau	꜀kiau	꜁kʻiau	꜀tsau	꜀jau	꜁ŋiau
南昌	꜀tsɛu	꜀tsʻɛu	꜁tsɛu	꜁tɕiɛu	꜁tɕiɛu	꜀tsɛu	꜀ɕiɛu	iɛuᵒ
長沙	꜀tʂau	꜀tʂʻau	꜁tʂau	꜁tɕiau	꜁tɕiau	꜀tʂau	꜀iau	꜀iau
溫州	꜀tɕiɛ	꜀tɕʻiɛ	꜁dziɛ	꜀tɕiɛ	꜁dziɛ	꜀tɕiɛ	꜀iɛ	꜁ŋiɛ
蘇州	꜀tsæ	꜀tsʻæ	꜁zæ	꜀tɕiæ	꜁dziæ	꜀tsæ	꜀iæ	꜁ŋiæ

三等宵韻							
方言點＼方音漢字	朝開宵知	超開宵徹	朝開宵澄	驕開宵見	喬開宵群	昭開宵照	妖開宵影	鏡開宵日
揚州	꜀tsɔ	꜀tsʻɔ	꜀tsʻɔ	꜀tɕiɔ	꜀tɕiɔ	꜀tsɔ	꜀iɔ	꜀lɔ
成都	꜀tsau	꜀tsʻau	꜀tsʻau	꜀tɕiau	꜀tɕʻiau	꜀tsau	꜀iau	꜀zau
漢口	꜀tsau	꜀tsʻau	꜀tsʻau	꜀tɕiau	꜀tɕʻiau	꜀tsau	꜀iau	꜀nau
太原	꜀tsau	꜀tsʻau	꜀꜀tsʻau	꜀tɕiau	꜀tɕʻiau	꜀tsau	꜀iau	꜀zau
西安	꜀tʂau	꜀tʂʻau	꜀tʂʻau	꜀tɕiau	꜀tɕʻiau	꜀tʂau	꜀iau	꜀zau
濟南	꜀tʂɔ	꜀tʂʻɔ	꜀tʂʻɔ	꜀tɕiɔ	꜀tɕʻiɔ	꜀tʂɔ	꜀iɔ	꜀zɔ
北平	꜀tʂau	꜀tʂʻau	꜀tʂʻau	꜀tɕiau	꜀tɕʻiau	꜀tʂau	꜀iau	꜀zau

《七音略》三等宵韻列外轉第二十五「重中重」及外轉第二十六「重中重」。其列外轉第二十六者，乃受韻圖編排之影響借位於此也。宵韻為陰聲韻，韻尾收舌面後高元音〔u〕。主要元音可擬作〔ɛ〕，故三等宵韻之音讀可假定作：

宵〔-jɛu〕

主要元音，南昌、溫州尚保持作〔ɛ〕。福州作〔e〕，元音受〔j〕影響高化為半高元音。潮州作〔ɔ〕，元音受〔u〕韻尾影響向後高化。蘇州作〔æ〕、廈門、梅縣、長沙、成都、漢口、太原、西安、北平均作〔a〕，係保留較《七音略》為早之形式。揚州、濟南作〔ɔ〕，元音受〔u〕韻尾影響異化為〔ɔ〕，其後韻尾消失。廣州韻母作〔iu〕者，元音受介音〔j〕與韻尾〔u〕影響排擠失落，然後〔j〕變〔i〕。

二十二　四等蕭韻韻母音值之擬測

四等蕭韻							
方言點 方音漢字	貂開蕭端	挑開蕭透	條開蕭定	澆開蕭見	蕭開蕭心	么開蕭影	聊開蕭來
福州	ꞔtieu	ꞔt'ieu	ꞔtieu	ꞔtsieu	ꞔsieu	ꞔjeu	ꞔlieu
潮州	ꞔtiəu	ꞔt'iəu	ꞔtiəu	ꞔtsiəu	ꞔsiəu	ꞔjəu	ꞔliəu
廈門	ꞔtiau	ꞔt'iau ꞔt'iɔ	ꞔtiau	ꞔtsiau	ꞔsiau	ꞔjau ꞔiɔ	ꞔliau
廣州	ꞔtiu	ꞔt'iu	ꞔt'iu	ꞔkiu	ꞔʃiu	ꞔjiu	ꞔliu
梅縣	ꞔtiau	ꞔt'iau	ꞔt'iau	ꞔkiau	ꞔsiau	ꞔjau	ꞔliau
南昌	ꞔtieu	ꞔt'iɛu	ꞔt'iɛu	ꞔtɛ iɛu	ꞔsɛ iɛu	ꞔiɛu	liɛu°
長沙	ꞔtiau	ꞔt'iau	ꞔtiau	tɕiau°	ꞔsiau	ꞔiau	ꞔniau
溫州	ꞔtiɛ	ꞔt'iɛ	ꞔdiɛ	ꞔtɕiɛ	ꞔɕiɛ	ꞔiɛ	ꞔliɛ
蘇州	ꞔtiæ	ꞔt'iæ	ꞔdiæ	ꞔtɕæ	ꞔsiæ	ꞔiæ	ꞔliæ
揚州	ꞔtiɔ	ꞔt'iɔ	ꞔtiɔ	ꞔtɕiɔ	ꞔɕiɔ	ꞔiɔ	ꞔliɔ
成都	ꞔtiau	ꞔt'iau	ꞔt'iau	ꞔtɕiau	ꞔɕiau	ꞔiau	ꞔniau
漢口	ꞔtiau	ꞔtiau	ꞔt'iau	ꞔtɕiau	ꞔɕiau	ꞔiau	ꞔniau
太原	ꞔtiau	ꞔtiau	ꞔt'iau	ꞔtɕiau	ꞔɕiau	ꞔiau	ꞔliau
西安	ꞔtiau	ꞔt'iau	ꞔt'iau	ꞔtɕiau	ꞔɕiau	ꞔiau	ꞔliau
濟南	ꞔtiɔ	ꞔt'iɔ ꞔt'iɔ	ꞔt'iɔ	ꞔtɕiɔ	ꞔɕiɔ	ꞔiɔ	ꞔliɔ
北平	ꞔtiau	ꞔt'iau ꞔt'iau	ꞔt'iau	ꞔtɕiau	ꞔɕiau	ꞔiau	ꞔliau

《七音略》四等蕭韻列外轉二十五「重中重」，為開口。蕭韻為陰聲韻，韻尾收舌面後高元音〔u〕。蕭韻主要元音擬與三等宵韻同，所不

同者，三等之介音為〔j〕四等之介音為〔i〕。故蕭韻之音讀可假定作：

　　蕭〔-iɛu〕

　　南昌、溫州主要元音仍保持作〔ɛ〕。福州作〔e〕，元音受〔i〕介音影響高化為半高元音。潮州作〔ɔ〕，元音受〔u〕韻尾影響向後高化。蘇州作〔æ〕，廈門、梅縣、長沙、成都、漢口、太原、西安、北平均作〔a〕，係保留較《七音略》為早之形式。揚州、濟南作〔ɔ〕，元音受〔u〕韻尾影響異化為〔ɔ〕，韻尾消失。廣州韻母作〔iu〕者，元音受介音〔i〕與韻尾〔u〕之排擠而失落。

二十三　一等歌韻、戈韻韻母音值之擬測

方言點 方音 漢字	一等歌韻				一等戈韻			
	多開歌端	何開歌匣	蛾開歌疑	羅開歌來	波合戈幫	禾合戈匣	棵合戈溪	蓑合戈心
福州	₌tɔ	₋xɔ	₋ŋɔ	₋lɔ	₋p´ɔ	₋xuɔ	₌k´uɔ	₋sɔ
潮州	₌to	₋ho	₋ŋo	₋lo	₋po	₋hua	₌k´ue	₋so
廈門	₌to	₋ho	₋go	₋lo	₌p´o	₋ho	₌o	₋sue
廣州	₌tɔ	₋hɔ	₋ŋɔ	₋lɔ	₌pɔ	₋wɔ	₌fɔ	₋ʃɔ
梅縣	₌tɔ	₋hɔ	₋ŋɔ	₋lɔ	₌pɔ	₋vɔ	₌k´ɔ	₋sɔ
南昌	₌tɔ	₋ho	ŋo°	lo°	₌po	uo°	₌k´uo	₋so
長沙	₌to	₋xo	₋o	₋no	₌po	₋xo	₌k´o	₋so
溫州	₌tu	₋vu	₋ŋ	₋ləu	₌pu	₋vu	₌k´u	₋so ₋su
蘇州	₌tɤu	₋ɦɤu	₋ŋɤu	₋lɤu	₌pu	₋ɦɤu	₌k´ɤu	₋sɤu

方音\方言點\漢字	一等歌韻				一等戈韻			
	多_開歌端	何_開歌匣	蛾_開歌疑	羅_開歌來	波_合戈幫	禾_合戈匣	棵_合戈溪	蓑_合戈心
揚州	cto	cxo	co	clo	cpo	cxo	ck'o	cso
成都	cto	cxo	co	cno	cpo	xo	ck'o	cso
漢口	cto	cxo	cŋo	cno	cpo	cxo	ck'o	cs'o
太原	ctuə	cxə	cŋə	cluə	cpə	cxə	ck'ə	csuə
	ctə					cxuə	ck'uə	
西安	ctuo	cxuo	cŋɤ	clou	cpo	cxuo	ck'uo	csuo
濟南	ctuə	cxə	cŋə	cluə	cpə	cxə	ck'ə	csuə

《七音略》一等歌韻列內轉第二十七「重中重」，為開口。一等戈韻列內轉第二十八「輕中輕」，為合口。二韻開合相對，均無收任何韻尾。二韻現代方音主要元音多作〔o〕，案低元音〔ɑ〕常易變為〔o〕，故可將歌戈二韻主要元音擬作〔ɑ〕。又《七音略》戈韻三等有「䑴」「臠」二字，其主要元音可擬與一等戈韻相同，惟三等有〔j〕介音，一等則無。故歌戈二韻之音讀可假定作：

歌　〔-ɑ〕
戈（一等）〔-uɑ〕　戈（三等）〔-juɑ〕

歌韻：福州、廣州、梅縣均作單元音〔ɔ〕，潮州、廈門、南昌、長沙、揚州、成都、漢口、西安作〔o〕，溫州少數作〔u〕，均為元音高化之結果。蘇州作複元音〔əu〕，元音高化為〔o〕，再複元音化作〔ou〕，再異化為〔əu〕。太原、濟南作〔ə〕，由〔əu〕再失落〔u〕韻尾而成。

　　戈韻：福州、廣州、梅縣主要元音作〔ɔ〕，廈門、南昌、長沙、揚州、成都、漢口、西安，以及潮州部分作〔o〕，溫州作〔u〕，均為元音高化之結果。太原、濟南作〔ə〕，元音向前高化。蘇州作複元音〔əu〕，元音高化為〔o〕，分裂為〔ou〕，再異化為〔əu〕。

二十四　二等麻韻三等麻韻韻母音值之擬測

二等麻韻							
方言點 / 方音漢字	巴(開麻幫)	嘉(開麻見)	拿(開麻泥)	叉(開麻初)	瓜(合麻見)	誇(合麻溪)	花(合麻曉)	華(合麻匣)
福州	cpa	cka	ᶜna	cts´a	ckua	ck´ua	cxua	cxua
潮州	cpa	ckia	ᶜna	cts´e	ckue	ck´ua	chue	chua
廈門	cpa	cka / cke	ᶜna	cts´a / cts´e	ckua / ckue	ck´ua	chua / chue	cua
廣州	cpa	cka	cna	ctʃ´a	ckwa	ck´wa	cfa	cwa
梅縣	cpa	cka	cna	cts´a	ckua	ck´ua	cfa	cfa
南昌	cpa	cka	lak⊃	cts´a	ckua	ck´ua / k´uak⊃	cɸua	ɸuaᵓ
長沙	cpa	ctɕia	cna	cts´a	ckua	ck´ua	cfa	cfa
溫州	cpo	cko	cna	cts´o	cko	ck´o	cxo	cɦo
蘇州	cpo	ctɕib / ckb	cnb / cno	cts´o	cko	ck´o	chub / cho	cɦo
成都	cpa	ctɕia	cna	cts´a	ckua	ck´ua	cxua	cxua
漢口	cpa	ctɕia	cna	cts´a	ckua	ck´ua	cxua	cxua
太原	cpa	ctɕia	cna	cts´a	ckua	ck´ua	cxua	cxua
西安	cpa	ctɕia	cna	cts´a	ckua	ck´ua	cxua	cxuaᵓ

二等麻韻							
方言點 / 方音 / 漢字	巴開麻幫	嘉開麻見	拿開麻泥	叉開麻初	瓜合麻見	誇合麻溪	花合麻曉	華合麻匣
濟南	$_c$pa	$_c$tɕia	$_c$na	$_c$tʂˊa	$_c$kua	$_c$kˊua	$_c$xua	$_c$xua
北平	$_c$pa	$_c$tɕia	$_c$na	$_c$tʂˊa	$_c$kua	$_c$kˊua	$_c$xua	$_c$xua

三等麻韻				
方言點 / 方音 / 漢字	遮開麻照	車開麻穿	蛇開麻神	者開馬照	舍開禡審
福州	$_c$tsia	$_c$tsˊia	$_c$siɛ	^{c}tsia	sie^o
潮州	$_c$tsia	$_c$tsˊia	$_c$tsua	^{c}tsia	sia^o
廈門	$_c$tse / $_c$dzia / $_c$tsia	$_c$tsˊia	$_c$sia / $_c$tsua	^{c}tsia	sia^o
廣州	$_c$tʃɛ	$_c$tʃˊɛ	$_c$ʃɛ	^{c}tʃɛ	ʃɛ^o
梅縣	$_c$tsa	$_c$tsˊa	$_c$sa	^{c}tsa	sa^o
南昌	$_c$tsa	$_c$tˊsa	sa^o	^{c}tsa	sa^o
長沙	$_c$tʂɤ	$_c$tʂˊɤ	$_c$fɤ / $_c$fo	^{c}tʂɤ	ʂɤ^o
溫州	$_c$tsei	$_c$tsˊo / $_c$tsˊei	$_c$zei	^{c}tsiɛ	sei^o
蘇州	$_c$tso	$_c$tsˊo	$_c$zo	^{c}tsøy / $_c$tsE	so^o
揚州	$_c$tsɿ	$_c$tsˊɿ	$_c$ɕɪ	^{c}tsɿ	ɕɪ^o
成都	$_c$tse	$_c$tsˊe	$_c$se	^{c}tse	se^o
漢口	$_c$tsɤ	$_c$tsˊɤ	$_c$sɤ	^{c}tsɤ	sɤ^o
太原	$_c$tsə	$_c$tsˊə	$_c$sə	^{c}tsə	sə^o

三等麻韻					
方言點 方音 漢字	遮開麻照	車開麻穿	蛇開麻神	者開馬照	舍開禡審
西安	ctʃɤ	ctʂ´ɤ	cʂɤ	ᶜtʂɤ	ʂɤᶜ
濟南	ctʂə	ctʂ´ə	cʂə	ᶜtʂə	ʂəᶜ
北平	ctʂɤ	ctʂ´ɤ	cʂɤ	ᶜtʂɤ	ʂɤᶜ

《七音略》二等麻韻列外轉第二十九「重中重」及外轉第三十「輕中重」，分開合二圖。三等麻韻列外轉第二十九「重中重」，為開口。麻韻為陰聲韻，無任何韻尾。二等麻韻之上古音為 ai，由 ai→a，尾音消失。〔a〕。故其主要元音可從多數方音擬作〔a〕，則二等麻韻之音讀可假定作：

麻（開口）〔-a〕
麻（合口）〔-ua〕

福州、廈門、廣州、梅縣、南昌、長沙、成都、漢口、太原、西安、濟南、北平及部分潮州主要元音仍保持作〔a〕。潮州部分、廈門白話音作〔e〕，元音向前高化。溫州、蘇州多數作〔o〕，元音向後高化。案〔a〕為人類發音最自然之音，世界各國字母多以〔a〕為基礎，而演變為各種不同之音。

三等麻韻與二等麻韻同圖，主要元音可擬作相同，所不同者，三等有〔j〕介音，二等則無。故三等麻韻之音讀可假定作：

麻〔-ja〕

潮州、廈門、梅縣、南昌及部分福州主要元音仍保持作〔a〕。廣州作〔ɛ〕，溫州、成都作〔e〕，揚州作〔I〕，均為元音向前高化之結果。太原、濟南作〔ə〕，蘇州作〔o〕，漢口、西安、北平作〔ɤ〕，則為元音向後高化之結果。

二十五　一等覃韻、談韻韻母音值之擬測

方言點 方音 漢字	一等覃韻				一等談韻			
	覃[開覃定]	參[開覃清]	含[開覃匣]	籃[開覃來]	擔[開談端]	談[開談定]	南[開談泥]	甘[開談見]
福州	꜀taŋ	꜀ts'aŋ	꜀xaŋ	꜀laŋ	taŋ°	꜀taŋ	꜀naŋ	꜀kaŋ
潮州	꜀t'am	꜀ts'am	꜀ham	꜀na	tã°	꜀t'am	꜀lam	꜀kam
廈門	꜀tam	꜀ts'am	꜀ham	꜀lam	tam° tã°	꜀tam	꜀lam	꜀kam
廣州	꜀t'a:m	꜀tʃ'a:m	꜀ha:m	꜀la:m	ta:m°	꜀t'a:m	꜀na:m	꜀ka:m
梅縣	꜀t'am	꜀ts'am	꜀ham	꜀lam	꜀tam	꜀t'am	꜀nam	꜀kam
南昌	꜀t'an	꜀ts'an	꜀hon	lan°	tan°	꜀t'an	lan°	꜀kon
長沙	꜀tan	꜀ts'an	꜀xan	꜀nan	tan°	꜀tan	꜀nan	꜀kan
溫州	꜀da	꜀ts'ø	꜀ɦø	꜀la	ta°	꜀da	꜀nø	꜀ky
蘇州	꜀dE	ts'ø	꜀ɦø	꜀lE	tE°	꜀dE	꜀nø	꜀kø
揚州	꜀t'ɛ̃	꜀ts'ɛ̃	꜀xɛ̃	꜀lɛ̃	tɛ̃°	꜀t'ɛ̃	꜀nɛ̃	꜀kɛ̃
成都	꜀t'an	꜀ts'an	꜀xan	꜀nan	tan°	꜀t'an	꜀nan	꜀kan
漢口	꜀t'an	꜀ts'an	꜀xan	꜀nan	tan°	꜀t'an	꜀nan	꜀kan
太原	꜀t'æ	꜀ts'æ	꜀xæ	꜀læ	tæ̃°	꜀t'æ	꜀næ	꜀kæ
西安	꜀t'ã	꜀ts'ã	꜀xã	꜀lã	tã°	꜀t'ã	꜀nã	꜀kã
濟南	꜀t'ã	꜀ts'ã	꜀xã	꜀lã	tã°	꜀t'ã	꜀nã	꜀kã
北平	꜀t'an	꜀ts'an	꜀xan	꜀lan	꜀tan°	꜀t'an	꜀nan	꜀kan

《七音略》一等覃韻列外轉第三十一「重中重」，為開口。一等談韻
列外轉第三十二「重中重」，亦為開口。二韻皆為陽聲韻，韻尾收雙
脣鼻音〔m〕。現代方音二韻大致無別。覃韻之上古音在侵部為 əm，
由 əm→Am，元音在脣音韻尾〔m〕影響下變〔A〕，故其主要元音可
擬作〔A〕。一等談韻則不宜再擬作此音，否則與覃韻無別，案談韻
之上古音為 am，由 am→am，元音未曾改變，故其主要元音可擬作
〔ɑ〕。則一等覃談之音讀可假定作：

覃〔-Am〕　　合〔-Ap〕
談〔-am〕　　盍〔-ap〕

覃韻：主要元音，福州、潮州、廈門、梅縣、南昌、長沙、成
都、漢口、北平均作〔a〕，廣州作〔a:〕，元音前移。溫州、蘇州有
作單元音〔ø〕，蘇州有作〔E〕，昇為元音向前高化之結果。揚州、太
原、西安、濟南韻尾失落，主要元音鼻化。揚州作〔ɛ̃〕，太原作
〔æ̃〕，西安、濟南作〔ã〕。

談韻：主要元音，福州、潮州、廈門、梅縣、南昌、長沙、成
都、漢口、北平均作〔a〕，廣州作〔a:〕，元音前移。蘇州作〔ø〕或
〔E〕者，乃元音高化之現象。揚州、太原、西安、濟南韻尾失落，
主要元音鼻化，揚州作〔ɛ̃〕，太原作〔æ̃〕，西安、濟南作〔ã〕。

案覃談均收雙脣鼻音〔m〕，方音或改收〔ŋ〕收〔n〕者，均由
〔m〕變來也，漢語語音演變過程中，雙脣鼻音韻尾多演變為舌根鼻
音或舌尖鼻音。

二十六　二等咸韻、銜韻韻母音值之擬測

方音漢字 ＼ 方言點	二等咸韻		二等銜韻			
	饞 開 咸林	鹹 開 咸匣	監 開 銜見	巖 開 銜疑	衫 開 銜疏	銜 開 銜匣
福州	cts´aŋ	ckeiŋ	ckaŋ	cŋieŋ	csaŋ	ckaŋ
潮州	cts´am	ckiəm	ckam	cŋan	csã	cham
廈門	cts´am	cham / ckiam	ckam	cgan / cgiam	csam / csã	cham / ckam
廣州	tʃ´a:m	cha:m	cka:m	cŋa:m	cʃa:m	cha:m
梅縣	ts´an	cham	kamᶜ	cŋam	csam	cham
南昌	cts´an	chan	ckan	ŋiɛnᶜ	csan	chan
長沙	ctsan	cxan	ckan	cŋai	csan	cxan
溫州	cza	cɦa	kaᶜ	cŋa	csa	cga
蘇州	czE	cI / cɦE	ctɤI / ckE	cŋ̩I	csE	cI / cɦE
揚州	cts´ɛ̃	cɕiɛ̃ / cxɛ̃	ctɤĩ	cĩ̩	csɛ̃	cɕiɛ̃
成都	cts´an	cxan	ctɕian	cŋai	csan	cxan
漢口	cts´an	cɕian	ctɕian	cian	csan	cɕian
太原	cts´æ	cɕiɛ	ctɕiɛ	ciɛ	csæ	cɕiɛ
西安	cts´ã	cɕiã	ctɕiã	ciã	csã	cɕiã
濟南	ctʂ´ã	cɕiã	ctɕiã	ciã	c{ã	cɕiã
北平	ctʂ´an	cɕian	ctɕian	cian	c{an	cɕian

《七音略》二等咸韻列外轉第三十一「重中重」，為開口。二等銜韻列外轉第三十二「重中輕」，亦為開口。二韻皆為陽聲韻，收雙脣鼻

音韻尾〔m〕。現代方音二韻大致無別。咸韻之上古音在添部為ɐm，由 ɐm→am，元音在介音〔e〕影響下向前低化為〔a〕。故二等咸韻主要元音可擬作〔a〕。二等銜韻則不宜再擬作此音，否則與咸韻無別。案銜韻之上古音為 am，故其主要元音可擬作〔ɐ〕，故二等咸銜二韻之音讀可假定作：

咸〔-am〕　洽〔-ap〕
銜〔-ɐm〕　狎〔-ɐp〕

　　咸韻：廈門、梅縣、南昌、長沙、溫州、成都、漢口、北平主要元音仍保持作〔a〕。廣州作長音之〔a:〕。方音有作〔E〕作〔I〕作〔ɛ〕者，均為元音高化之結果。揚州、西安、濟南韻尾失落，主要元音鼻化，揚州作〔ɛ̃〕，西安、濟南作〔ã〕。
　　銜韻：福州、潮州、廈門、梅縣、南昌、長沙、溫州、成都、漢口、北平大致作〔a〕，廣州作長音之〔a:〕，可能受韻尾〔m〕之影響異化為前低元音。蘇州作〔I〕作〔E〕，太原作〔ɛ〕，均為元音向前高化之結果。揚州、西安、濟南韻尾失落，主要元音鼻化，揚州作〔ɛ̃〕，西安、濟南作〔aɛ〕。
　　案咸銜二韻韻尾均收雙脣鼻音〔m〕，方音中有收〔ŋ〕收〔n〕者，均由〔m〕變來也。

二十七　三等嚴韻、鹽韻、凡韻韻母音值之擬測

三等嚴韻	三等鹽韻				三等凡韻
方言點 ＼ 方音漢字 嚴_開^{嚴疑}	鉗_開^{鹽群}	黏_開^{鹽泥}	淹_開^{鹽影}	廉_開^{鹽來}	凡_合^{凡奉}
福州　cŋieŋ	ckieŋ	clieŋ	cieŋ	clieŋ	cxuaŋ
潮州　cŋiəm	ck´iəm	cniəm	ciəm	cliəm	chuam
廈門　cŋiam	ck´iam / ck´ĩ	cliam / cnĩ	ciam / iamᵒ	ciiam	chuan
廣州　cjim	ck´im	cnim	cjim	clim	cfa:n
梅縣　ŋiam	ck´iam	cŋ iam	cjam	cliam	cfam
南昌　ŋienᵒ	ctɕ´iɛn	ŋ iɛnᵒ	cŋan	lienᵒ	Φuanᵒ
長沙　cŋiẽ	ctɕ´iẽ	ctsɤn	iẽ	cniẽ	cfan
溫州　cŋi	cxzi	cŋi	ci	cli	cva
蘇州　cŋɿ	cdzɿ	cŋɿ	cɿ	clɿ	cvE
揚州　cŋĭ	ctɕ´ĭ	cnĩ	cĭ	clĭ	cfɛ̃
成都　cŋian	ctɕ´ian	ctsan	cŋan	cnian	cfan
漢口　cian	ctɕ´ian	ctsan	cian / cŋan	cnian	cfan
太原　ciɛ	ctɕ´iɛ	cniɛ	ciɛ	cliɛ	cfæ
西安　cia	ctɕ´iã	cŋiã	ciã	cliã	cfã
濟南　ciã	ctɕ´iã	cŋiã	ciã	cliã	fã
北平　cian	ctɕ´ian	cnian	cian	clian	cfan

《七音略》三等嚴韻列外轉第三十二「重中輕」，為開口。三等鹽韻列外轉第三十一「重中重」及外轉第三十二「重中輕」，可系聯為開口一類。三等凡韻列外轉第三十三「輕中輕」，為合口。三韻皆為陽

聲韻，韻尾收雙脣鼻音〔m〕。嚴韻之上古音為 jɑm，由 jɑm→jɐm，元音在〔j〕影響下變〔ɐ〕，故三等嚴韻主要元音可擬作〔ɐ〕。嚴凡二韻開合相對，主要元音可擬作相同，亦作〔ɐ〕。鹽韻之上古音在添部為 jem，由 jem→jɛm，元音受介音〔j〕影響高化為〔ɛ〕，故鹽韻主要元音可擬作〔ɛ〕。則三等嚴、凡、鹽三韻之音讀可假定作：

嚴〔-jɐm〕　　業〔-jɐp〕
凡〔-juɐm〕　　乏〔-juɐp〕
鹽〔-jɛm〕　　葉〔-jɛp〕

嚴韻：主要元音，廣州作〔i〕，潮州作〔ə〕，福州作〔e〕，南昌、太原作〔ɛ〕，元音受〔j〕影響向前高化，其中廣州介音仍作〔j〕，餘皆變作〔i〕。溫州作單元音〔i〕，蘇州作單元音〔I〕，元音受〔j〕影響高化為高、次高元音，介音與韻尾消失。廈門、梅縣、成都、漢口、西安、北平均作〔a〕，元音可能受〔j〕影響變作前低元音。長沙、揚州、濟南韻尾失落，主要元音鼻化，長沙作〔ɛ̃〕，揚州作〔ĩ〕，濟南作〔ã〕。

凡韻：主要元音，福州、潮州、廈門、梅縣、南昌、長沙、溫州、成都、漢口、北平均作〔a〕，廣州作〔a:〕，元音可能受〔j〕影響變作前低元音。蘇州作〔E〕，元音受〔j〕影響高化為前中元音。揚州、太原、西安、濟南韻尾失落，主要元音鼻化，揚州作〔ɛ̃〕，太原作〔æ̃〕，西安、濟南作〔ã〕。

鹽韻：南昌、太原主要元音仍保持作〔ɛ〕。廈門、梅縣、成都、漢口、北平作〔a〕，實為音位標音法，音值仍為〔ɛ〕。潮州作〔ə〕，元音向後高化，〔j〕變〔i〕。福州作〔e〕，元音向前高化，〔j〕變〔i〕。廣州韻母作〔im〕者，元音受介音〔j〕影響高化為〔i〕，〔j〕

受元音〔i〕合併而消失。溫州作單元音〔i〕，元音受介音〔j〕影響高化為〔i〕，〔j〕變〔i〕，然後合併為〔i〕，韻尾則消失。蘇州作單元音〔I〕，元音受〔j〕影響高化為次高元音，〔j〕及韻尾消失。長沙、揚州、西安、濟南韻尾失落，主要元音鼻化，長沙作〔ɛ̃〕，揚州作〔ĩ〕，西安、濟南作〔ã〕。

二十八　四等添韻韻母音值之擬測

四等添韻			
方言點 方音 漢字	添開添透	拈開添泥	謙開添溪	嫌開添匣
福州	₋t′ieŋ	₋lieŋ	₋k′ieŋ	₋xieŋ
潮州	₋t′iəŋ	₋niŋ	₋k′iəm	₋hiəm
廈門	₋t′iam	₋liam	₋k′iam	₋hiam
	₋t′ĩ	₋nĩ		
廣州	₋t′im	₋nim	₋him	₋jim
梅縣	₋t′iam	₋ŋiam	₋k′iam	₋hiam
南昌	₋t′iɛn	ŋiɛnᶜ	₋tɕ′iɛn	₋ɕiɛn
長沙	₋t′iɛ̃	₋ŋiɛ̃	₋tɕ′iɛ̃	₋ɕiɛ̃
溫州	₋t′i	₋ŋi	₋tɕ′i	₋ɦi
				₋ɦa
蘇州	₋t′I	₋ŋI	₋tɕ′I	₋I
揚州	₋t′ĩ	₋ŋĩ	₋tɕĩ	₋ɕĩ
成都	₋t′ian	₋ŋian	₋tɕ′ian	₋ɕian
漢口	₋t′ian	₋nian	₋tɕ′ian	₋ɕian
太原	₋tiɛ	₋niɛ	₋tɕ′iɛ	₋ɕiɛ

四等添韻			
方音漢字 ＼ 方言點	添 開透添	拈 開添泥	謙 開添溪	嫌 開添匣
西安	ₑt´iã	ₑn̪iã	ₑtɕ´iã	ₑɕiã
濟南	ₑt´iã	ₑn̪iã	ₑtɕ´iã	ₑɕiã
北平	ₑt´ian	ₑnian	ₑtɕ´ian	ₑɕian

《七音略》四等添韻列外轉第三十一「重中重」，為開口。添韻為陽聲韻，韻尾收雙脣鼻音〔m〕。其主要元音可擬與三等鹽韻相同，即作〔ɛ〕，所不同者，四等之介音為〔i〕，三等之介音為〔j〕。故添韻之音讀可假定作：

　　　添〔-iɛm〕　　怗〔-iɛp〕

太原、南昌主要元音仍保持作〔ɛ〕，惟太原韻尾已消失。福州作〔e〕，乃元音受〔i〕影響而高化。溫州作單元音〔i〕，元音受〔i〕影響高化為〔i〕，再與介音合併，韻尾消失。蘇州作單元音〔I〕，元音受〔i〕影響高化，其後介音與韻尾消失。潮州作〔ə〕，元音向後高化。廈門、梅縣、成都、漢口、北平均作〔a〕，亦為音位標音法，音值仍為〔ɛ〕。長沙、揚州、西安、濟南韻尾失落，主要元音鼻化，長沙作〔ɛ̃〕，揚州作〔Ĩ〕，西安、濟南作〔ã〕。

　　案侵韻韻尾收雙脣鼻音〔m〕，方音中有收〔ŋ〕收〔n〕者，均由〔m〕變來也。

二十九　一等唐韻韻母音值之擬測

一等唐韻							
幫 開/唐幫	當 開/唐端	岡 開/唐見	稂 開/唐溪	光 合/唐見	江 合/唐影	荒 合/唐曉	黃 金/唐匣
福州 cpouŋ	ctouŋ	ckouŋ	k'ouŋ	ckuoŋ	uoŋ	cxuoŋ	cuoŋ
潮州 cpan	ctɯŋ	ckaŋ	k'aŋ	ckuaŋ	uaŋ	chuaŋ	cŋ
廈門 cpaŋ / cpŋ	ctɔŋ	ckɔŋ / ckaŋ	k'ɔŋ / ck'ŋ	ckuaŋ	cɔŋ	chɔŋ / chŋ	chɔŋ
廣州 cpɔŋ	ctɔŋ	ckɔŋ	chɔŋ	ckwɔŋ	cwɔŋ	cfɔŋ	cwɔŋ
梅縣 cpɔŋ	ctɔŋ	ckɔŋ	ck'ɔŋ	ckuɔŋ	cvɔŋ	cfɔŋ	cvɔŋ
南昌 cpɔŋ	ctɔŋ	ckɔŋ	ck'ɔŋ	ckuɔŋ	uɔn	cɸɔŋ	Φuɔŋ°
長沙 cpan	ctan	ckan	k'an	ckuan	uan	cfan	cfan
溫州 cpuɔ	tɔ	ckuɔ	k'ɔ	ckuɔ	uɔ	cxuɔ	cɦuɔ
蘇州 cpɒŋ	ctɒŋ	ckɒŋ	ck'ɒŋ	ckuɒŋ	uɒŋ	chuɒŋ	cɦuɒŋ
揚州 cpaŋ	ctaŋ	ckaŋ	ck'aŋ	ckuaŋ	uaŋ	cxuaŋ	cxuaŋ
成都 cpaŋ	ctaŋ	ckaŋ	ck'aŋ	ckuaŋ	uaŋ	cxuaŋ	cxuaŋ
漢口 cpaŋ	ctaŋ	ckaŋ	ck'aŋ	ckuaŋ	uaŋ	cxuaŋ	cxuaŋ
太原 cpɒ̃	ctɒ̃	ckɒ̃	ck̃ɒ̃	ckuɒ̃	cvɒ̃	cxuɒ̃	cxuɒ̃
西安 cpaŋ	ctaŋ	ckaŋ	ck'aŋ	ckuaŋ	uaŋ	cxuaŋ	cxuaŋ
濟南 cpaŋ	ctaŋ	ckaŋ	ck'aŋ	ckuaŋ	uaŋ	cxuaŋ	cxuaŋ
北平 cpaŋ	ctaŋ	ckaŋ	ck'aŋ	ckuaŋ	uaŋ	cxuaŋ	cxuaŋ

《七音略》一等唐韻列內轉第三十四「重中重」及內轉第三十五「輕中輕」，分開合二圖。唐韻為陽聲韻，韻尾收舌根鼻音〔ŋ〕。唐韻之上古音為 aŋ，由 aŋ→ɑŋ，元音因韻尾〔ŋ〕影響元音由前元音移為後

元音。故唐韻主要元音可擬作〔ɑ〕，則一等唐韻之音讀可假定作：

　　　唐（開口）〔-aŋ〕　　鐸〔-ak〕
　　　唐（合口）〔-uaŋ〕　鐸〔-uak〕

揚州主要元音仍保持作〔a〕。福州開口作複元音〔ou〕，元音高化為〔o〕，再分裂為〔ou〕。其合口作〔ɔ〕，元音高化為半低元音。長沙、成都、漢口、西安、濟南、北平均作〔a〕，按其音值實亦〔ɑ〕之變體。廈門、廣州、梅縣、南昌、溫州作〔ɔ〕，蘇州作〔ɒ〕，均係元音高化之結果。太原韻尾失落，元音鼻化作〔ɒ̃〕。

三十　三等陽韻韻母音值之擬測

三等陽韻								
方言點 方音 漢字	張 開陽知	章 開陽照	昌 開陽穿	香 開陽曉	方 合陽非	芳 合陽敷	狂 合陽群	亡 合陽微
福州	꜀tuoŋ	꜀tsuoŋ	꜀ts'uoŋ	꜀xyoŋ	꜀xuoŋ	꜀xuoŋ	꜀kuoŋ	꜀uoŋ
潮州	꜀tĩẽ	꜀tsiaŋ	꜀ts'iaŋ	꜀hiaŋ	꜀hauŋ	꜀hauŋ	꜀k'uaŋ	꜀buaŋ
廈門	꜀tioŋ	꜀tioŋ	꜀ts'ioŋ	꜀hioŋ	꜀hoŋ	꜀hoŋ	꜀koŋ	꜀boŋ
	꜀tiu	꜀tiũ		꜀hiaŋ ꜀hiũ	꜀hŋ	꜀p'aŋ		
梅縣	꜀tsoŋ	꜀tsoŋ	꜀ts'oŋ	꜀hioŋ	꜀foŋ	꜀foŋ	꜀k'oŋ	꜀moŋ
南昌	꜀tsoŋ	꜀tsoŋ	꜀ts'oŋ	꜀ɕioŋ	꜀Φuoŋ	꜀Φuoŋ	꜀k'uoŋ	꜀uoŋ
長沙	꜀tʂan	꜀tʂan	꜀tʂ'an	꜀ɕian	꜀faŋ	꜀faŋ	꜀kuan	꜀uan
溫州	꜀tɕi	꜀tɕi	꜀tɕ'i	꜀ɕi	꜀xuɔ	꜀xuɔ	꜀dzyɔ	꜀ɦuɔ
蘇州	꜀tsaŋ	꜀tsbŋ	꜀ts'aŋ	꜀ɕaŋ	foŋ	꜀foŋ	꜀guoŋ	꜀vɒŋ

三等陽韻							
方言點〳方音漢字	張開陽知	章開陽照	昌開陽穿	香開陽曉	方合陽非	芳合陽敷	狂合陽群	亡合陽微
揚州	꜀tsaŋ	꜀tsaŋ	꜀ts´aŋ	꜀ɕiaŋ	꜀faŋ	꜀faŋ	꜀k´uaŋ	꜀uaŋ
成都	꜀tsaŋ	꜀tsaŋ	꜀ts´aŋ	꜀ɕiaŋ	꜀faŋ	꜀faŋ	꜀k´uaŋ	꜀uaŋ
漢口	꜀tsaŋ	꜀tsaŋ	꜀ts´aŋ	꜀ɕiaŋ	꜀faŋ	꜀faŋ	꜀k´uaŋ	꜀uaŋ
太原	꜀tsɒ̃	꜀tsɒ̃	꜀ts´ɒ̃	꜀ɕiɒ̃	꜀fɒ̃	꜀fɒ̃	꜀k´uɒ̃	꜀vɒ̃
西安	꜀tʂaŋ	꜀tʂaŋ	꜀tʂ´aŋ	꜀ɕiaŋ	꜀faŋ	꜀faŋ	꜀k´uaŋ	꜀vaŋ
濟南	꜀tʂaŋ	꜀tʂaŋ	꜀tʂ´aŋ	꜀ɕiaŋ	꜀faŋ	꜀faŋ	꜀k´uaŋ	꜀uaŋ
北平	꜀tʂaŋ	꜀tʂaŋ	꜀tʂ´aŋ	꜀ɕiaŋ	꜀faŋ	꜀faŋ	꜀k´uaŋ	꜀uaŋ

《七音略》三等陽韻列內轉第三十四「重中重」及內轉第三十五「輕中輕」，分開合二圖。陽韻為陽聲韻，韻尾收舌根鼻音〔ŋ〕。主要元音可擬與一等唐韻相同，即作〔ɑ〕。陽唐不同等，主要元音何以可擬作相同，吾人可有三點理由：（1）陽韻之上古音為 jaŋ，由 jaŋ→jɑŋ，元音移至後元音。（2）陽韻之合口有〔u〕介音，〔u〕〔ŋ〕均在舌面後，其元音不可能在舌面前。（3）前文將模、虞俱擬作〔u〕，冬、鍾俱擬作〔u〕，等列不同，主要元音擬作相同。故陽唐主要元音亦可擬作相同。則三等陽韻之音讀可假定作：

陽（開口）〔-jɑŋ〕　　藥〔-jɑk〕
陽（合口）〔-juɑŋ〕　　藥〔-juɑk〕

揚州主要元音仍保持作〔ɑ〕。梅縣、南昌作〔ɔ〕，係元音高化之結果。福州作〔uɔ〕，變為合口，元音高化為〔u〕，再分裂為〔uɔ〕，其合口作〔ɔ〕，係元音高化之結果。長沙、蘇州、成都、漢口、西安、

濟南、北平均作〔a〕，元音受〔j〕影響舌位前移，然後〔j〕或消失或變作〔i〕。太原韻尾失落，元音鼻化作〔ã〕。案據本師陳伯元先生《等韻述要》所言，東、鍾、微、虞、文、元、陽、尤、凡諸韻脣音，均由重脣變輕脣，惟《七音略》陽韻之「方、芳、房、亡」及東韻之「風、豐、馮」諸字置於三等開口，實未符三等合口變輕脣之條件，由是可知：（1）《七音略》時「方、芳、房、亡、風、豐、馮」諸字均無介音〔u〕，後世有〔u〕介音者乃屬後起。（2）《七音略》東、陽二韻後世方音變為有〔u〕介音者，當較鍾、微、虞、文、元、尤、凡諸韻為遲。

三十一　二等耕韻、庚韻韻母音值之擬測

二等耕韻					
方言點 方音 漢字	橙 開 耕澄	耕 開 耕見	爭 開 耕莊	轟 合 耕曉	宏 合 耕匣
福州	꜀tein	꜀kein	꜀tsein ꜀tsaŋ	꜀xuŋ	꜀hein
潮州	꜀ts´eŋ	꜀kẽ	꜀tsẽ	꜀hoŋ	꜀hoŋ
廈門	꜀tiŋ	꜀kiŋ ꜀kĩ	꜀tsiŋ ꜀tsĩ ꜀tsiã		꜀hɔŋ
廣州	꜀tʃ´aːŋ	꜀kaːŋ	꜀tʃaːŋ	꜀kuaŋ	꜀waŋ
梅縣	꜀ts´en	꜀kɛn ꜀kaŋ	꜀tsɛn	꜀fuŋ	꜀fɛn
南昌	꜀ts´aŋ	꜀kɛn	꜀tsɛn	꜀Φuŋ	Φɛn°
長沙	꜀tʂən	꜀kən	꜀tsən	꜀xoŋ	꜀xoŋ

二等耕韻					
方言點 / 方音 / 漢字	橙 開耕澄	耕 開耕見	爭 開耕莊	轟 合耕曉	宏 合耕匣
溫州	ˌdzeŋ	ˌkiɛ	ˌtsiɛ	ˌxoŋ	ˌɦoŋ
蘇州	ˌzən / ˌzaŋ	ˌkən	ˌtsən / ˌtsaŋ	ˌhoŋ	ˌɦoŋ
成都	ˌtsʼən	ˌkən	ˌtsən	ˌxoŋ	ˌxoŋ
漢口	ˌtsʼən	ˌkən	ˌtsən	ˌxoŋ	ˌxoŋ
太原	ˌtsʼəŋ	ˌkəŋ	ˌtʂəŋ	ˌxuŋ	ˌxuŋ
西安	ˌtʂʼəŋ	ˌkəŋ	ˌtʂəŋ	ˌxoŋ	ˌxoŋ
濟南	ˌtʂʼəŋ	ˌkəŋ / ˌtɕin	ˌtʂəŋ	ˌxuŋ	ˌxuŋ
北平	ˌtʂʼəŋ	ˌkəŋ	ˌtʂəŋ	ˌxuŋ	ˌxuŋ

二等庚韻					
方言點 / 方音 / 漢字	烹 開庚滂	彭 開庚並	生 開庚疏	庚 開庚見	行 開庚匣	橫 合庚匣
福州	ˌpʼeiŋ	ˌpʼaŋ	ˌseiŋ	ˌkeiŋ	ˌxeiŋ	ˌxuaŋ
潮州	ˌpʼeŋ	ˌpʼẽ	ˌsẽ	ˌkẽ	ˌkĩã	ˌɦũẽ
廈門	ˌpʼɪŋ	ˌpʼɪŋ / ˌpʼĩ	ˌsiŋ / ˌsĩ / ˌtsĩ	ˌkɪŋ / ˌkĩ	ˌhɪŋ / ˌkiã	ˌhɪŋ / ˌhuaĩ
南昌	ˌpʼən	ˌpʼan	ˌsɛn	ˌkiɛn	ɕin°	hɛn° / ˌuaŋ
長沙	ˌpʼən	ˌpən	ˌsən	ˌkən	ˌɕin	ˌfən
溫州	ˌpʼiɛ	ˌbiɛ	siɛ	ˌkiɛ		ˌviɛ

二等庚韻						
方言點 / 方音 / 漢字	烹 開庚滂	彭 開庚並	生 開庚疏	庚 開庚見	行 開庚匣	橫 合庚匣
蘇州	cp'ən	cbən / cbaŋ	csən / csaŋ	ckən / ckaŋ	cin / cɦaŋ	cɦuaŋ
揚州	cp'ouŋ	cp'ouŋ	csən	ckən	cɕĩ	cxouŋ
成都	cp'ən	cp'ən	csən	ckən	cɕin	cxuən
漢口	cp'ən	cp'ən	csən	ckən	cɕin	cxuən
太原	cp'əŋ	cp'əŋ	csəŋ	ckəŋ	cɕiŋ	cxəŋ
西安	cp'əŋ	cp'əŋ	cʂəŋ	ckəŋ	cɕiŋ	cxoŋ
濟南	cp'əŋ	cp'əŋ	cʂəŋ	ckəŋ	cɕiŋ	cxəŋ
北平	cp'əŋ	cp'əŋ	cʂəŋ	ckəŋ	cɕiŋ	cxəŋ

《七音略》二等耕韻列外轉第三十八「重中重」及外轉第三十九「輕中輕」，分開合二圖。二等庚韻列外轉第三十六「重中輕」及外轉第三十七「輕中輕」，亦分開合二圖。二韻皆為陽聲韻，韻尾收舌根鼻音〔ŋ〕。耕韻之上古音為 eŋ，由元音低化為〔a〕二等耕韻之主要元音可擬作〔a〕。庚韻近於陽唐，元音偏後，且其上古音為 ɐŋ，故庚韻主要元音可擬作〔ɐ〕，則二等耕庚韻之音讀可假定作：

耕（開口）〔-aŋ〕　麥〔-ak〕
耕（合口）〔-uaŋ〕　麥〔-uak〕
庚（開口）〔-ɐŋ〕　陌〔-ɐk〕
庚（合口）〔-uɐŋ〕　陌〔-uɐk〕

耕韻：（1）開口：主要元音，福州、梅縣、蘇州三方音之白話音

尚保持作〔a〕，廣州作〔a:〕。福州作〔ei〕，元音高化為〔e〕，再複元音化為〔ei〕。廈門作〔I〕，梅縣、南昌部分作〔ɛ〕，均為元音高化之結果。長沙、蘇州（白話音除外）、成都、漢口、太原、西安、濟南、北平等方音作〔ə〕，元音向後高化。（2）合口：廣州仍保持作〔a〕。潮州、長沙、溫州、蘇州、成都、漢口、西安作〔o〕，元音受介音〔u〕影響向後高化，介音消失。太原、濟南、北平等方音韻母作〔uŋ〕者，元音受介音〔u〕影響高化為〔u〕，再與介音合併。

　　庚韻：開合口方音變化大致相同。主要元音，長沙、成都、漢口、太原、西安、濟南、北平及蘇州讀書音作〔ə〕，乃元音高化之結果。溫州及部分南昌作〔ɛ〕，廈門讀書音作〔I〕，亦元音向前高化之結果。福州作〔ei〕，元音向前高化為〔e〕，再分裂為〔ei〕。開口影系字多數韻母作〔in〕者，其變化見前文江韻所引王了一氏所云。潮州、廈門白話音韻尾失落，主要元音鼻化，潮州作〔ẽ〕、〔ĩa〕或〔ũẽ〕，廈門白話音作〔ĩ〕或〔ã〕。

三十二　三等庚韻、清韻韻母音值之擬測

三等庚韻					
方言點 方音 漢字	兵 開庚幫	平 開庚並	明 開庚明	兄 合庚曉	榮 合庚為
福州	₌piŋ	₌piŋ	₌miŋ	₌xiŋ ₌xiaŋ	₌iŋ
潮州	₌piã	₌p′eŋ	₌meŋ	₌hiã	₌ioŋ
廈門	₌piŋ	₌piŋ	₌mĩ	₌hiŋ	₌iŋ
		₌pĩ			
		₌piã			

三等庚韻					
方言點 方音 漢字	兵 開庚幫	平 開庚並	明 開庚明	兄 合庚曉	榮 合庚為
廣州	꜀pɪŋ	꜀p'ɪŋ	꜀mɪŋ	chɪŋ	꜀Wɪŋ
梅縣	꜀pin	꜀p'in	꜀min	chiuŋ	꜀juŋ
南昌	꜀pin	꜀p'in ꜀p'iaŋ	min° miaŋ°	꜀ɕiuŋ ꜀ɕiaŋ	iuŋ°
長沙	꜀pin	꜀pin	꜀min	꜀ɕioŋ	꜀yŋ
溫州	꜀pen	꜀beŋ	꜀meŋ	꜀ɕyoŋ	꜀fyoŋ
蘇州	꜀pin	꜀bin	꜀min	꜀ɕioŋ	꜀ioŋ
揚州	꜀pĩ	꜀p'ĩ	꜀mĩ	꜀ɕiuŋ	꜀iuŋ
成都	꜀pin	꜀p'in	꜀min	꜀ɕyoŋ	꜀yoŋ
漢口	꜀pin	꜀p'in	꜀min	꜀ɕioŋ	꜀ioŋ
太原	꜀piŋ	꜀p'iŋ	꜀miŋ	꜀ɕyŋ	꜀yŋ
西安	꜀piŋ	꜀p'iŋ	꜀miŋ	꜀ɕyŋ	꜀yŋ
濟南	꜀piŋ	꜀p'iŋ	꜀miŋ	꜀ɕyŋ	꜀luŋ
北平	꜀piŋ	꜀p'iŋ	꜀miŋ	꜀ɕyŋ	꜀ʐuŋ
福州	꜀tsiŋ	꜀siŋ ꜀siaŋ	꜀tsiaŋ	꜀ts'iŋ	꜀iŋ ꜀iaŋ
潮州	꜀tseŋ	꜀seŋ	꜀tseŋ	꜀ts'eŋ	꜀ɕĩã
廈門	꜀tsiŋ	꜀siŋ	꜀tsiŋ ꜀tsĩ ꜀tsiã	꜀ts'iŋ	꜀iŋ ꜀iã
廣州	꜀tʃɪŋ	꜀ʃɪŋ	꜀tʃɪŋ	꜀tʃɪŋ	꜀jɪŋ
梅縣	꜀tsən	꜀ts'ən	꜀tsin	꜀tsin	꜀jaŋ
南昌	꜀tsən	꜀ts'ən	꜀tɕin ꜀tɕiaŋ	꜀tɕ'in	꜀in

三等庚韻				
方言點 方音 漢字	兵 開庚幫	平 開庚並	明 開庚明	兄 合庚曉	榮 合庚為
長沙	₊tʂən	₊tʂən	₊tsin	₊ts'in	₍cin
溫州	₊tseŋ	₍czeŋ	₊tseŋ	₊ts'eŋ	₍cɦyoŋ
蘇州	₊tsən	₍czən	₊tsin	₊ts'in	₍cin
揚州	₊tsən	₊ts'ən	₊tɛĩ	₊tɕ'ĩ	₍cĩ
成都	₊tsən	₊ts'ən	₊tɕin	₊tɕ'in	₍cin
漢口	₊tsən	₊ts'ən	₊tɕin	₊tɕ'in	₍cin
太原	₊tsəŋ	₊ts'əŋ	₊tɕiŋ	₊tɕ'iŋ	₍ciŋ
西安	₊tʂəŋ	₊ts'əŋ	₊tɕiŋ	₊tɕ'iŋ	₍ciŋ
濟南	₊tʂəŋ	₊tʂ'əŋ	₊tɕiŋ	₊tɕ'iŋ	₍ciŋ
北平	₊tʂəŋ	₊tʂ'əŋ	₊tɕiŋ	₊tɕ'iŋ	₍ciŋ

《七音略》三等庚韻列外轉第三十六「重中輕」及外轉第三十七「輕中輕」，分開合二圖。三等清韻列外轉第三十六「重中輕」、外轉第三十七「輕中輕」及外轉第三十八「重中重」，可系聯為開合二類。二韻皆為陽聲韻，韻尾收舌根鼻音 ŋ。三等庚韻之主要元音可擬與二等庚韻相同，即作〔ɐ〕，惟三等有〔j〕介音，二等則無。清青耕上古接近，元音偏前，清韻之上古音為 jaŋ，由 jaŋ→jɛŋ，元音向前高化。故清韻主要元音可擬作〔ɛ〕，則三等庚清二韻之音讀可假定作：

庚（開口）〔-jɐŋ〕　　陌〔-jɐk〕
庚（合口）〔-juɐŋ〕
清（開口）〔-jɛŋ〕　　昔〔-jɛk〕
清（合口）〔-juɛŋ〕　　昔〔-juɛk〕

　　庚韻：（1）開口：福州、梅縣、南昌讀書音、長沙、蘇州、成都、漢口、太原、西安、濟南、北平韻母作〔in〕或〔iŋ〕，元音受介音〔j〕影響高化為〔i〕，然後〔j〕受元音〔i〕合併而消失。潮州、溫州主要元音作〔e〕，廈門讀書音、廣州作〔I〕，元音受〔j〕影響向前高化，然後〔j〕消失。南昌白話音作〔a〕，元音受介音〔j〕影響前移。廈門白話音、揚州韻尾失落，主要元音鼻化，廈門白話音作〔ĩ〕或〔ã〕，揚州作〔ĩ〕。（2）合口：福州韻母作〔iŋ〕，合口介音〔u〕消失，元音受〔j〕影響高化為〔i〕，〔j〕受元音〔i〕合併而消失。廈門、廣州作〔I〕，合口介音〔u〕消失，元音受〔j〕影響向前高化，然後〔j〕消失。梅縣、南昌韻母作〔iuŋ〕或〔juŋ〕，元音受介音〔u〕影響高化為〔u〕，再合併為〔u〕。蘇州、漢口作〔o〕，元音受介音〔u〕影響向後高化，然後介音〔u〕消失。溫州、成都作〔yo〕，其變化為 juɛŋ→juoŋ→yoŋ。太原、西安等方音韻母作〔yŋ〕者，其變化為 juɛŋ→iuŋ→yŋ。

　　清韻：除溫州外，合口均讀開口。大多數方音韻母作〔iŋ〕或〔in〕，元音受介音〔j〕影響高化為〔i〕，〔j〕受〔i〕合併而消失。潮州、溫州作〔e〕，廣州作〔E〕，元音受〔j〕影響向前高化為半高元音、中元音，其後〔j〕消失。方音精系字多作〔ə〕，蓋捲舌音與〔j〕在一起最不自然，故〔j〕被擠落，元音後移作〔ə〕。王了一氏云：「凡在捲舌聲母後面的 i 必須改變，因為 tʂ、tʂʻ、ʂ、z 的發音部位是舌尖抵硬顎的後部，而 i 是舌面最前部的高元音，二者的發音部位是不相容的。」[60]溫州韻母作〔yo〕，元音受合口介音影響，向後高化為〔o〕，然後 juo→yo。

―――――――――――――

60 見《漢語史稿》，頁137。

三十三　四等青韻韻母音值之擬測

四等青韻								
方言點＼方音＼漢字	丁 開青端	听 開青透	庭 開青定	寧 開青泥	瓶 開青並	青 開青清	形 開青匣	螢 合青匣
福州	꜀tiŋ	꜀tiŋ / ꜀tʻiaŋ	꜀tiŋ	꜀niŋ	꜀piŋ	꜀tsʻiŋ / ꜀tsiaŋ	꜀xiŋ	꜀iŋ
潮州	꜀teŋ	꜀tĩã	꜀tʻeŋ	꜀leŋ	꜀pʻeŋ	꜀tsʻẽ	꜀heŋ	꜀ioŋ
廈門	꜀tiŋ	꜀tʻɪŋ / ꜀tʻiã	꜀tɪŋ / ꜀tʻiã	꜀lɪŋ	꜀pɪŋ / ꜀pin / ꜀pan	꜀tsʻɪŋ / ꜀tsʻi	꜀hɪŋ	꜀iŋ
廣州	꜀tiŋ	꜀tʻɪŋ	꜀tʻɪŋ	꜀nɪŋ	꜀pʻɪŋ	꜀tʃʻɪŋ	꜀jɪŋ	꜀jɪŋ
梅縣	꜀tɛn	꜀tʻaŋ	꜀tʻin	꜀nɛn	꜀pʻiaŋ	꜀tsʻiaŋ	꜀hin	꜀jin
南昌	꜀tin / ꜀tian	꜀tʻian	꜀tin	꜀lin° / ꜀lian°	꜀pʻin	꜀tɕʻin / ꜀tɕʻian	꜀ɕin°	꜀ɕin
長沙	꜀tin	꜀tʻin	꜀tin	꜀n̡in	꜀pin	꜀tsʻin	꜀ɕin	꜀yn
溫州	꜀teŋ	꜀tʻeŋ	꜀deŋ	꜀n̡iaŋ	꜀beŋ	꜀tsʻeŋ	꜀ɦiaŋ	꜀ɦyoŋ
蘇州	꜀tin	꜀tʻin	꜀in	꜀n̡in	꜀bin	꜀tʻsin	꜀in	꜀in
揚州	꜀tĩ	꜀tʻĩ	꜀tʻĩ	꜀nĩ	꜀pʻĩ	꜀tɕʻĩ	꜀ɕĩ	꜀ĩ
成都	꜀tin	꜀tʻin	꜀tʻin	꜀nin	꜀pin	꜀tɕin	꜀ɕin	꜀yn
漢口	꜀tin	꜀tʻin	꜀tʻin	꜀nin	꜀pʻin	꜀tʻɕin	꜀ɕin	꜀in
太原	꜀tiŋ	꜀tʻiŋ	꜀tʻiŋ	꜀niŋ	꜀pʻiŋ	꜀tɕʻiŋ	꜀ɕiŋ	꜀iŋ
西安	꜀tiŋ	꜀tʻiŋ	꜀tʻiŋ	꜀niŋ	꜀pʻiŋ	tɕʻiŋ	꜀ɕiŋ	꜀iŋ
濟南	꜀tiŋ	꜀tʻiŋ	꜀tʻiŋ	꜀niŋ	꜀pʻiŋ	꜀tɕʻiŋ	꜀ɕiŋ	꜀iŋ
北平	꜀tiŋ	꜀tʻiŋ	꜀tʻiŋ	꜀niŋ	꜀pʻiŋ	꜀tɕʻiŋ	꜀ɕiŋ	꜀iŋ

《七音略》四等青韻列外轉第三十八「重中重」及外轉第三十九「輕中輕」，分開合二圖。青韻為陽聲韻，韻尾收舌根鼻音〔ŋ〕。青清上古音相同，主要元音可擬與三等清韻相同，即作〔ɛ〕，惟三等之介音為〔j〕，四等之介音為〔i〕。故四等青韻之音讀可假定作：

青（開口）〔-iɛŋ〕　　錫〔-iɛk〕
青（合口）〔-iuɛŋ〕　　錫〔-uɛk〕

　　（1）開口：福州、南昌、長沙、蘇州、成都、漢口、太原、西安、濟南、北平韻母大致作〔iŋ〕或〔in〕，蓋元音受〔i〕介音影響高化為〔i〕，然後與〔i〕介音合併。潮州、溫州主要元音作〔e〕，廈門（白話音除外）、廣州作〔I〕，元音受介音〔i〕影響高化為半高及中元音。方音有作〔a〕者，係保留較《七音略》為早之形式。廈門白話音、揚州韻尾失落，主要元音鼻化，廈門白話音作〔ã〕或〔ĩ〕，揚州作〔ĩ〕。（2）合口：大多數方音〔u〕介音消失而改讀開口。福州、梅縣、南昌、蘇州、漢口、太原、西安、濟南、北平韻母作〔iŋ〕或〔in〕，介音〔u〕消失，元音受〔i〕影響高化為〔i〕，然後與介音〔i〕合併。廈門、廣州作〔I〕，合口介音〔u〕消失，元音受〔i〕影響高化為中元音。長沙、成都作〔y〕，元音受合口介音〔u〕影響高化為〔u〕，然後與四等介音〔i〕合併為〔y〕，即 iu 變 y。潮州作〔o〕，元音受介音〔u〕影響高化為〔o〕，然後介音〔u〕消失。溫州作〔yoŋ〕，其變化為 iu-ɛŋ→iuoŋ→yoŋ。

三十四 一等侯韻、三等尤韻、幽韻韻母音值之擬測

一等侯韻						
方言點＼方音＼漢字	兜開端	偷開透	投開定	鈎開見	歐開影	侯開匣
福州	₍tu	ct'eu ct'au	₌teu ₌tau	ckeu ckau	ceu	₌xeu
潮州	ctau	ct'au	ct'au	ckau	cau	chau
廈門	ctau	ct'ɔ ct'au	₌tɔ ₌tau	ckau	cau	chɔ
廣州	ctau	ct'au	₌t'au	ckau	cau	chau
梅縣	ctɛu	ct'ɛu	₌t'ɛu	ckɛu	cɛu	chɛu
南昌	ctɛu	ct'ɛu	₌t'ɛu	₌kiɛu		chɛu
長沙	ctɤu	ct'ɤu	₌tɤu	₌kɤu	ŋɤu	xɤu
溫州	ctau	ct'au	₌dau	ckəu	cau	chau
蘇州	ctøy	ct'øy	₌døy	ckøy	cøy	chøy
揚州	ctɯɯ	ct'ɯɯ	₌t'ɯɯ	ck'ɯɯ	cɤɯ	₌xɤɯ
成都	ctəu	ct'əu	₌t'əu	ckəu	cŋəu	₌xəu
漢口	ctou	ct'ou	₌t'ou	ckou	cŋou	₌xou
太原	ctou	ct'ou	₌t'ou	ckou	cŋou	₌xou
西安	ctou	ct'ou	₌t'ou	ckou	cŋou	₌xou
濟南	ctou	ct'ou	₌t'ou	ckou	cŋou	₌xou
北平	ctou	ct'ou	₌t'ou	ckou	cou	₌xou

方言點 / 方音 / 漢字	三等尤韻						三等幽韻	
	丘 開尤溪	求 開尤群	牛 開尤疑	抽 開尤徹	憂 開尤影	尤 開尤為	幽 開幽影	丟 開幽端
福州	ₒk´ieu	ₒkieu	ₒŋieu / ₒŋu	ₒt´ieu	ₒieu	ₒieu	ₒieu	ₒtieu
潮州	ₒk´u	ₒk´iu	ₒgu	ₒt´iu	ₒiu	ₒiu	ₒiu	ₒtiu
廈門	ₒk´iu	ₒkiu	ₒgiu / ₒgu	ₒt´iu / ₒiiu	ₒiu	ₒiu	ₒiu	ₒtiu
廣州	ₒjau	ₒk´au	ₒŋau	ₒtʃ´au	ₒjau	ₒjau	ₒjau	ₒtiu
梅縣	ₒk´iu	ₒk´iu	ₒŋiu	ₒts´u	ₒjiu	ₒjiu	ₒjiu	ₒtiu
南昌	ₒtɕ´iu	ₒtɕ´iu	ŋiuᵒ	ₒts´eu	ₒiu	iuᵒ	ₒiu	ₒtiu
長沙	ₒtɕ´iɤu	ₒtɕiɤu	ₒŋiɤu	ₒtʂ´ɤu	ₒiɤu	ₒiɤu	ₒiɤu	ₒtiɤu
溫州	ₒtɕ´iau	ₒdziau	ₒŋau	ₒtɕ´iu	ₒiau	ₒɦiau	ₒiau	ₒtiu
蘇州	ₒtɕ´iøy	ₒdziøy	ₒŋiøy	ₒts´øy	ₒiøy	ₒiøy	ₒiøy	ₒtøy
揚州	ₒtɕ´iɯu	ₒtɕ´iɯu	ₒŋiɯu	ₒts´ɯu	ₒiɯu	ₒiɯu	ₒiɯu	ₒtiɯu
成都	ₒtɕ´iəu	ₒtɕ´iəu	ₒŋiəu	ₒts´əu	ₒiəu	ₒiəu	ₒiəu	ₒtiəu
漢口	ₒtɕ´iou	ₒtɕ´iou	ₒŋiou	ₒts´ou	ₒiou	ₒiou	ₒiou	ₒtiou
太原	ₒtɕ´iou	ₒtɕ´iou	ₒŋiou	ₒts´ou	ₒiou	ₒiou	ₒiou	ₒtiou
西安	ₒtɕ´iou	ₒtɕ´iou	ₒŋiou	ₒtʂ´ou	ₒiou	ₒiou	ₒiou	ₒtiou
濟南	ₒtɕ´iou	ₒtɕ´iou	ₒŋiou	ₒtʂ´ou	ₒiou	ₒiou	ₒiou	ₒtiou
北平	ₒtɕ´iou	ₒtɕ´iou	ₒŋiou	ₒtʂ´ou	ₒiou	ₒiou	ₒiou	ₒtiou

《七音略》一等侯韻、三等尤韻、三等幽韻（借位至四等）同列內轉第四十「重中重」，為開口。三韻均為陰聲韻，韻尾收舌面後高元音〔u〕。茲先討論尤侯二韻之主要元音，一等侯韻主要元音，現代方音甚為紛歧，有作〔e〕、〔a〕、〔ε〕、〔ə〕、〔o〕者，案侯韻之上古音為

au，由 au→ou→əu，元音先高化為〔o〕，再複元音化為〔ou〕，又異化為〔əu〕，故其主要元音可擬作〔ə〕。尤韻之上古音為 jo，由 jo→jou→jəu，本師陳伯元先生疑上古 jo 類元音有鬆緊二類，陳先生云：「jo 一類疑元音有鬆緊之別，其較鬆之一類，元音複元音化為 ou，因異化作用及介音 j 之影響，變作 iəu 尤，介音 j 變作元音性 i。其較緊之一類，因元音之緊性本身變複元音 ou，同時影響介音 j 變 i 成 iou，與較鬆之 jo 所演變之 jou 平行發展，至《切韻》時 iou，jou 均變 iəu。」[61]故其主要元音今以為可擬作〔ə〕。惟三等尤韻有〔j〕介音，一等侯韻則無。故尤侯二韻之音讀可假定作：

尤〔-jəu〕
侯〔-əu〕

尤韻：成都主要元音仍保持作〔ə〕。福州作〔e〕，元音受〔j〕影響向前高化，〔j〕變〔i〕。潮州、廈門、梅縣、南昌韻母作〔iu〕者，元音受韻尾〔u〕及介音〔i〕影響排擠失落，〔j〕變〔i〕。廣州、溫州作〔a〕，可能受〔j〕影響而前移。漢口、太原、西安、濟南、北平作〔o〕，元音受韻尾〔u〕影響向後高化。長沙、揚州作〔ɤ〕，元音受韻尾〔u〕影響向後高化為〔o〕，復變為展脣半高元音，其中揚州韻尾作〔ɯ〕，亦受此一展脣元音〔ɤ〕影響而變為展脣。蘇州作〔øɣ〕，元音受〔j〕介音影響向前高化為圓脣半高元音，其後之〔u〕韻尾亦受〔ø〕影響變作〔ɣ〕。

侯韻：成都主要元音仍保持作〔ə〕。福州多數作〔e〕，元音向前高化。潮州、廈門、廣州、溫州作〔a〕，梅縣、南昌作〔ɛ〕者，高

61 見《古音學發微》，頁1122。

本漢氏云：「一等的 ɔ 在很大的區域裡都保存著，不過往往變了部位，有時候變成 ɛ（e），æ，有時候變成 ɐ，a。」[62]漢口、太原、西安、濟南、北平作〔o〕，元音受韻尾〔u〕影響向後高化。長沙、揚州作〔ɤ〕，元音受韻尾〔u〕影響向後高化為〔o〕，復變為展脣半高元音，其中揚州韻尾作〔ɯ〕，則受此一展脣元音〔ɤ〕影響而變為展脣。蘇州作〔øɣ〕，元音向前高化為圓脣半高元音〔ø〕，其後之韻尾〔u〕亦受〔ø〕影響變作〔ɣ〕。

案董同龢氏將尤韻韻母音值擬作〔ju〕，而云：「尤幽兩韻字，在各方言中仍有一共同的異點，就是前者脣音變輕脣，後者保持重脣，凡脣音變輕脣者，必有主要元音或介音 u，所以在幽韻的韻母中，ɛ 只能居於韻尾的地位。」[63]惟《七音略》尤韻為開口，當不宜從董氏所擬，而當如前文擬作〔jəu〕。其變輕脣者，蓋主要元音〔ə〕失落，而使韻母變作〔ju〕，此一新韻母，正合於輕脣音發生之條件。

次討論幽韻之主要元音，尤幽均為三等韻，其主要元音當有所區別，否則不必分二韻也。案尤幽二韻之關係猶欣真二韻之關係，故幽韻主要元音可擬作〔e〕，則三等幽韻之音讀可假定作：

幽〔-jeu〕

幽韻：福州主要元音仍保持作〔e〕。潮州、廈門、梅縣、南昌韻母作〔iu〕者，元音受介音〔j〕與韻尾〔u〕影響排擠失落，介音〔j〕變〔i〕。成都作〔ə〕，漢口、太原、西安、濟南、北平作〔o〕，可能為元音受韻尾〔u〕異化之結果。蘇州韻母作〔øɣ〕，元音變為圓脣，其後之韻尾亦受此一圓脣元音影響而變為圓脣。長沙、揚州作

62 見《中國音韻學研究》，頁515。
63 見《中國語音史》，頁108。

〔ɤ〕，元音受韻尾〔u〕影響異化為舌面後半高元音〔o〕，復變成展脣元音。其中揚州韻尾收〔ɯ〕者，則又受此一展脣元音〔ɤ〕影響而變為展脣。

三十五　三等侵韻韻母音值之擬測

三等侵韻							
方言點 方音 漢字	今 開 侵 見	琴 開 侵 群	斟 開 侵 照	深 開 侵 審	音 開 侵 影	侵 開 侵 清	心 開 侵 心	林 開 侵 來
福州	₋kiŋ	₋k´iŋ	₋tsiŋ	₋siŋ	₋iŋ	₋tsʼiŋ	₋siŋ	₋iiŋ
潮州	₋kim	₋k´im	₋tsim	₋tsʼim	₋im	₋tsʼim	₋sim	₋lim
廈門	₋kim ₋kin	₋k´im	tsim	₋tsʼim	₋im	₋tsʼim	₋sim	₋lim
廣州	₋kam	₋k´am	₋tʃam	₋ʃam	₋jam	₋tsʼam	₋ʃam	₋lam
梅縣	₋kin	₋kim	₋tsəm	₋tsʼəm	₋jim	₋tsʼim	₋sim	₋lim
南昌	₋tɕin	₋tɕʼin	₋tsən	₋sən	₋in	₋tɕʼin	₋ɕin	lin°
長沙	₋tɕin	₋tɕʼin	₋tʂən	₋ʂən	₋in	₋tsʼin	₋sin	₋nin
溫州	₋tɕiaŋ	₋dzʼiaŋ	₋tsaŋ	₋saŋ	₋iaŋ	₋tsʼaŋ	₋saŋ	₋leŋ
蘇州	₋tɕin	₋dzʼin	₋tsən	₋sən	₋in	₋tsʼiŋ	₋sin	₋lin
揚州	₋tɕĩ	₋tɕʼĩ	₋tsən	₋sən	₋ĩ	₋tɕʼĩ	₋ɕĩ	₋lĩ
成都	₋tɕin	₋tɕʼin	₋tsən	₋sən	₋in	tɕʼin°	₋ɕin	₋nin
漢口	₋tɕin	₋tɕʼin	₋tsən	₋sən	₋in	tɕʼin	₋ɕin	₋nin
太原	₋tɕiŋ	₋tɕʼiŋ	₋tsəŋ	₋səŋ	₋iŋ	₋tɕʼiŋ	₋ɕiŋ	₋liŋ
西安	₋tɕiẽ	₋tɕʼiẽ	₋tʂẽ	₋ʂẽ	₋iẽ	tɕʼiẽ	₋ɕiẽ	₋liẽ
濟南	₋tɕiẽ	₋tɕʼiẽ	₋tʂẽ	₋ʂẽ	₋iẽ	tɕʼiẽ	₋ɕiẽ	₋liẽ
北平	₋tɕin	₋tɕʼin	₋tʂən	₋ʂən	₋in	tɕʼin	₋ɕin	₋lin

《七音略》三等侵韻列內轉第四十一「重中重」，為開口。侵韻為陽聲韻，韻尾收雙脣鼻音〔m〕。侵韻與真諄臻欣文方音多數相同，僅韻尾有別。案侵韻之上古音為 əm，元音未曾改變。故侵韻主要元音可擬作〔ə〕，則三等侵韻之音讀可假定作：

侵〔-jəm〕　緝〔-jəp〕

大多數方音韻母作〔iŋ〕、〔in〕、〔im〕者，乃元音受介音〔j〕及雙脣鼻音韻尾〔m〕影響排擠失落。廣州、溫州作〔a〕，其音值實為〔ɐ〕，乃元音低化之結果。方音照系仍保持作〔ə〕。西安、濟南及揚州多數，韻尾失落，主要元音鼻化、西安、濟南作〔ɜ̃〕，揚州作〔ĩ〕。案侵韻韻尾收〔m〕，方音有作〔ŋ〕作〔n〕者，皆由〔m〕變來也。

三十六　一等登韻韻母者值之擬測

一等登韻							
方言點 方音 漢字	崩 開幫	朋 開並	登 開端	騰 開定	能 開泥	增 開精	層 開從	弘 合匣
潮州	₌paŋ	₌p´eŋ	₌teŋ	₌t´eŋ	₌leŋ	₌tseŋ	₌tsaŋ	₌hoŋ
廈門	₌piŋ ₌paŋ	₌piŋ	₌tiŋ	₌t´ɪŋ ₌tĩ	₌lɪŋ	₌tsɪŋ	₌tsɪŋ	₌hoŋ
梅縣	₌pɛn	₌p´ɛŋ	₌tɛn	₌t´ɛn	₌nɛn	tsɛn°	₌ts´ɛn	₌fuŋ
南昌	₌pɛn	₌puŋ	₌tɛn	₌t´ɛn	lɛn°	₌tsɛn	₌ts´ɛn	Φuŋ°
長沙	₌pəŋ	₌poŋ pən	₌tən	₌tɛn	₌nən	₌tsən	₌tsən	₌xoŋ

一等登韻							
方言點＼方音＼漢字	崩 開登幫	朋 開登並	登 開登端	騰 開登定	能 開登泥	增 開登精	層 開登從	弘 合登匣
溫州	₍poŋ	₍boŋ	₍tən	₍daŋ	₍naŋ	₍tsaŋ	₍zaŋ	₍ɦoŋ
蘇州	₍pəŋ	₍bən / ₍baŋ	₍tən	₍dən	₍nən	₍tsən	₍zən	₍ɦoŋ
揚州	₍pouŋ	₍p´ouŋ	₍tən	₍t´ən	₍nən	₍tsən	₍ts´ən	₍xouŋ
成都	₍pəŋ	₍p´oŋ	₍tən	₍t´ən	₍nən	₍tsən	₍ts´ən	₍xoŋ
漢口	₍pəŋ	₍p´oŋ	₍tən	₍t´ən	₍nən	₍tsən	₍ts´ən	₍xoŋ
太原	₍pəŋ	₍p´əŋ	₍tən	₍t´ən	₍nəŋ	₍tsəŋ	₍ts´əŋ	₍xuŋ
西安	₍pəŋ	₍p´əŋ	₍təŋ	₍t´əŋ	₍nəŋ	₍tsəŋ	₍ts´əŋ	₍xoŋ
濟南	₍pəŋ	₍pəŋ	₍təŋ	₍t´əŋ	₍nəŋ	₍tsəŋ	₍ts´əŋ	₍xuŋ
北平	₍pəŋ	₍p´əŋ	₍təŋ	₍t´əŋ	₍nəŋ	₍tsəŋ	₍ts´əŋ	₍xuŋ

《七音略》一等登韻列內轉第四十二「重中重」及內轉第四十三「輕中輕」，分開合二圖。登韻為陽聲韻，韻尾收舌根鼻音〔ŋ〕。一等登韻之上古音為〔əŋ〕，今以為其主要元音可擬作〔ə〕，故一等登韻之音讀可假定作：

登（開口）〔-əŋ〕　　德〔-ək〕

登（合口）〔-uəŋ〕　　德〔-uək〕

（1）開口：主要元音，長沙、蘇州、揚州、成都、漢口、太原、西安、濟南、北平大致仍保持作〔ə〕。潮州作〔e〕，廈門作〔I〕，元音向前高化。溫州多數作〔a〕，梅縣、南昌作〔ɛ〕，高本漢氏云：「ə 是舌，脣都屬中性的元音，我們很容易明白發音的移動，

它有時候可以向前顎的方向變：ɔ>ɛ，ɔ>œ，有時候可以向後顎的方向變：ɔ>ɐ，ɔ>a，ɔ>o（u）。」[64]（2）合口：主要元音，梅縣、太原、濟南、北平作〔u〕，元音受合口介音〔u〕影響高化為〔u〕，然後與介音〔u〕合併。潮州、長沙、溫州、蘇州、成都、漢口、西安作〔o〕，元音受〔u〕影響向後高化為〔o〕，介音〔u〕消失。揚州作〔ɔu〕，元音受介音〔u〕影響高化為〔o〕，再分裂為〔ɔu〕。廈門作〔ɔ〕，可能為元音受韻尾〔ŋ〕影響異化之結果。

三十七　三等蒸韻韻母音值之擬測

三等蒸韻								
方言點 / 方音 / 漢字	冰 開蒸幫	憑 開蒸並	蒸 開蒸照	繩 開蒸神	升 開蒸審	承 開蒸禪	應 開蒸影	仍 開蒸日
福州	ꞈpiŋ	ꞈpiŋ	ꞈtsiŋ	ꞈsiŋ	ꞈsiŋ	ꞈsiŋ	ciŋ	ꞈciŋ
潮州	ꞈpĩã	ꞈp'eŋ	ꞈtseŋ	ꞈsiŋ	ꞈseŋ	ꞈseŋ	ceŋ	ꞈzoŋ
廈門	ꞈpiŋ	ꞈpiŋ / ꞈpin	ꞈtsiŋ	ꞈsiŋ / ꞈtsiŋ	ꞈsiŋ	ꞈsiŋ	ꞈciŋ	ꞈliŋ
廣州	ꞈpiŋ	ꞈp'aŋ	ꞈtʃiŋ	ꞈʃiŋ	ꞈʃiŋ	ꞈʃiŋ	ꞈjiŋ	ꞈjiŋ
梅縣	ꞈpɛn	ꞈp'in	ꞈtsən	ꞈsun	ꞈsən	ꞈsən	jinᵒ	ꞈjiŋ
南昌	ꞈpin	ꞈp'in	ꞈtsən	sənᵒ	ꞈsən	ꞈts'ən	cin	lənᵒ
長沙	ꞈpin	ꞈpin	ꞈtʂən	ꞈʂən	ꞈʂən	ꞈtʂən	inᵒ	ꞈzən
溫州	ꞈpen	ꞈbeŋ	ꞈtseŋ	ꞈzeŋ	ꞈseŋ	ꞈzeŋ	ciaŋ	ꞈzeŋ
蘇州	ꞈpin	ꞈbin	ꞈtsən	ꞈzən	ꞈsən	ꞈzən	cin	zənᵒ
揚州	ꞈpĩ	ꞈp'ĩ	ꞈtsən	ꞈsən	ꞈsən	ꞈts'ən	cĩ	ꞈlen

---

64 見《中國音韻學研究》，頁503。

三等蒸韻								
方言點 方音 漢字	冰開蒸幫	憑開蒸並	蒸開蒸照	繩開蒸神	升開蒸審	承開蒸禪	應開蒸影	仍開蒸日
成都	cpin	cp´in	ctsən	csuən	csən	cts´ən	inᵒ	czən
漢口	cpin	cp´in	ctsən	csən	csən	cts´ən	inᵒ	cnən
太原	cpiŋ	cp´iŋ	ctsəŋ	csaŋ	csəŋ	cts´əŋ	ciŋ	czəŋ
西安	cpiŋ	cp´iŋ	ctʂəŋ	cʂəŋ	cʂəŋ	ctʂ´əŋ	ciŋ	cvəŋ
濟南	cpiŋ	cp´iŋ	ctʂəŋ	cʂəŋ	cʂəŋ	ctʂ´əŋ	ciŋ	czəŋ
北平	cpiŋ	cp´iŋ	ctʂəŋ	cʂəŋ	cʂəŋ	ctʂ´əŋ	ciŋ	czəŋ

《七音略》三等蒸韻列內轉第四十二「重中重」，為開口。「輕中輕」僅見於內轉第四十三入聲職韻。蒸韻為陽聲韻，韻尾收舌根鼻音〔ŋ〕。蒸登二韻上古音相同，且蒸之對轉，是其主要元音可擬作〔ə〕，惟三等蒸韻有〔j〕介音，一等登韻則無。故三等蒸韻之音讀可假定作：

蒸（開口）〔-jəŋ〕　　　　職〔-jək〕
蒸（合口）〔-juəŋ〕[65]　　職〔-juək〕

主要元音，南昌、長沙、蘇州、揚州、成都、漢口、太原、西安、濟南、北平等方音之照系、日母字均保持作〔ə〕。案捲舌音與〔j〕在一起最不自然，故〔j〕在上述方音中均已失落。潮州多數、溫州作〔e〕，廈門（白話音除外）、廣州作〔I〕，元音受〔j〕影響向前高化為半高、次高元音，然後〔j〕消失。又方音中韻母有作〔iŋ〕作

---

65 案《七音略》蒸韻合口無平上去三聲，惟有入聲職韻，今亦假定其音讀者為便於職韻合口音讀之擬測也。

〔in〕者，元音受〔j〕影響高化為〔i〕，然後〔j〕受元音〔i〕合併而消失。

第三節　《七音略》聲調探討

一　聲調之意義

聲調者，本師潘石禪先生云：「所謂聲調，乃指字音之高低升降、遲疾、長短或輕重而言。」[66]聲調不同，意義遂別，故聲調乃字音辨析中，聲母與韻母外之另一要素，亦為漢語中不可缺乏之音素。

二　聲調之來源

聲調之來源，綦為久遠，於語言產生之時殆已存在。而四聲之名目，最早見於《南齊書》〈陸厥傳〉及鍾嶸《詩品》〈序〉。《南齊書》〈陸厥傳〉云：

> 永明末，盛為文章，吳興沈約，陳郡謝朓，琅琊王融，以氣類相推轂。汝南周顒，善識聲韻，約等為文，皆用宮商，以平上去入為四聲，以此制韻，不可增減，世呼為永明體。

鍾嶸《詩品》〈序〉云：

> 平上去入，閭里已具；蜂腰鶴膝，余病未能。

---

66 見《中國聲韻學》，頁154。

又《梁書》〈沈約傳〉云：

> 約撰《四聲譜》，以為在昔詞人，纍千載而不寤，而獨得胸
> 裣，窮其妙旨，自謂入神之作。高祖雅不好焉，嘗問周捨曰：
> 「何謂四聲？」捨曰：「天子聖哲是也。」然帝竟不遵用。

案論者皆謂四聲起於齊梁，而歸始於周顒、沈約。然據《文鏡秘府
論》引隋劉善經《四聲指歸》所云：「宋末以來，始有四聲之目，沈
氏乃著其譜，論云：起自周顒。」四聲溯源甚早，約定四聲之目，實
有所本，以其施用於文辭聲律，故論者如是云也。

三　《七音略》聲調之類別

（一）茲先述上古聲調之情形，關於上古聲調，前人主張不一，
陳第《讀詩拙言》首倡四聲之辨，顧炎武〈古人四聲一貫說〉，主張
四聲一貫以承之。而江有誥《唐韻四聲正》、王念孫、夏燮《述韻》、
劉逢祿《詩聲衍例》皆以為古有四聲。案王念孫之說，見陸宗達氏
〈王石臞先生韻譜合韻譜遺稿跋〉[67]。惟段玉裁〈答江晉三論韻〉，則
以為古無去聲，古四聲之道有二無四，二者平入也。黃侃《音略》〈略
例〉以為古唯平入兩聲，則與江有誥、王念孫、夏燮、劉逢祿諸氏之
說異矣。王了一《漢語史稿》以為古聲調除以音高分舒促外，尚須以
音之長短分，遂主江、王諸氏古有四聲之說。關於上述二論，本師陳
伯元先生嘗綜合諸說，並稽諸《詩經》押韻，而謂古人實際語音，或
如王了一氏所云有舒促短長之分，然於觀念上則僅有舒促之辨識能

---

67 見《國學季刊》第3卷第1期。

力，因其實際上有此四種區別存在，故四聲每每分用，復因觀念上僅辨舒促，故平上為一類，去入為一類。平上多互用，以其同為舒聲，韻尾收音相同也；去與入多合用，以其同為促聲，韻尾收音亦相同也。陳先生此說，頗能解釋《詩經》用韻何以四聲分用畫然之外，復有平與上、去與入押韻之現象，是前述二說之歧，亦可得而解矣。[68]

（二）由上古至中古，聲調變化甚大，聲調性質由音高音長並重，變為以音高為主，長入之聲調變為去聲，而「四聲」之名亦於此時確立。故沈約定四聲之目，雖前有所本，惟自其《四聲譜》問世後，平上去入之說，乃漸為人所接受，終至韻書亦皆以四聲分卷。《七音略》與《韻鏡》同屬中古早期之韻書，均以四聲統四等，完全反映《切韻》系韻書之聲調。《七音略》既以四聲統四等，其有平上去入之分可確定。惟《七音略》除第二十五轉外，皆以入聲承陽聲。其二十五轉卻以「鐸」「藥」兼配陰聲韻「豪」「肴」「宵」「蕭」諸韻，據羅常培所云，《七音略》已露入聲兼承陰陽之兆矣。《七音略》所以如此者，吾人可以假設謂《七音略》雖分四聲調，然其實質，恐或多或少已改變。其入聲或已較《切韻》時代為弱，故感覺上用力強則接近陽聲，用力弱則接近陰聲，故乃得兼配陰聲也。關於此理，本師林景伊先生嘗釋云：「『入聲』音至短促，不待收鼻，其音已畢，頗有類於『陰聲』，然細察之，雖無收音，實有收勢，則又近于『陽聲』，故曰介于『陰』『陽』之間也。因其介于『陰』『陽』之間，故可兼承『陰聲』『陽聲』，而與二者皆得過轉。」[69]是《七音略》四聲有別，而其入聲兼承陰陽者，可由此獲得解釋矣。

---

68 見《古音學發微》〈古聲調總論〉；《音略證補》，頁8。
69 見《中國聲韻學通論》，頁67。

四 《七音略》聲調之調值

　　《七音略》之聲調為四，惟僅止於四聲調之類名而已。若取現代方音考求其調值，實難揣測。矧中古之四聲調值，經歷代演變，各有差異。然則古代音韻學家闡釋四聲調值者，頗不乏人，茲援引其說如下：

　　（一）唐・釋處忠《元和韻譜》云：「平聲哀而安，上聲厲而舉，去聲清而遠，入聲直而促。」

　　（二）明・釋真空〈玉鑰匙歌訣〉云：「平聲平道莫低昂，上聲高呼猛烈強，去聲分明哀遠道，入聲短促急收藏。」

　　（三）明末清初顧炎武《音論》云：「平聲輕遲，上去入之聲重疾。」

　　（四）清・張成孫《說文諧聲譜》：「平聲長言，上聲短言，去聲重言，入聲急言。」

　　（五）段玉裁〈與江有誥書〉云：「平稍揚之則為上，入稍重之則為去。」

　　（六）王鳴盛《十七史商榷》云：「同一聲也，以舌頭言之則為平，以舌腹言之則為上，急氣言之即為去，閉口言之即為入。」

審諸家之說，多就聲音之長短輕重高低遲疾而言，未能就音理上作說明，致吾人僅略知其梗概耳。迨近代因西洋語音學之傳入，始有以四聲實驗之法確定四聲之調值，如劉復氏《四聲實驗錄》、羅常培氏《漢語音韻學導論》、趙元任氏〈中國語言字調的實驗研究法〉，均以為四聲之不同，其重要原素惟音之高低而已。然音之高低，是否為絕對？本師潘石禪先生嘗論云：

　　　　聲音之高低乃屬相對而非絕對。男女老幼之聲調音高不同，但

　　每類之形狀依然無異，因聲調之音值隨發音者之音高，依其比
　　率而升降，音高儘可不同而聲調之形狀則始終不變。故可以謂
　　漢語聲調之特徵，乃在于音高曲線之高低起伏之形狀之不同而
　　已。明乎此，而後知古人之闡述聲調，大抵皆知其然而不知其
　　所以然，故終不能予人以一滿意之解釋，此乃受時代知識限制
　　所致也。[70]

由潘先生此論，得知音之高低並非絕對，前代學者所言皆屬描述之
詞，更知聲調之特徵，乃在音高曲線之高低起伏形狀之不同。

五　中古聲調與國語之關係

　　國語之四聲為陰平、陽平、上聲、去聲，與中古之平、上、去、
入四聲不同。其調值若採趙元任之五度制調值標記法[71]，則四聲之音
值為55：，35：，214：，51：，調型如下

70　見《中國聲韻學》，頁160。
71　五度制乃立一豎線座標，表示音高平分為四等分，計有五個音高標準點，每點為一
　　度，自下而上分別用阿拉伯數字1.2.3.4.5標記，如圖一。茲舉國語陰平為例，調值為
　　55：，其調號即如圖二。由1~5乃音樂中之音高，高之高低乃輕柔滑行之高低面。

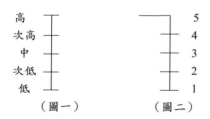

高　　　　　　　　　　　　5
次高　　　　　　　　　　　4
中　　　　　　　　　　　　3
次低　　　　　　　　　　　2
低　　　　　　　　　　　　1
　（圖一）　　　　　（圖二）

（一）高平調（陰平）55：

（二）中升調（陽平）35：

（三）降升調（上聲）214：

（四）全降調（去聲）51：

　　據董同龢氏《中國語音史》所研究，中古四聲與國語之關係可有下列數端：[72]

---

72 見《中國語音史》，頁21、22。

（一）平聲清聲母字變陰平。

（二）平聲濁聲母字變陽平。

（三）上聲清聲母及次濁聲母字變上聲。

（四）上聲全濁聲母字變去聲。

（五）入聲次濁聲母字變去聲。

（六）入聲全濁聲母字大體變陽平，少數變去聲。

（七）入聲清聲母字變平上去入四調，未知其條例。

因其有助於吾人了解中古聲調與國語之關係，遂引錄於此，藉資參考。

第四章
《七音略》與《韻鏡》之比較

第一節　概說

今人每謂《七音略》與《韻鏡》同出一源，言下之意二者相同，實則不然。二者固同出一源，同屬早期之韻圖，惟內容卻非完全契合，諸如序例、轉次、輕重開合、內外、等列、聲類標目、去入聲之所寄，互有懸殊，絕非相同。惟王了一氏以為二者「除序文與韻圖次序，以及個別的字以外，《七音略》與《韻鏡》並沒有什麼不同。」[1] 此蓋王氏未之詳審耳。即就二書之時代先後言，昔人多以為《七音略》較早，今人則多以為《韻鏡》較早，究何者為早？以為《七音略》較早者，蓋以見張麟之〈韻鏡序作〉有稱鄭樵為「莆陽夫子」之語，認為張氏既如此稱呼，則《七音略》當較《韻鏡》為早。以為《韻鏡》較早者，乃見〈韻鏡序作〉題下所注：「舊以翼祖諱敬，故為《韻鑑》，今遷祧廟，復從本名。」《韻鏡》既不避諱，而從本名，故當在《七音略》之前也。案張麟之雖稱鄭樵為「莆陽夫子」，然《韻鏡》究非張氏所作，蓋刊印時為之序而已。是《韻鏡》在《七音略》之前，殆可無疑，下文將討論《七音略》與《韻鏡》之異同。

1　見《漢語音韻》，頁100。

第二節　《七音略》與《韻鏡》之異同

一　《七音略》與《韻鏡》之相同點

（一）原型皆出於宋代之前：二者均屬早期之韻圖，據前文「年代考索」一文，知二書均出於宋代之前。且二書完全保存《切韻》系韻書之系統，故《切韻》、《唐韻》雖佚，而二者卻不失為探討《切韻》系韻書之絕好材料。

（二）均前有所本：鄭樵《七音略》〈序〉云：「臣初得《七音韻鑑》，一唱而三歎，胡僧有此妙義，而儒者未之聞。」知《七音韻鑑》為《七音略》之底本。張麟之紹興辛巳（西元1161年）《韻鏡》刊本序云：「余嘗有志斯學，獨恨無師承，既而得友人授《指微韻鏡》一編，且教以大略。」知《指微韻鏡》為《韻鏡》之底本。是二書均前有所本也。

（三）作者未詳何人：二書既前有所本，原來作者為孰？未能確知。《韻鏡》為南宋・張麟之所發現。《七音略》則保存於鄭樵《通志》卷三十六、卷三十七中。樵於《通志》總序及《七音略》〈序〉並嘗述其造意，惟樵不過「今取七音，編而為志」耳[2]！矧樵已有「臣初得《七音韻鑑》」之語，原來作者為孰，樵亦未能知曉，故樵但指出，梵僧傳之，華僧從而定之耳。張麟之〈韻鏡序作〉更明云：「其來也遠，不可得指名其人。」是二書之作者，均未知為何人也。

（四）均經南人之手而顯於世：《七音略》乃鄭樵於南宋紹興三十一年左右所表彰，《韻鏡》則為張麟之於紹興三十年所刊印，時間相去不遠，而均經南人之手遂顯於世。鄭樵為福建省興化軍莆田人；

2　見鄭樵《七音略》〈序〉。

張麟之於〈韻鏡序〉末署「三山張麟之子儀謹識」，趙憩之於《等韻源流》云：「《韻鏡》與《七音略》都是經南人表彰出來的。」

（五）轉數聲母排列相同：二書各分四十三轉，每轉縱以三十六字母為二十三行，橫以四聲統四等，歷來研究等韻學者，均將二書歸為同系。

（六）去聲祭泰夬所寄相同：祭泰夬三韻無平上入聲，但有去聲，韻圖之作者以為另立一轉處理此三韻，於篇幅則不甚經濟，遂用寄韻之法處理之。《韻鏡》將祭韻置於第十三、十四轉之空缺，泰韻置於第十五、十六轉之空缺。夬韻則置於第十三、十四轉之入聲地位，而注明「去聲寄此」。《七音略》之安排，亦同諸《韻鏡》，惟其夬韻並無「去聲寄此」之字樣。

二　《七音略》與《韻鏡》之相異點

（一）成書先後有別：《韻鏡》較《七音略》成書為早，已見前節分析，茲不再贅述。

（二）序例不同：《韻鏡》一書之編次，依序為張麟之識文、〈韻鏡序作〉、〈調韻指微〉、〈三十六字母圖〉、〈歸字例〉、〈橫呼韻〉、〈五音清濁〉、〈四聲定位〉、〈列圍〉，下則四十三轉圖；《七音略》一書之編次為鄭樵《七音略》〈序〉、〈諧聲制字六圖〉，下則四十三轉，二者序例有殊。

（三）轉次不同：二者均為四十三轉，惟自第三十一轉以下，轉次韻目頗有參差，茲列舉如下：

轉次	《七音略》韻目	《韻鏡》韻目
第三十一	覃咸鹽添（重中重）	唐陽（開）
第三十二	談銜嚴鹽（重中輕）	唐陽（合）
第三十三	凡（輕中輕）	庚清（開）
第三十四	唐陽（重中重）	庚清（合）
第三十五	唐陽（輕中輕）	耕清青（開）
第三十六	庚清（重中輕）	耕青（合）
第三十七	庚清（輕中輕）	侯尤幽（開）
第三十八	耕清青（重中重）	侵（合）
第三十九	耕青（輕中輕）	覃咸鹽添（開）
第四十	侯尤幽（重中重）	談銜嚴鹽（合）
第四十一	侵（重中重）	凡（合）
第四十二	登蒸（重中重）	登蒸（開）
第四十三	登蒸（輕中輕）	登（合）

《七音略》將覃咸鹽添、談銜嚴凡列於陽唐之前，所據為陸法言《切韻》一系；《韻鏡》則降上述諸韻於侵韻之後，蒸登之前，所據為李舟《切韻》一系，此亦二者之異者也。

（四）重輕與開合名異實同：《韻鏡》每轉標開合之名，《七音略》則不用開合之名，而分別標以「重中重」、「重中重（內重）」、「重中重（內輕）」、「重中輕」、「重中輕（內輕）」、「輕中輕」、「輕中輕（內輕）」、「輕中重」、「輕中重（內輕）」諸名，據前文所考知《七音略》之重輕與《韻鏡》之開合相符合，名異而實同也。惟《韻鏡》開合之名列於各轉次之下，《七音略》則列於每轉末行，當亦二者相異之處。

（五）內外有異：二者列轉不一者，計有三轉，分別為：

1 第十三轉咍皆齊祭夬，《七音略》為「內」，《韻鏡》為「外」；當據《韻鏡》改正。

2 第二十九轉麻，《七音略》為「外」，《韻鏡》為「內」；當據《七音略》改正。

3 第三十七轉庚清，《七音略》為「內」，《韻鏡》列於第三十四轉，為「外」；當據《韻鏡》改正。

（六）等列不同：《韻鏡》與《七音略》雖相去不遠，惟以鈔列屢易，難免各有乖互，羅常培氏嘗取二者相校，得《七音略》誤而《韻鏡》不誤者二十有五條，《韻鏡》誤而《七音略》不誤者十有四條。案羅氏所列《七音略》誤而《韻鏡》不誤者二十五條，已見前文「歸字」一節，茲不再贅，惟須說明者，前文除列此二十五條之外，尚包括《七音略》誤而以《韻鏡》校正者十八條，故有四十三條之數也。茲迻錄羅氏所校《韻鏡》誤而《七音略》不誤者十四條如下：

轉次	紐及調	例字	《韻鏡》等列	《七音略》等列
1 第四轉	從平	疵	三	四
2 第五轉	穿上	揣（初委切）	三	二
3 第十一轉	喻平	余（以諸切）	三	四
4 第十四轉	清去	毳（此芮切）	三	四
5 第十七轉	曉去	䏻（許覲切）	四	三
6 第二十四轉	匣去	縣（黃練切）	三	四
7 第二十五轉	疑平	堯（五聊切）	三	四
8 同上	疑平	嶤（五聊切）	四	○案嶤與堯同音
9 《韻鏡》第三十二轉《七音略》第三十五轉	見群上	蹶（俱往切）佉（求往切）	二	三

轉次	紐及調	例字	《韻鏡》等列	《七音略》等列
10 《韻鏡》第三十三轉《七音略》第三十六轉	疑平	迎（語京切）	四（寬永本不誤）	三
11 《韻鏡》第三十七轉《七音略》第四十轉	滂平	飆（匹尤切）	四	三
12 《韻鏡》第三十九轉《七音略》第三十一轉	匣上	鑃（胡沓切）	三（寬永本不誤）	四
13 第四十二轉	審上	殀（包處切）	三	二
14 同前	喻去	孕（以證切）	三	四

（七）聲類標目不同：《韻鏡》各轉將聲母分為脣、舌、牙、齒、喉、半舌、半齒七音，每音下更分清、次清、濁、清濁等音，而不標明聲紐之名。《七音略》則不然，首列幫、滂、並、明、端、透、定、泥、見、溪、群、疑、精、清、從、心、邪、影、曉、匣、喻、來、日二十三母；次於端系下複列知、徹、澄、娘四母，精系下複列照、穿、牀、審、禪五母，而輕脣非、敷、奉、微四母，則惟複見於第二、第二十、第二十二、第三十三、第三十四等五轉幫系之下；聲母之下更別立羽、徵、角、商、宮、半徵、半商七音以代脣、舌、牙、齒、喉、半舌、半齒；此二者之異也。

（八）廢韻所寄之轉不同：《韻鏡》以「廢、剢、刈」三字寄第九轉（微開）入三，以「廢、吠、㡀、廢、㡀、㡀、喙」七字寄第十轉（微合）入三。《七音略》處理方式則異乎《韻鏡》，其第九轉僅列「刈」字，而改入一；又將「廢、吠、㡀、㡀、喙」六字移於第十六轉（佳輕）入三，第十轉（微）、十五轉（佳重）則但存廢韻之目。案羅常培氏云：「《七音略》以之（指廢、吠等字）寄第十六轉，實較

《韻鏡》合於音理，惟應移第九轉入一之剎字於第十五轉入三，則前後始能一貫耳。」[3]

（九）鐸藥所寄之轉不同：《韻鏡》通例以入聲承陽聲；《七音略》大體亦同，惟鐸藥二韻，既見於第三十四轉（唐陽，即《韻鏡》第三十一轉），複見於第二十五轉，承陰聲韻豪肴宵蕭，與《韻鏡》獨見於第三十一轉有別，案《七音略》已露入聲兼承陰陽之兆矣。

（十）韻目標識不同：《韻鏡》於東、冬、鍾、江、支、脂、痕、臻、真、魂、諄、寒、刪、仙、先、庚、清、侵、凡諸韻（舉平賅上去入）韻目皆採黑底白字，即所謂陰文，其他韻目則為白底黑字，即所謂陽文。《七音略》無此區別，但用陽文表之。案本師高仲華先生以為《韻鏡》陰文陽文兼用，實難推詳，高先生云：「如謂陰聲韻為陰文，陽聲韻為陽文耶？第一、第二、第三、第十七、第十八、第二十三、第三十三、第三十四、第三十八及第四十一諸轉皆陽聲韻，何以其韻目皆為陰文？如謂陽聲韻為陰文，陰聲韻為陽文耶：第四、第五、第六諸轉皆陰聲韻，何以其韻目亦皆為陰文？而第十九、第二十、第二十一、第二十二、第二十四、第三十一、第三十二、第三十五、第三十六、第三十九、第四十、第四十二及第四十三諸轉皆陽聲韻，又何以其韻目並作陽文，而不為陰文？如謂陰文、陽文與陰聲韻、陽聲韻無關，則韻目之用陰文、陽文，其分別又安在？」[4]故高先生以為《韻鏡》韻目分用陰文陽文，其義未顯，乃可議者也。

3　見〈通志七音略研究〉，《羅常培語言學論文選集》，頁111。
4　見〈韻鏡研究〉，《高明小學論叢》，頁327。

第五章
結論

第一節　《七音略》之特色

　　茲臚舉《七音略》之特色，分七端述之：

　　一、韻圖乃進一步說明語音之現象，勞乃宣《等韻一得》謂「等韻之學，為反切設也」，是以至繁至雜之反切，置入韻圖，可以化繁為簡，尋得其理，於是聲母之歸類、韻母之分類、清濁、輕重、內外、等列及字母與韻母之關係，皆可由韻圖獲得啟示。《七音略》與《韻鏡》同為早期之韻圖，為當時語言之反映，保存《切韻》系韻書之系統至多，故《切韻》、《唐韻》雖佚，吾人可利用《七音略》探討《切韻》系韻書之真象。

　　二、《七音略》之韻目次序，自第三十一轉後，與《韻鏡》有別。其將覃、咸、鹽、添、談、銜、嚴、凡列於陽唐之前，與陸法言《切韻》、孫愐《唐韻》韻書同系，一則可幫助吾人了解《切韻》之真象，再則可比較其與《韻鏡》不同之所在。

　　三、《七音略》廢《韻鏡》開合之名，而以「重中重」、「輕中輕」、「重中輕」、「輕中重」等名代之，此亦其特色也。案重輕與開合名異而實同。

　　四、《七音略》入聲鐸藥兩韻既列於第三十四、三十五兩轉以承「陽」「唐」之陽聲韻，複列於第二十五轉以承「豪」「肴」「宵」「蕭」之陰聲韻。趙憩之氏以為「這可以說是軼出他的整個系統的一

點。」[1]王了一氏於廿五轉末注云：「《七音略》在此圖入聲欄內收鐸藥兩韻，與第卅四圖重複，今依《韻鏡》刪去。」[2]羅常培氏則以為《七音略》蓋已露入聲兼承陰陽之兆矣[3]。本篇从羅氏之說，以為《七音略》已露入聲兼承陰陽之兆矣。

　　五、《七音略》有宮、商、角、徵、羽、半徵、半商七音之名，異乎《韻鏡》之脣、舌、牙、齒、喉、舌齒、齒舌七者，實則《七音略》宮商之名與脣舌含意相同，並無樂律上之實質意義，故趙憩之視其為虛位而已。

　　六、《七音略》之聲母，據前文研究結果，計得四十二聲類。至其韻類，可得二百九十六類，其分類情形，詳見前文「聲母之排列」及「韻類之分析」二節。

　　七、《七音略》於去聲廢韻之處置，騖為特殊，「刈」字列於內轉第九微「重中重（內輕）」入一；將「廢、肺、吠、犦、穢、喙」六字列外轉第十六佳「輕中輕」入三，而第十轉微、第十五轉佳入聲但存廢韻之目，此亦其特色也。

第二節　《七音略》對後世韻書之影響

　　《七音略》對後世韻書之影響，可有四端，茲分述如下：
　　一、影響後世入聲兼承陰陽之說：《七音略》第二十五圖以鐸藥配陰聲豪、肴、霄、蕭諸韻，開入聲兼承陰陽之先鋒，影響《四聲等子》、《韻譜》、《切韻指掌圖》、《經史正音切韻指南》諸韻書之入聲兩配，至江永《四聲切韻表》之主數韻同一入，入聲兩配，尤為整齊。

1　見《等韻源流》，頁72。
2　見《漢語音韻》，頁102，註2。
3　見〈通志七音略研究〉，《羅常培語言學論文選集》，頁111。

案江永數韻同「入」及戴震「陰」「陽」同「入」之說，均受《七音略》之啟示也。

二、影響《四聲等子》之成書：《四聲等子》出於《韻鏡》、《七音略》之後，兼采《韻鏡》之開合及《七音略》之重輕。同門學長姚榮松《切韻指掌圖研究》嘗據高仲華師〈四聲等子之研究〉、羅常培氏〈釋重輕〉及謝雲飛氏〈七音略與四聲等子之比較〉，製成「七音略與四聲等子之異同表」[4]，末云：「綜覽上表則《四聲等子》改併《七音略》系韻圖之迹猶存。」復案高先生〈四聲等子之研究〉知《四聲等子》之輕重實歸併《七音略》而來。高先生云：「大體由第一圖至第六圖均不注明開合（惟第三圖注明『江開口呼』），最後二圖，即第十九、二十兩圖，亦不注明開合。最初六圖開合易辨，而不注明者，或以創始時原以《通志·七音略》為準，但注明輕重，而不擬注開合；至第七圖，忽覺有注開合之必要，於是以下各圖皆注開合。然至第十九、二十兩圖，即所謂『閉口韻』者，以韻鏡各本所注不一，亦難定其開合，遂不予注明。最後對此八圖亦不復補注開合，可見其書尚為未定之稿。」[5]是《四聲等子》之輕重大抵取之於《七音略》也。

三、影響《四聲切韻表》之成書：應裕康氏《清代韻圖之研究》將《四聲切韻表》列為「襲古系統之韻圖」一系，並云：「至其底本，則實為宋代之《七音略》。」[6]案此說肇始於趙憩之氏《等韻源流》，趙氏云：「《字典》與《音韻闡微》之等韻圖，乃有清一代之典則，他對之尚有微詞，〈橫〉〈直〉二圖當然在貶斥之列，然而他的《切韻表》以什麼為根據呢？這絕不是《切韻指南》。他在《音學辨

4　見《切韻指掌圖研究》，頁15。
5　見〈四聲等子之研究〉，《高明小學論叢》，頁375。
6　見《清代韻圖之研究》，頁2。

微》的附〈字典等韻圖辨惑〉上說：『大抵《指南圖》得之為多，學者惟觀此圖可也。前人分十六攝十二攝，以招諸韻，本非確論；欲求詳悉，當於《四聲切韻表》考之。』他既不贊成十六攝，他必須去尋求比此再古一點的東西。他找著了，他找著鄭樵的《七音略》。這《七音略》所排的二百六韻，尚沒有大的紊亂。我說這話，似乎又是驚人之談。因為《切韻表》與《七音略》的面目不同，而且他自己未曾這樣聲明過，他以後的學者也未曾這樣揭發過。但我現在要大膽的揭發這個秘密了。二十二年冬在書肆以重價購得《四聲切韻表》一部，署明婺源江永慎修屬藁。此藁最可以透露消息者，就是表之第一行仍標『重中重』與『輕中輕』等字頭。這是《七音略》的派頭，江氏定稿所以削之者，大概是他不懂輕重而視為贅疣的緣故。幸而未定稿尚存人間，使我們由此可以知道他之本《七音略》與他的弟子戴東原之本楊倓《韻譜》，俱是要復等韻之古。」[7]是《四聲切韻表》深受《七音略》之影響可知也。

丁、影響《切韻指掌圖》之編排：兩宋等韻圖之傳於今日，僅《韻鏡》、《通志·七音略》、《四聲等子》、《切韻指掌圖》四書耳。《切韻指掌圖》為次期之韻圖，其圖式固多因襲《四聲等子》而成，實則遠溯早期之《七音略》及《韻鏡》，蓋取《七音略》及《韻鏡》為其底本，復取《四聲等子》二十圖式為其權輿也。

7　見《等韻源流》，頁297、298。

附　主要參考書目

一　韻圖韻書部分

《通志・七音略》　影元至治本　藝文印書館
《等韻五種》　藝文印書館
〔宋〕張麟之　《韻鏡》
〔宋〕鄭樵　《七音略》
無名氏　《四聲等子》
〔宋〕司馬光　《切韻指掌圖》
〔元〕劉鑑　《經史正音切韻指南》
龍宇純　《韻鏡校注》　藝文印書館
〔清〕江永　《四聲切韻表》　廣文書局
〔宋〕陳彭年等重修　《校正宋本廣韻》　藝文印書館
〔宋〕丁度等　《集韻》　臺灣商務印書館
潘石禪　《瀛涯敦煌韻輯新編》

二　韻學專書

〔清〕戴震　《聲類表》　廣文書局
〔清〕勞乃宣　《等韻一得》
〔清〕戴震　《聲韻考》　廣文書局
〔清〕江有誥　《等韻叢說》　廣文書局

〔清〕莫友芝《韻學源流》　聯冠出版社

〔清〕江永《古韻標準》　廣文書局

〔清〕江永《音學辨微》　廣文書局

〔清〕陳澧《切韻考坿外篇》　臺灣學生書局

章太炎　《國學略說》　河洛出版社

黃季剛　《黃侃論學雜著》　學藝出版社

林　尹　《中國聲韻學通論》　世界書局

潘重規　《中國聲韻學》　東大圖書公司

陳新雄　《古音學發微》　文史哲出版社

陳新雄　《等韻述要》　藝文印書館

陳新雄　《音略證補》　文史哲出版社

陳新雄　《六十年來之聲韻學》　文史哲出版社

王了一　《漢語音韻》　弘道文化事業公司

王了一　《漢語音韻學》　泰順書局

王了一　《漢語史稿》　泰順書局

董同龢　《中國語音史》　華岡出版社

董同龢　《語言學大綱》　洪氏出版社

董同龢　《漢語音韻學》　臺灣學生書局

羅常培　《漢語音韻學導論》　良文書局

張世祿　《中國音韻學史》　臺灣商務印書館

葉光球　《聲韻學大綱》　正中書局

趙元任　《語言問題》　臺灣商務印書館

高本漢著　趙元任、李方桂譯　《中國音韻學研究》　臺灣商務印書館

高本漢著　張洪年譯　《中國聲韻學大綱》　中華叢書編審委員會

陸志韋　《古音說略》　臺灣學生書局

李　榮　《切韻音系》　鼎文書局

謝雲飛　《中國聲韻學大綱》　蘭臺書局

應裕康　《清代韻圖之研究》

《中國語言學史》　莊嚴出版社

宋金印　《聲韻學通論》　中華書局

三　論文集部分

《羅常培語言學論文選集》　九思出版社

　參考者有：

　〈知徹澄娘音值考〉（原載《中央研究院歷史語言研究所集刊》第3
　　　本第1分）

　〈釋重輕〉（原載《中央研究院歷史語言研究所集刊》第2本第4
　　　分）

　〈釋內外轉〉（原載《中央研究院歷史語言研究所集刊》第4本第2
　　　分）

　〈通志七音略研究〉（原載《中央研究院歷史語言研究所集刊》第5
　　　本第4分）

　〈敦煌寫本守溫韻學殘卷跋〉（原載《中央研究院歷史語言研究所
　　　集刊》第3本第2分）

董同龢先生語言學論文選集》　食貨出版社

　參考者有：

　〈廣韻重紐試釋〉（原載《中央研究院歷史語言研究所集刊》第13
　　　本）

　〈切韻指掌圖中的幾個問題〉（原載《中央研究院歷史語言研究所
　　　集刊》第17本）

　〈全本王仁煦刊謬補缺切韻的反切下字〉（原載《中央研究院歷史
　　　語言研究所集刊》第19本）

〈全本王仁煦刊謬補缺切韻的反切上字〉（原載《中央研究院歷史語言研究所集刊》第23本）

陳新雄、于大成主編　《聲韻學論文集》　木鐸出版社

　　參考者有：

　　陳新雄　〈六十年來之切韻學〉

　　黃　侃　〈音略〉

　　周祖謨　〈陳氏切韻考辨誤〉

　　陳新雄　〈廣韻韻類分析之管見〉

高　明　《高明小學論叢》　黎明文化事業公司

　　參考者有：

　　〈等韻研究導言〉（原載《文海》第16期）

　　〈嘉吉元年韻鏡跋〉（原載《南洋大學學報》創刊號）

　　〈韻鏡研究〉（原載《中華學苑》第5期）

　　〈鄭樵與通志七音略〉（原載《包遵彭先生紀念論文集》）

　　〈四聲等子之研究〉（原載《中華學苑》第8期）

　　〈經史正音切韻指南之研究〉（原載《南洋大學學報》第6期）

四　單篇論文部分

顧頡剛　〈鄭樵傳〉　　《國學季刊》第1卷第3期

盛　俊　〈鄭樵傳〉　　《新民叢報》第42、43號合刊

顧頡剛　〈鄭樵著述考〉　　《國學季刊》第1卷第1期

于維杰　〈宋元等韻圖源流考索〉　　《成功大學學報》第3卷

劉　復　〈守溫三十六字母排列法之研究〉　《國學季刊》第1卷第3期

杜其容　〈釋內外轉名義〉　　《中央研究院歷史語言研究所集刊》第40本

許世瑛　〈評羅董兩先生釋內外轉之得失〉　《淡江學報》第5期

陸志韋　〈三四等與所謂「喻化」〉　《燕京學報》第26期

王靜如　〈論開合口〉　《燕京學報》第29期

周法高　〈古音中之三等韻兼論古音的寫法〉　《中央研究院歷史語言研究所集刊》第19本

魏建功　〈陰陽入三聲考〉　《國學季刊》第2卷第4期

周祖謨　〈切韻的性質和它的音系基礎〉　收入《問學集》上冊

曾運乾　〈喻母古讀考〉　《東北大學季刊》第2卷

汪榮寶　〈歌戈魚模古讀考〉　《國學季刊》第1卷第2期

董同龢　《上古音韻表稿》（《中央研究院歷史語言研究所單刊》甲種之廿一）

陳寅恪　〈四聲三問〉　收入《陳寅恪先生論文集》

周法高　〈切韻魚虞之音讀及其流變〉　《中央研究院歷史語言研究所集刊》第13本

龍宇純　〈廣韻重紐音值試論〉　《崇基學報》第9卷第2期

周法高　〈廣韻重紐的研究〉　《中央研究院歷史語言研究所集刊》第13本

周法高　〈論切韻音〉　《中文大學中國文化研究所學報》第1卷

董忠司　〈七音略「重」「輕」說及其相關問題〉　《中華學苑》第19期

許德平　〈韻鏡與七音略〉　《文海》第3期

周法高　〈三等重脣音反切上字研究〉　《中央研究院歷史語言研究所集刊》第23本下

五　國科會論文部分

高　明　〈通志七音略研究〉　　1970年
謝雲飛　〈七音略與四聲等子之比較研究〉　　1965年

六　碩士論文部分

姚榮松　《切韻指掌圖研究》　臺灣師範大學國文研究所碩士論文
林慶勳　《經史正音切韻指南與等韻切音指南比較研究》　文化學院
　　　　中文研究所碩士論文
陳弘昌　《藤堂明保之等韻說》　文化學院中文研究所碩士論文
竺家寧　《四聲等子音系之蠡測》　臺灣師範大學國文研究所碩士論
　　　　文（抽印本）
傅兆寬　《四聲切韻表研究》　文化學院中文研究所碩士論文
康世統　《廣韻韻類考正》　臺灣師範大學國文研究所碩士論文
施人豪　《鄭樵文字說之商榷》　政治大學中文研究所碩士論文

七　其他

《漢語方音字匯》
陳新雄　《廣韻研究講義》（師大、文化中文研究所）
潘祖蔭　《滂喜齋藏書記》　收入《書目叢編》　廣文書局
《宋史》　影仁壽本　成文出版社
柯維騏　《宋史新編》　新文豐出版社
鄭　樵　《通志》　新興書局
清高宗敕撰　《續通志》　新興書局

《夾漈遺稿》　　《百部叢書》《藝海珠塵》第二函

《莆陽比事》　　《叢書集成》《聚珍版叢書》第十一函

《福建通紀》　　大通書局

黃宗羲撰　全祖望補　《宋元學案》　世界書局

王梓材、馮雲濠撰　張壽鏞補　《宋元學案補遺》　世界書局

陳泰祺　《福建省志》　華文書局

語言文字叢書 1000011

通志七音略研究

作　　者　葉鍵得
責任編輯　楊家瑜

發 行 人　陳滿銘
總 經 理　梁錦興
總 編 輯　陳滿銘
副總編輯　張晏瑞
編 輯 所　萬卷樓圖書股份有限公司
排　　版　林曉敏
印　　刷　百通科技股份有限公司
封面設計　百通科技股份有限公司

發　　行　萬卷樓圖書股份有限公司
　　　臺北市羅斯福路二段 41 號 6 樓之 3
　　　電話 (02)23216565
　　　傳真 (02)23218698
　　　電郵 SERVICE@WANJUAN.COM.TW
香港經銷　香港聯合書刊物流有限公司
　　　電話 (852)21502100
　　　傳真 (852)23560735

ISBN 978-986-478-054-9
2018 年 10 月初版一刷
定價：新臺幣 380 元

如何購買本書：
1. 劃撥購書，請透過以下郵政劃撥帳號：
　　帳號：15624015
　　戶名：萬卷樓圖書股份有限公司
2. 轉帳購書，請透過以下帳戶
　　合作金庫銀行　古亭分行
　　戶名：萬卷樓圖書股份有限公司
　　帳號：0877717092596
3. 網路購書，請透過萬卷樓網站
　　網址 WWW.WANJUAN.COM.TW
大量購書，請直接聯繫我們，將有專人為
您服務。客服：(02)23216565 分機 610

如有缺頁、破損或裝訂錯誤，請寄回更換

國家圖書館出版品預行編目資料

通志七音略研究 / 葉鍵得撰. -- 初版. --
臺北市 ： 萬卷樓, 2018.10
　　面 ；　　公分. -- (語言文字叢書)
ISBN 978-986-478-054-9(平裝)

1.漢語　2.聲韻學

802.4　　　　　　　　　105023088